古诗译评

木斋 ◎ 著

台海出版社

图书在版编目（CIP）数据

古诗译评 / 木斋著 . -- 北京 : 台海出版社，2024.1
　　ISBN 978-7-5168-3724-5

Ⅰ . ①古… Ⅱ . ①木… Ⅲ . ①古典诗歌—诗集—中国 Ⅳ . ① I222

中国国家版本馆 CIP 数据核字 (2023) 第 226039 号

古诗译评

著　者：木　斋	
出 版 人：蔡　旭	策划编辑：田　硕
责任编辑：王　艳	封面设计：FAWN

出版发行：台海出版社
地　　址：北京市东城区景山东街 20 号　邮政编码：100009
电　　话：010-64041652（发行、邮购）
传　　真：010-84045799（总编室）
网　　址：www.taimeng.org.cn / thcbs / default.htm
E - mail：thcbs@126.com

经　　销：全国各地新华书店
印　　刷：天津睿和印艺科技有限公司
本书如有破损、缺页、装订错误，请与本社联系调换

开　本：880 毫米 × 1230 毫米　1/32			
字　数：290 千字		印　张：12.5	
版　次：2024 年 1 月第 1 版		印　次：2024 年 3 月第 1 次印刷	
书　号：ISBN 978-7-5168-3724-5			

定　价：69.00 元

版权所有　翻印必究

自序

如果一个人立志成为伟大的学者，那他一定先要花十年左右来打好基础，而不是急于写著作。这是我从事中国古代文学研究四十年的经验所得，也是我学术之路的切身体验和肺腑之言。

20世纪80年代，我确定要写一部有关中国文学源流史的著作。这不是一般的文学史著作，而是一个宏大的计划。

正如我在即将出版的《中国文学源流史》的"总序"中所描述的："此书并非传统意义上的中国文学史，而是一部重在探索中国文学源流演变关系的专著，一部以论文作为分章形式的特殊的文学史。"而要写出这样的一部大源流史，势必要先将文学史上的一系列瓶颈性难题一一解决，才有可能探索出文学源流演变的历史真相。

目标如此远大，理想的实现如此艰难。我充分认识到自身能力与远大理想之间的巨大差距。"不积跬步，无以至千里。"我学术之旅的第一步是从翻译古诗开始的。为了打基础，当时我的计划是，把唐宋之前的古诗重点作品都先翻译一遍、评点一遍、鉴赏一遍，然后在这个基础之上研究一遍、写作一遍，来重写中国文学源流史。为何要翻译、评点和鉴赏后才进入研究和写作阶段？

因为我常常感受到，古代文学原作常常被似是而非地解读，只有翻译一遍才能将对原作每一个字的解读落到实处；只有评点一遍才能在翻译的基础之上，将原作的灵魂融入内心；只有在前两者的基础之上鉴赏一遍，才能将原作的审美表达成自我的文字。

除了翻译原典作品，我还写作鉴赏文章。在20世纪90年代相当长的时间里，每天写作两篇鉴赏文章成了我有规律的课程。鉴赏辞典的编辑及亲历亲为的写作奠定了我分析原材料的基本功，后来的许多新发现也都得益于鉴赏写作。这是学者深入解读原典材料的最好练习。

此外，我还有一段时间专门从事工具书的编写工作，这同样是为实现远大目标而打基础。我在20世纪90年代主编和出版了包括《唐宋词百科大辞典》在内的一个百科辞典系列，就正是我的打基础工程中的部分成果。

编书阶段结束后，我开始用笔名"木斋"（意思是告别编书的故我而开始写书的真我）进入到写书阶段，先后有《古诗评译》《唐诗评译》《宋诗评译》《唐宋词评译》等书出版问世。当下，摆在各位读者面前的这本《古诗译评》，就是在当年《古诗评译》的基础之上加以增补修订而成的。之所以将书名从"评译"改为"译评"，大概是由于出版方认为此书的主要特点在翻译，评点倒在其次。这倒也合于实际情况。

本书所选的诗歌作品，上起于诗骚，下迄于唐前。为何采用"古诗"而非"先秦汉魏晋南北朝诗"作为书名？众所周知，狭义的古诗指的是失去作者姓名的一批汉魏时期作品，以《古诗十九首》为代表，被称为"汉魏古诗"；广义的古诗可以指中国古代文学从"诗三百"到明清时代的古代诗歌，以此区别"五四"之后的新体诗。本书采用"古诗"作为书名中的时代界限，借指先唐的古代诗歌，大概由于不喜欢冗长的题目作为书名的缘故——在当时我主编的辞典中，也将唐前部分简称为《古诗百科大辞典》，与《唐诗百科大辞典》《唐宋词百科大辞典》并行。

这一本《古诗译评》主要由两个方面构成：其一，这是一本以新体诗翻译先唐古诗的文学作品，力图以美的诗歌境界来打通古今两个世界，让当下读者充分解读古人诗歌作品的境界；其二，此书是在一定学术研究的基础之上来解读古代文学作品，这主要表现在本书的"汉魏古诗"部分。

如果让我回忆这本书的写作过程中，哪一首诗作的翻译最为值得提及，那就是《离骚》全首的翻译。《离骚》篇幅之长、难度之大，众所熟知。时过境迁，我仍旧记得翻译这一首长篇诗作时的艰难。

从《古诗评译》到《古诗译评》，两个版本之间跨越了二十五年的时光（原版《古诗评译》问世于1999年，京华出版社出版）。我的学术研究应该说早已经超越了如此漫长岁月之前的认知，对于先唐古诗的评点和翻译，显然会有一定的飞跃。不过，这一些新的解读，不一定适合年轻学者的阅读习惯和审美接受；因此，这一次再版，只做了两个部分的增补和调整：

其一，在"诗经"部分，从拙作《先秦文学演变史》中增补了若干首诗作，其中部分诗作的注释部分，由门下弟子刘梦瑶同学帮助完成，深铭谢意！其二，在"古诗十九首"部分，从拙作《曹植甄后传》中，增补了若干首诗作的评点，但仍将原作的评点保留。此外，全书多数还是保留了原版原貌。本书的主要参考文献如下：

《诗集传》朱熹集注 上海古籍出版社 1980 年版

《楚辞集注》朱熹集注 上海古籍出版社 1979 年版

《先秦文学史参考资料》北京大学中国文学史教研室选注，中华书局 1978 年版

《两汉文学史参考资料》北京大学中国文学史教研室选注 中华书局 1978 年版

《魏晋南北朝文学史参考资料》北京大学中国文学史教研室选注 中华书局 1978 年版

《先秦文学演变史》木斋著 人民出版社 2019 年版

《唐前文学源流史》木斋著 世界汉学书局 2022 年版

《曹植甄后传》木斋著 世界汉学书局 2022 年版

《诗经译注》周振甫译注 中华书局 2010 年版

如此漫长岁月之前的旧作，被编辑从岁月的风尘之中，从无数"乱花渐欲迷人眼"的出版物之中甄选出来，加以出版。这既是我的荣幸，也是我的惭愧——二十五年之前的"作业"，不知道能否通过当下各位读者的考察，并受到各位读者朋友的喜爱？

写完以上文字，我忽然想到此书重新出版的由来始末——大概一年之前接到了一位陌生编辑的信息，不妨节选如下：

前些日子，我有幸看到您几本作品——《宋诗流变》《唐宋词流变》《古代诗歌流变》《古诗评译》——印象很深，翻遍旧书

网和网上图书馆，有幸读到全貌，很是喜欢！这几本书深入浅出，适合诗词爱好者及大中学生阅读和学习。只是这几本书已绝版多年，继续尘封十分可惜。冒昧给您来信是想询问，您对上述几本书是否有再版的想法？如有此想法，可否授权我方进行出版？

我在20世纪90年代出版的一些作品，在时间的车轮驶过二十余年之后，仍被有心人搜寻出来重新出版，这是对我学术研究的高度评价和最好鼓励。

找到约稿函之后，查看一下发函信息，竟然与笔者作此序的时间为同一日，只不过早了一年而已。真是巧合！莫非冥冥之中，一切都由天定？

木斋 2023 年 12 月 6 日　三亚木斋寓所

目 录

· 诗经

周颂·清庙之什 / 006
清庙 / 006
维清 / 007
天作 / 008

周颂·臣工之什 / 010
臣工 / 010
振鹭 / 012
有瞽 / 013

周颂·闵予小子之什 / 015
闵予小子 / 015

大雅·文王之什 / 017
文王 / 017
大明 / 021

绵（片段）/ 024

大雅·生民之什 / 027
生民（片段）/ 027
凫鹥 / 030

大雅·荡之什 / 033
崧高（片段）/ 033

小雅 / 035
鹿鸣 / 035
伐木（首章）/ 037
采薇（首尾两章）/ 039
出车 / 042
大东 / 045
宾之初筵 / 053

国风·秦风 / 058
蒹葭 / 058

国风·魏风 / 062

伐檀 / 062

国风·唐风 / 066

绸缪 / 066

国风·曹风 / 068

蜉蝣 / 068

国风·周南 / 070

关雎 / 070

卷耳 / 074

桃夭 / 077

国风·召南 / 079

何彼襛矣 / 079

野有死麕 / 081

国风·王风 / 084

黍离 / 084

君子于役 / 088

采葛 / 091

国风·邶风 / 092

击鼓 / 092

国风·鄘风 / 095

载驰 / 095

国风·卫风 / 100

氓 / 100

木瓜 / 106

国风·齐风 / 108

鸡鸣 / 108

国风·郑风 / 110

将仲子 / 110

遵大路 / 113

风雨 / 116

子衿 / 118

出其东门 / 120

国风·陈风 / 121

月出 / 121

· 屈原

离骚 / 125

九歌 / 175

湘君 / 175

湘夫人 / 179

东君 / 184

河伯 / 188

山鬼 / 191

国殇 / 196

九章 / 199

涉江 / 199

哀郢 / 208

· 梁鸿

五噫歌 / 219

· 汉乐府

有所思 / 224
上邪 / 227
上山采蘼芜 / 230

· 辛延年

羽林郎 / 239

· 古诗十九首

行行重行行 / 246
青青河畔草 / 248
今日良宴会 / 251
西北有高楼 / 254
涉江采芙蓉 / 257
冉冉孤生竹 / 261
生年不满百 / 265

凛凛岁云暮 / 267

· 曹操

步出夏门行（其一）/ 271
短歌行（其一）/ 273

· 曹丕

燕歌行（其一）/ 280

· 曹植

七哀 / 289

· 阮籍

咏怀（其一）/ 294
咏怀（其十七）/ 298
咏怀（其十九）/ 299
咏怀（三十一）/ 301

· 张华

情诗（其五）/ 303

· 左思

咏史（其二）/ 306

· 陆机

赴洛道中作（其二）/ 310

· 陶渊明

归园田居（其一）/ 314
归园田居（其三）/ 316
饮酒（其五）/ 318
杂诗（其二）/ 322
读山海经（其一）/ 325

· 谢灵运

石壁精舍还湖中作 / 328
登池上楼 / 331
登江中孤屿 / 334
岁暮 / 336
东阳溪中赠答二首（其一）/ 337

· 鲍照

拟行路难（其四）/ 339

· 张融

别诗 / 342

· 孔稚圭

游太平山 / 344

目录

·王籍

入若耶溪 / 346

·范云

之零陵郡次新亭 / 348

·谢朓

之宣城郡出新林浦向板桥 / 350

·王融

巫山高 / 353

·吴均

山中杂诗 / 356

·何逊

慈姥矶 / 358
相送 / 359
日夕出富阳浦口和朗公诗 / 360

·阴铿

渡青草湖 / 362
晚出新亭 / 364
开善寺 / 366

·庾信

奉和山池 / 368
拟咏怀（其十八）/ 370

后记 / 372

诗经

　　按照传统的界说,"《诗经》是中国最早的一部诗歌总集",收录了从西周早期(一说殷商时代)到公元前 6 世纪约 500 年的诗歌作品 305 篇[1],因此称之为"诗三百"。诗三百皆为配乐的歌诗[2],以其音乐品类不同,而分为《风》《雅》《颂》。

　　"中国最早的一部诗歌总集",这一界说显然是需要修正的。首先,《诗经》是诗,还是经?这里的经,其含义并非是经典的经,而是政治的、哲学的、历史的诸多含义的同一。诗经首先是经,是西周礼乐制度的重要组成。它由礼乐制度而兴盛,并伴随礼乐制度衰落而消亡。它的产生、发展始终是两周王庭与诸侯文化的产物,伴随着两

---

[1] 另有《小雅》中 6 篇为笙诗,有目无诗,有声无辞,共计 311 篇。
[2] 另一说认为诗三百中的变风变雅之作为不入乐之作:"鼓钟之诗曰:以雅以南。子曰:雅颂各得其所。夫二南也,豳之七月也,小雅正十六篇,大雅正十八篇,颂也,诗之入乐者也。邶以下十二国之附于二南之后,而谓之风;鸱鸮以下六篇之附于豳而亦谓之豳,六月以下五十八篇之附于小雅,民劳以下十三篇之附于大雅而谓之变雅;诗之不入乐者也。"——顾炎武《日知录·诗有入乐不入乐之分》

周政治制度的演变而演变,其写作之目的、性质、功用也同样伴随时代的变化而演变:

1.《周颂·清庙之什》为诗三百的开山之作,其写作时间为西周建立王朝之初,为周公写作祭祀祖先之祭辞,清庙十篇尚为散文体裁。

2. 以《周颂·臣工之什》为标志,扩展为对当时政治的记载,诗三百的功能由祭祀而扩展为对当下史的记载,其中《振鹭》以下数篇,连续记载微子来朝助祭的政治事件。

3. 以《大雅·文王》篇为标志,进一步扩展为"上述祖考之美",即对有周历史和对先祖历史的赞美诗篇章,叙事歌诗及长篇诵诗的分章形式得以创立。

4. 以《大雅·荡之什》为标志,诗三百由"歌"而为"诗",开始出现"诗"这一语词概念,由"诵歌"而为"刺诗",这是西周由前期的兴盛而转向衰落的折射和反映,为以后"诗者,持也"的儒家怨刺教化的诗学理论奠定了诗歌写作的原典基础。

5. 以《小雅·鹿鸣》为标志,诗三百进入到以王室重臣记载战事、宣扬赫赫武功,诗三百再次由刺诗而为颂歌,这是宣王中兴时代政治的折射和反映。诗三百经历了一个由颂歌而刺诗再回归颂歌的完整周期,诗三百的写作方法也实现了第一次的巨大飞跃,情景交融、比兴手法等自我抒情模式得以创制。其中展示自我襟怀的写作方式,可以视为是诗三百写作史中的一次解放运动。"吉甫作诵,穆如清风"在诗篇之中作者署名的方式,则可视为这一思想解放的必然结果。

6. 从《国风·秦风》开始,诸侯可以写作诗三百作品了,这是平王东迁、王室衰微的时代折射和表现。其中首篇《车邻》写作于西周后期宣王时代，大约为秦国之始封为大夫，乃效西周王室之雅，歌颂受封之快乐，可以视为十五《国风》之始，也显示了秦国"彼可取而代之"的雄心。

7. 以《国风·周南》为标志，诗三百开始了"国风好色而不淫"的以男女恋情比兴政治、记载历史的阶段，是两周"礼崩乐坏"、世风日下的时代折射和反映。

从以上对诗三百写作历程的鸟瞰来看，《诗经》并非是一个在整体意义上具有共时性的历史现象，而是两周礼乐制度及历史文化的重要组成，它在儒家礼乐制度的完善、演变、衰落中完成了自身的演变和转型，也同时完成了由经而歌、由歌而诗、由散文而诗歌的完整历程。因此，将一部演变之中的《诗经》定义为"中国最早的一部诗歌总集"，显然是不够准确、不够全面的。

或者可以尝试作这样的界说：《诗经》是两周礼乐制度的产物，是两周儒家礼乐政治制度的经典文献总集，并在其漫长岁月的写作和传播之中完成了由儒家文献而向文学的转型，由经而向诗的完成；同时，诗三百也是中国的第一部诗歌总集，在儒家政治、哲学、历史文献的创制中，完成了中国诗歌体裁的创制。

进一步，就诗与史的关系而言，《诗经》是史的诗，是诗的史。它是以诗歌形式记载历史，是在记载历史中探索出了诗的写作方式；就诗与歌的关系而言，有诗、歌有别之说——有学者研究认为，诗人作刺之前主要是乐歌的时代，正风、正雅之作，皆为乐歌歌文、歌诗，后来才有诗的概念。《史记·周本纪》"懿王之时，王室遂衰，诗人作刺"[1]，认为仪式乐歌无疑构成了诗文的最早内容；而诗多为讽刺怨刺之辞，《文心雕龙·明诗》"诗者，持也，持人情性"，诗本有规正、法度的意思。大抵宣王之际，诗与歌合流，如《大雅·崧高》："吉甫作诵，其诗孔硕。其风肆好，以赠申伯。"《汉书·匈奴传》："懿王时，王室遂衰，……中国被其苦，诗人始作，疾而歌之，曰：'靡室靡家，猃狁之故。'"则诗不仅仅是怨刺，颂也在其中。《周颂》最早主要是西周制礼作乐的礼仪乐歌；《大雅》早期主要为有周历史的史诗乐歌；《小雅》主体部分为西周后期（宣王、幽王时期）周王室的战争乐歌和政治刺诗；《二南》《国风》主体部分为东周时代诸侯国的诗歌作品。总体而言，诗三百为中国诗歌的开山之作，标志了中国诗歌从先秦甲骨文、金文的散文书写开始了诗歌的写作方式。

　　《诗经》不仅仅不是一个共时性的板块，其写作手法也是在漫长历史岁月之中渐次演变形成的。赋、比、兴被认为是诗三百主要的写作手法。"赋者，铺陈其事而直言之者也""比者，以彼物比此物也""兴者，先言它物而引起所咏之词也"。[2]赋、比、兴是一个逐渐形成的过程，经历了单纯赋（《周颂》言志诉说）—偶然比、兴（《大雅》）—情景交融（《小雅》）的历程。

　　如前所述，诗三百产生于散文和音乐发展之中。最早的诗作，主要为《周颂》中的《清庙》《维清》《时迈》等篇章，尚无韵脚，也无整齐的句式，还不会使用分章的乐章形式。诗歌的重要因素是在诗歌写作的创作实践之中逐渐摸索得到的。经历了无韵—有韵—复杂的

---

[1] 懿王为周室第7代王，周王先后有：武王—成王—康王—昭王—穆王—共王—懿王—孝王—夷王—厉王—共伯和—宣王—幽王。
[2] 朱熹集注：《诗集传》，上海古籍出版社1980年版，第1—3页。

用韵形式,无章(《周颂》)—有章但仅为散文分章(《大雅》)—乐章(《小雅》之后),散文句式(《周颂》)—出现四言作为主体句式(《大雅》)—整齐四言(《小雅》之后)。

诗三百的作者署名。诗三百皆为无署名之作,但根据诸多方面的研究,诗三百基本为两周时期的贵族作品。诗三百的作品并非均匀出现在两周的八百多年时间中:西周早期的制礼作乐时期的作品,以周公、成王、召公为主要制作者;宣王到幽王时期的作品,尹吉甫、南仲、芮伯、寺人披等为其中有记载可查的作者;东周之后特别是春秋之后的作品,庄姜、许穆夫人、宋桓夫人等为有据可查的诗作者。

诗三百的传播与四家诗。根据《史记》等记载,秦火之后,有齐、鲁、韩、毛四家诗,齐诗之传始自齐人辕固生,汉景帝时候立为博士;鲁诗之传始自鲁人申培,文帝时候立为博士;韩诗之传始自燕人韩婴,其学可以追溯至子夏,文帝时候立为博士;毛诗因赵人毛苌所传而得名,赵国毛亨为大毛公,毛苌为小毛公。东汉之后,《诗三家义集疏》失传,马融作《毛诗注》,郑玄作《毛诗传笺》。班固有"又有毛公之学,自谓子夏所传,未得立"的记载,四家诗具有同源所出的倾向,正所谓"异流同源"。诗三百逐渐成为春秋时代政治外交、儒家教化的重要原典教材。史书中记载的最早一次赋诗言志,于鲁僖公二十三年(公元前637年)发生在秦穆公与晋公子重耳之间的赋诗言志,可以视为开始进入诗三百的传播史阶段。传播史中的诗三百,被经典化、儒家化、比兴化,很多作品不再是原创中的本意。这个时期诗三百的写作史尚未完成,特别是《国风》的写作方兴未艾,因此,传播史的比兴势必会深入影响到《国风》的写作方式。

如前所述,秦火之后,正因为《诗经》作为先秦士人的必读书目,具有广泛影响力,所以较之于其他典籍被更完整地保存了下来。到了汉初,诗成为经,分为古文与今文两派,传诗者共有四家,即鲁、齐、韩、毛四家诗。其中前三家诗为今文学派,在汉武帝时皆立于学官,为博士,但后世却均失传。毛诗为古文学派,是四家诗中唯一未立于学官而仅是私相传授的。毛诗在汉初传承多年,后经东汉末年郑玄以毛诗为本,兼采三家而为《毛诗传笺》,唐人孔颖达等为郑笺作疏,著《毛诗正义》,采用疏不破注的原则,综合了汉以来的《诗经》研究成果,尤其是南北朝的南北诗经学之争的成果,巩固了毛诗郑笺的地位。南宋之后,朱熹《诗集传》影响深远,清代后期王先谦集各家大成,著《诗三家义集疏》,可称得上是三家诗的定本。故本书主要以此书作为诗三百部分的主要底本进行研究,译文皆为笔者所译。

周颂·清庙之什

清庙

於穆清庙①,肃雝显相②。
济济多士,秉文之德。
对越在天③,骏奔走在庙④。
不显不承⑤,无射于人斯⑥。

释

①於:叹词。穆:美好。清庙:祭文王的庙。

②肃雝(yōng):严敬和好。显相:指有明德光显的公卿诸侯助祭。

③对越:对扬,报答。

④骏:快。

⑤不显不承:不,语助词。显,光耀。承,继承。

⑥射(yì):同"斁",厌。

译

啊,庄严肃穆的清庙,雍容端肃的助祭。
人才济济的士子,秉承文王的美德。
颂扬对越于云霄,啊,疾趋奔走于宗庙。
伟大的光显和继承,不再有什么烦恼。

维清

维清缉熙①,文王之典。
肇禋②,迄用有成③,维周之祯④。

释

①缉熙:光明。

②肇禋(yīn):开始祭祀,指文王征伐前的祭天。

③迄:至。有成:有天下。

④祯:吉祥。

译

唯有清明才有光明,那文王的典章呀,正是清明。

祭祀开始,直到功业的告成!这是有周的祥祯。

天作

天作高山①,大王荒之②。

彼作矣,文王康之③。

彼徂矣④,岐有夷之行⑤,子孙保之。

释

①作:生长。高山:指岐山。

②荒:治理。

③康:安定。

④徂(cú):往,到。

⑤夷之行:平的路。

译

天诞生了高山,大王开垦了高山。

大王经营它,文王安定它,他们到达它。

于是,岐山有了平坦之路,子子孙孙保护它。

评

《周颂》之中的前十篇,即《清庙之什》中的作品,大都被《毛诗》解释为周公制礼作乐的祭祀祖先之作,是诗三百中最早的作品。

以上从《清庙之什》选择前一、三、五篇，不难看出，这些篇什具有基本一致的风范：第一，篇章简短，依次为八句、五句、七句，最短的一篇《维清》仅有十八字，距离商周时期金文的篇幅和写法并不遥远。第二，与散文差异不大，如《清庙》并无韵脚，分别为：庙、相、士、德、天、庙、承、斯。按照六朝时代所谓"有韵为文，无韵为笔"的界分，尚不能进入"文"的行列；《维天之命》《维清》等，时或有韵，时或无韵，也同样是散文写法。此外，在《维清》五句的构成之中，有四句为四言句式，一句两字构成，从而形成诗的律动节奏。但这些还都可以在商周甲骨文、金文之中发现，属于在散文题材之中诗律的偶然碰撞；《天作》一首，三次使用"之"字，可以说，"之"字是中国古典诗歌最早采用的韵脚，大概由于虚词之字是必用之虚词，从而开启了古人的押韵概念。第三，感叹词采用"矣""斯"等，尚未形成《风》诗中"兮"的抒情句式。这一点留待后论。第四，再扩展到《清庙之什》十篇的语汇出现频率来看，"天""庙""王""周"等祭祀有周先祖用语出现较多，而根据王的不同称号，以及与作者的对应关系，也可以大略知道这些诗作的产生时间："於穆清庙""对越在天""骏奔走在庙"（《维清》）；"维天之命""文王之德之纯""骏惠我文王"（《维天之命》）；"文王之典""肇禋""维周之祯"（《维清》）；"於乎前王不忘"（《烈文》）；"天作高山，大王荒之""文王康之"（《天作》）；"昊天有成命，二后受之，成王不敢康"（《昊天有成命》）；"维天其右之，仪式刑文王之典""伊嘏文王""畏天之威"（《我将》）；"时迈其邦，昊天其子之。实右序有周""肆于时夏，允王保之"（《时迈》）；"执竞武王""不显成康，上帝是皇。自彼成康，奄有四方"（《执竞》）；"思文后稷，克配彼天""陈常于时夏"(《思文》)。

周颂·臣工之什

臣工

嗟嗟臣工①,敬尔在公。
王釐尔成②,来咨来茹③。
嗟嗟保介④,维莫之春,亦又何求⑤?
如何新畬⑥?
於皇来牟⑦,将受厥明⑧。
明昭上帝,迄用康年⑨。
命我众人:庤乃钱镈⑩,奄观铚艾⑪。

释

①臣工:臣官,指诸侯的卿士。

②王釐尔成:王理汝之收成。釐,通"理",董理。成,指收获。

③咨:谋。茹:度。

④保介:保护田界的人。介,通"甲",指武士。

⑤又:有。

⑥新畬(yú):新田熟田。耕未三年叫新,过三年叫畬。

⑦皇:美。

⑧将受厥明:大受其成。明,成,指收成。

⑨迄用康年:至今用丰年赐我。

⑩庤（zhì）：储备。钱（jiǎn）：农具，似铁铲。镈（bó）：锄。
⑪奄：全，尽。铚（zhì）：小镰刀。艾（yì）：割。

译

唉唉，臣子卿士，敬谨你们在公贤能。
我王吉祥你们的收成，来询问，来度称。
唉唉，来吉祥你们的收成，在这美好的暮春。
还有什么祈求呢？
怎样对新田旧田耕耘？
好美啊天赐的麦子，秋天将有好收成。
光明无比的上帝，赐我丰收好年景。
命我众人，准备好农具，察看镰刀割麦收成。

评

此诗除了开头两句"嗟嗟臣工，敬尔在公"有韵之外，其余大段文字无韵，彰显了此一篇虽然进入到第二个"之什"时期，但其写作时间，应该是在第一个时期之中，也就是尚未学会用韵的历史阶段。"嗟嗟臣工，敬尔在公。王釐尔成，来咨来茹。"起首四句，显然是代王立言、代王向臣工训示，正吻合周公摄政的身份。"嗟嗟保介，维莫之春，亦又何求？如何新畬？"承接的诗句，显示了该作应为暮春之际籍田活动的内容，代臣工和农人向上帝祈祷"康年"。从语气来说，亦应为周公之作。

振鹭

振鹭于飞①,于彼西雝②。

我客戾止③,亦有斯容④。

在彼无恶⑤,在此无斁⑥。

庶几夙夜⑦,以永终誉⑧。

释

①振:群飞貌。

②雝(yōng):水泽。

③我客:指宋国诸侯微子。戾(lì):到。

④斯容:这样的容貌,指像白鹭一样的高洁。

⑤无恶:无人厌恶。

⑥无斁(yì):无人厌弃。

⑦夙夜:从早到夜。

⑧永:永远。终誉:终久称誉。

译

成群的白鹭飞舞在那西雝。

我的客人来到了西雝,他也有白鹭一般的高洁颜容。

他在彼国受人爱戴,在此国也会受到欢迎。

早晚勤勉的他,会保持着美誉始终。

评

《振鹭》的写作意义在于:在诗三百的写作时间的坐标上,首次出现了比兴的手法:"振鹭于飞,于彼西雝。"以"振鹭于飞,于彼西雝"来兴起"我客戾止,亦有斯容"。比兴手法应是在诗歌反复写作中逐渐摸索出来的写作方式,以后的盛行可能与诗三百传播史的比兴诠释有关,诗三百传播将爱情诗比兴附会为政治以及其他社会关系,反过来推动了比兴手法的发展。当下的这次偶然使用,在于将客人(应为微子)的到来(戾止),与"振鹭于飞"的"斯容"加以比喻,带有早期通过比喻来将主体客体化途径的清晰印痕;其次,《振鹭》的用韵显示出了有意用韵的痕迹,如西雝,斯容;无斁,终誉,以换韵方式来形成完整的韵律节奏。

有瞽

有瞽有瞽①,在周之庭。
设业设虡②,崇牙树羽③。
应田县鼓④,鞉磬柷圉⑤。
既备乃奏,萧管备举⑥。
喤喤厥声⑦,肃雝和鸣⑧。
先祖是听。
我客戾止,永观厥成⑨。

释

①有:语助词。瞽(gǔ):盲人,古以盲人为乐师。

②业:大板。虡(jù):木架。木架上有大板,可以挂钟鼓。

③崇牙:设在大板上,像牙齿,可以挂钟鼓的。树羽:在崇牙上饰的五彩鸟羽。

④应:小鼓。田:大鼓。县鼓:应田都是悬挂的鼓。

⑤鞉(táo):摇鼓。磬:石磬,击之则鸣。柷(zhù):如漆桶,中有椎柄,令左右击,为开始演奏的信号。圉(yǔ):状如伏虎,敲击以止乐。

⑥备举:一齐奏乐。

⑦喤(huáng)喤:洪亮和谐。

⑧肃雝:舒缓和谐。

⑨成:乐一终为一成。

译

磬师啊,乐师,在我大周的乐庭!

架起大板和木架!

架起悬挂钟磬的崇牙!

架起崇牙上五彩的鸟羽!

小鼓、大鼓高高悬挂起!

摇鼓击磬吧!那左右击打的柷呀!

发出始奏音,那状如伏虎的圉呀!

发出结束音!乐器和歌手齐备了,箫管也都一齐奏鸣!

洪亮悠扬的乐曲呀!

在舒缓和谐的音律中和声——演奏奉献给先祖来听。

我们的客人来到了!久久地欣赏———直到人散曲终。

评

此诗应为诗三百中描绘西周音乐的第一篇,《毛序》:"《有瞽》,始作乐而合乎祖也。"《笺》:"王者始定,制礼功成。'作乐合成'者,大合诸乐而奏之。"此诗的写作背景,应与《有客》《振鹭》并读,诗中所说的"我客戾止"与《振鹭》同,同是周公为微子到来做准备的诗作之一。

按照《周颂》次序,恰恰到了《有瞽》一首,《诗经》的写作方式有了明显的飞跃,诗歌的韵律节奏明显地从散文化而向诗歌化转型。这一点,正与此前所论的《周颂》经历了由散文而转向诗歌的历程,由配乐诵文到配乐歌唱的歌文,再到配乐歌唱的歌诗的历程。其中周公制礼作乐的音乐配乐,乃为其转型的摇篮和催生剂。亦可说明,周公制礼作乐并非开始时都具备,而是渐次由制礼而作乐,而歌唱的过程。微子的到访,或为这种音乐体制的形式,起到了助推作用。

周颂·闵予小子之什

闵予小子

闵予小子①,遭家不造②,嬛嬛在疚③。
於乎皇考④,永世克孝⑤。
念兹皇祖⑥,陟降庭止⑦。
维予小子,夙夜敬止。
於乎皇王,继序思不忘⑧。

释

①闵(mǐn):可怜。予小子:我小子,成王自称。

②不造：不幸。

③嬛（qióng）嬛：孤独貌。

④於乎：呜呼。皇考：指武王。

⑤永世：终于一世。

⑥皇祖：指祖父。

⑦陟降：升降，上下。庭：通"廷"。

⑧继序：继承王业。

译

可怜我小子，遭遇家中不幸，孤独而忧伤。
伟大的皇考，我们会永世尽孝！
每每想到伟大的皇考皇祖，升降在天庭，
只有我小子一人，夙夜恭谨。
哦！伟大的皇王，我会继承大业永思不忘！

评

《毛序》："《闵予小子》，嗣王朝于庙也。"《笺》："嗣王者，谓成王也。除武王之丧，将始继政，朝于庙也。"毛诗郑笺，在此篇上珠联璧合，就诗作而言，亦极其吻合成王将始继政的背景。此诗值得关注之处：以第一人称的"小子"自称，完全吻合成王面对皇考先祖的心境，反之，对比此前周公之作，更见二作的不同；其二，此诗基本不用韵，或说是没有有意用韵的意识，与《清庙》略似，其水准显然不如周公之作。

大雅·文王之什

文王

文王在上①,於昭於天②。周虽旧邦,其命维新。有周不显③,帝命不时④。文王陟降,在帝左右⑤。

亹亹文王⑥,令闻不已⑦。陈锡哉周⑧,侯文王孙子⑨。文王孙子,本支百世⑩。凡周之士,不显亦世⑪。

世之不显,厥犹翼翼⑫。思皇多士,生此王国。王国克生,维周之桢⑬。济济多士⑭,文王以宁。

穆穆文王⑮,於缉熙敬止⑯。假哉天命⑰,有商孙子。商之孙子,其丽不亿⑱。上帝既命,侯于周服⑲。

侯服于周,天命靡常。殷士肤敏⑳,裸将于京㉑。厥作裸将,常服黼冔㉒。王之荩臣㉓,无念尔祖㉔。

无念尔祖,聿修厥德。永言配命,自求多福。殷之未丧师㉕,克配上帝。宜鉴于殷,骏命不易㉖。

命之不易,无遏尔躬㉗。宣昭义问,有虞殷自天。上天之载㉘,无声无臭。仪刑文王㉙,万邦作孚㉚。

释

①文王在上:周文王既死,他的神灵在天上。

②於(wū):赞叹。昭:明著。

③有周:周朝。不显:显,光明。

④时:是。

⑤帝:上帝。

⑥亹（wěi）亹：勉力。

⑦令闻：好的声名。

⑧陈锡：重赐，厚赐。

⑨侯：于。

⑩本支百世：本宗，即文王子孙。支，支子，即文王庶出子孙，均传百代。

⑪不显亦世：显世，光显于世。

⑫厥犹翼翼：其谋恭敬。

⑬桢：支柱。

⑭济济：众多貌。

⑮穆穆：美好。

⑯缉熙：光明。敬：诚敬。止：语助词。

⑰假：大。

⑱其丽不亿：其数亿。

⑲侯于周服：服从周。

⑳殷士肤敏：殷臣美好敏疾。

㉑祼（guàn）：用酒祭祖。将：行。

㉒黼（fǔ）：绣白黑色斧形的礼服。冔（xǔ）：礼帽。称殷臣穿戴殷的礼服礼帽，说明文王以德不以强。

㉓荩（jìn）臣：忠臣。

㉔无念：念。

㉕丧师：丧失众人心。师：众。

㉖骏命不易：保天命不容易。

㉗遏：止。

㉘载：事。

㉙刑：法。

㉚孚：相信。

译

　　文王神灵在天，光明天上显现。有周虽是旧邦，承受天命新宰。周朝光明显耀，上命应时而降。文王神灵升降，处于上帝两旁。

　　勤勉的文王，美好的声望没有止境；上帝厚赐周朝，厚赐文王子孙。文王子孙后代，本宗旁支相传百世。凡是有周士子，皆能光耀传世。

　　有周士子光耀照世，是由于他们为有周小心翼翼地谋划。有如此众多的才俊士子，产生在有周王国。他们在王国中诞生，他们是有周的干桢。依靠着济济多士，文王的神灵得以安宁。

　　伟大的文王，啊！光明而虔敬。伟大的天命，也给予了有商的子孙。殷商的子子孙孙啊，何止千万成亿。上帝既然有命，命你们臣服于有周为臣子。

　　殷人臣服于周朝，天命无常不定。殷商的士子机敏，在周京用酒祭祖相称。他们用酒祭祖时，还是穿殷朝礼服。作周王的忠臣，想念你的祖先。

　　想念你的祖先，修明你的德行。永久配合天命，自己求多福分。殷的未失掉众心，能够配合上帝天命。应该以殷为鉴戒，保持天命不容易。

　　保持天命不容易，不要断送天命在你身。宣扬昭示好的声誉，殷的悲喜从天命。上天行事，没有味也没有声。效法文王，万邦才会对你信任。

评

朱熹谓《文王》一篇："《吕氏春秋》引此诗，以为周公所作。味其词意，信非周公不能作也。"[1]《毛序》："《文王》，文王受命作周也。"《笺》："受天命而王天下，制立周邦。"文王受命作周，制立周邦，为周邦的奠基者，故宜为大雅之首也。

文王既为周邦之首，自当为《大雅》之首，故文王神灵在上，光耀于天。文王陟降，在天帝身旁。殷周"残民事神"，西周则"敬天保民"，[2]"事鬼敬神而远之"，[3]但毕竟"敬天""事鬼敬神"，这正是对殷周的承续，也是对上古时代一以贯之的承续，但本质却在于对文王等开国君主的赞美，在于现世。《周颂》是对先祖的祭祀之文，《大雅》则是对有周历史的记载和歌颂。首篇《文王》，是从有周的奠基者文王开始歌颂。

全诗的艺术性也发生了质的飞跃，首先，是由散漫无章的散文章句一变而为较为整齐的四言八句一个章节的诗体形式。其次，在全篇的层次上，层次感甚为分明。以前四章为例，首章重在阐发"周虽旧邦，其命维新"，也就是有周是受到上天垂顾的，说明上天对文王的垂顾而文王在上天左右的关系；第二章自然推衍到天命对文王家族子孙的垂顾；第三章推衍到血缘之外的士对周王朝的伟大作用："思皇多士，生此王国"；第四章再推衍到有周对殷商后裔的怀柔政策：

---

[1] 朱熹集注：《诗集传》，上海古籍出版社1958年版，第177页。
[2] 郭宝钧：《中国青铜器时代》，三联书店1963年版。
[3] 参见《礼记·表记》。

"常服黼冔,王之荩臣"。再次,每章之间,又常常用顶针写法,从而使得全篇结构紧凑,有一气呵成之感。

大明

明明在下①,赫赫在上。天难忱斯②,不易维王。天位殷適③,使不挟四方④。

挚仲氏任⑤,自彼殷商。来嫁于周,曰嫔于京⑥。乃及王季⑦,维德之行。

大任有身⑧,生此文王。维此文王,小心翼翼。昭事上帝,聿怀多福。厥德不回,以受方国⑨。

天监在下,有命既集⑩。文王初载,天作之合。在洽之阳⑪,在渭之涘⑫。

文王嘉止⑬,大邦有子。大邦有子,俔天之妹⑭。文定厥祥⑮,亲迎于渭。造舟为梁⑯,不显其光。

有命自天,命此文王。于周于京⑰,缵女维莘⑱。长子维行⑲,笃生武王⑳。保右命尔,燮伐大商㉑。

殷商之旅㉒,其会如林㉓。矢于牧野㉔,维予侯兴。上帝临汝,无贰尔心。

牧野洋洋㉕,檀车煌煌㉖,驷騵彭彭㉗。维师尚父㉘,时维鹰扬。凉彼武王㉙,肆伐大商㉚,会朝清明㉛。

释

①明明在下:明显的恩德施给下面人民。

②忱(chén):信。

③適：通"嫡"，嫡子。

④挾：达到。

⑤挚仲氏任：挚国的中女姓任，叫太任。

⑥嫔（pín）：妇。

⑦王季：太任的丈夫。

⑧大：同"太"。有身：有孕。

⑨方国：四方诸侯之国。

⑩集：就。

⑪洽（hé）：水名，源出陕西合阳县。阳：水北。

⑫渭：水名。涘（sì）：水边。

⑬嘉：嘉礼，婚礼。

⑭俔（qiàn）：好比。

⑮文定：订婚礼。祥：吉。

⑯梁：浮桥。

⑰于周于京：改号为周，易邑为京。

⑱缵（zuǎn）：继娶。莘：国名。娶莘国女，即太姒。

⑲长子：指周文王长子伯邑考，先死。行：德行。

⑳笃：语助词。

㉑燮（xiè）：和谐。

㉒旅：众，指军队。

㉓会：通"旝"，旗。

㉔矢：陈列。

㉕洋洋：广大。

㉖煌煌：明显。

㉗ 騵（yuán）：赤毛白腹的马。

㉘ 师尚父：太师吕望。

㉙ 凉：辅佐。

㉚ 肆：疾。

㉛ 会：合。

译

显著德行在下，赫赫神灵在上；天意难以琢磨，难以担当者王。天意属意于殷，使命不达四方。

挚国有女太任，挚国从属殷商。太任嫁到有周，要做周京新娘。嫁给有周王季，王季德行传扬。

太任有了身孕，诞下周文王。正是有周文王，如此小心翼翼。勤勉侍奉上帝，获取众多福祉，从不违背道德，深获众国采信。

上天洞悉下界，命运成就周国。文王初载时刻，天地阴阳好合。在那洽水北面，在那渭水岸坡。

文王婚典齐备，新人大邦新娘。来自大邦新娘，好比天上仙女。婚礼占卜吉祥，文王亲迎渭阳。连接舟船桥梁，显耀圣洁荣光。

天命自天而降，天命达于文王。改号周邑为京，继娶莘国新娘。长子先故德行，次子武王传承。上天保佑武王，协调诸国伐商。

殷商军旅强壮，旗帜如林飘扬。周军陈列牧野，展现新兴力量。上帝照耀俯临，周军一体，没有贰心。

牧野地势宽广，檀木战车煌煌，驷马威武雄壮。更有尚父吕望，一似雄鹰飞翔。辅佐伟大武王，疾驰讨伐殷商。四方会合朝见，终于天下清平。

评

  《文王之什》的前两篇,首篇《文王》起首:"文王在上,於昭於天。周虽旧邦,其命维新",第二篇《大明》起首:"明明在下,赫赫在上。天意忱斯,不易维王。"首篇说"文王在上",是说文王的神灵在上;此篇说"明明在下",是说文王的道行是基础,因此才会赫赫在上。这里,我们看到了两篇之间是一气贯下的关系,是连续写作,是一个史诗系列,以诗体的形式来歌颂和记载先祖的德行,这在诗歌的发轫时期是非常了不起的。

  我们也会注意到,文王代表的先祖和天、天帝之间,是一而二、二而一的紧密关系,始终围绕两者之间的关系来展开。但天意不是随意给你的,而是需要不断的修行,不断的努力。天意原先是给殷商的,但殷商未能和天道融为一体,而有周实现了这种关系。以下讲文王的婚姻,天作之合,指明即便是婚姻,也是天意的一部分,随后,陆续讲到武王的诞生和武王伐纣的场景。从"殷商之旅,其会如林。矢于牧野,维予侯兴",到"牧野洋洋,檀车煌煌,驷騵彭彭。维师尚父,时维鹰扬",场景雄伟,气势恢宏,开启后人具体场景描写的法式,而这种雄浑场景与前文女性婚配的场景相互映衬,也成为后来豪放婉约不同风格熔铸一体的滥觞。同时,其诗歌因素,明显显示了由无韵到有韵,由散文体式向诗歌体式渐变的痕迹。

绵(片段)

  绵绵瓜瓞①。民之初生②,自土沮漆③。古公亶父④,陶复陶穴⑤,未有室家。

  古公亶父,来朝走马,率西水浒,至于岐下。爰及姜女⑥,

聿来胥宇⑦。

周原膴膴⑧，堇荼如饴⑨。爰始爰谋⑩，爰契我龟⑪。曰止曰时⑫，筑室于兹。

释

①绵绵：长而不断绝。瓜瓞（dié）：大瓜叫瓜，小瓜叫瓞。从小瓜长到大瓜，它的蔓长而不断绝。

②民：周人。

③土：通"杜"，水名。沮、漆：皆水名。杜水，在陕西麟游县杜山下，南流折东入武水。漆水在陕西郊县西，西南流与沮水相会，注入渭水。

④古公亶父：古代的公，名亶父，是周代太王名。

⑤陶复陶穴：挖土为室，旁穿为复，直穿为穴。陶指挖洞。

⑥爰及：于是与。

⑦胥宇：察看居处。

⑧膴（wǔ）膴：美好。

⑨堇（jǐn）：堇葵。荼（tú）：苦菜。饴（yí）：用米芽或麦芽熬成的糖浆。

⑩始：始谋。

⑪契龟：求龟壳裂纹，古人用龟壳卜吉凶，用火烧龟壳求裂纹。

⑫时：居住。

译

小瓜长成大瓜，大瓜生下小瓜，瓜瓜相生，绵延不绝。周民初生时代，自杜水而到沮水，由沮水而到漆水。先祖古公亶父呀，旁穿陶复，直穿陶穴，他还没有落脚的家业。

古公亶父，清晨骑马，沿着西面的水边，来到岐山脚下。于是与姜女一起，在这里考察居家。

周原土地广袤肥沃，苦菜堇葵也觉甜美。于是，始谋而再谋，占卜而契刻于龟。止于此地，筑室此地。

评

所谓"文王之兴，本由太王也"（《毛序》）。溯本追源，因此以"绵绵瓜瓞"来起兴。如果将《大雅》之前三篇，视为一个自然的写作次序，前两篇都还有赋陈史实以及描绘场面，此篇偶然出现比兴，却十分形象，且比体之"绵绵瓜瓞"与被比之"民之初生"，两者之间关系异常紧密，几乎是不得不比，不比则不能言明有周以来世代之绵延不绝，从而开启了后来《诗》之写作者的比兴途径。

《大雅》从《文王》始就开始采用分章体式，《文王之什》十篇，六十六章，四百一十四句。每篇平均六章多，字数方面平均每章41.4句。这个数据说明，《文王之什》就总体写作时间来看，虽然略晚于《周颂》，但仍然是诗三百较早的作品，应是周公后期或是稍晚一些的作品。《文王之什》虽然开始采用分章体式，但尚未形成真正意义上的音乐分章，还采用散文体式的段落式的分章。也就是说，之所以分章，是由于内容丰富，篇幅冗长，才有了分段分章的格式；再换言之，《大雅·文王》篇章之所以分章，而《周颂》全然不必分章，除了相互之间确实存在的写作时间先后的问题，同时也是由于两者性质不同、内容不同。《周颂》为郊庙祭祀之作，多为抽象歌颂论说，《大雅》主体部分为书写祖先宗族历史，是史诗性质之作，其中含有叙事诗成分，因此，内容丰富，篇幅冗长，势必要有段落章节的划分。

《绵》共计九章，每章六句，比较均衡，但首章的六句，是由两个三句组成，显示出偶句形式尚未进入到稳定时期。此外，《文王之什》中虽然主体为散文体式的段落分章，其中也开始有音乐歌诗重复、复沓式的分章的萌芽因素。前两篇《文王》《大明》尚无此种写法，完全只是平铺直叙的线形结构。到第三首《绵》开始偶然出现重复写法：叙述古公亶父的功业事迹，在叙说中由于需要连续性讲述故事情节，于是，开始采用连词"乃"字连续，这样就出现了不仅有一段四次采用同一个字的现象，同时开始出现三个段落连用一个字，结尾一章则连续使用"予曰有"三个相同的字。偶然采用重复的写法，在歌唱中必然显示其特殊的审美风范，以后的写作必然会从不自觉的偶然而走向自觉的必然。此诗还采用了连绵字写法："绵绵瓜瓞"；重复写法："陶复陶穴"；顶针写法："乃立应门，应门将将"……因此，该篇可以视为《大雅》中的名篇，也是诗三百从《颂》诗到《雅》诗散文化写法向诗歌化写法转型的枢纽之一。

大雅·生民之什

生民（片段）

厥初生民，时维姜嫄①。生民如何？克禋克祀②，以弗无子③。履帝武敏歆④，攸介攸止⑤，载震载夙⑥。载生载育，时维后稷。

诞弥厥月⑦，先生如达⑧。不坼不副⑨，无菑无害⑩，以赫厥灵⑪。上帝不宁⑫，不康禋祀，居然生子。

诞寘之隘巷⑬，牛羊腓字之⑭。诞寘之平林，会伐平林。诞寘之寒冰，鸟覆翼之。鸟乃去矣，后稷呱矣。实覃实訏⑮，厥声载路⑯。

释

①姜嫄（yuán）：姜姓部落的女酋长。

②禋（yīn）：祭天的典礼。

③以弗无子：用来除去无子。弗，指除灾去邪。

④履帝武敏歆：践踏上帝脚印欣然。履，踏。帝武，上帝脚印。敏，借为"拇"，脚拇趾。歆，欣然。

⑤攸介攸止：腹大得孕。介，大。止，得到。这是踏脚印会得孕，是神话。

⑥载震载夙：指胎动。震，指震动。夙也指动。

⑦诞弥厥月：生育满足月份。弥，满。月，月份。

⑧达：小羊。

⑨不坼不副：不，语助词。坼，指胞衣分裂。副，指胎盘分离。

⑩菑：同"灾"。

⑪赫：显耀。

⑫上帝不宁：姜嫄恐"履帝武"孕受罚，故有"上帝不宁"之忧，而居然生后稷，故以不祥而弃之。

⑬寘：置，放在。

⑭腓（féi）：庇护。字：慈爱。

⑮覃（tán）：长。訏（xū）：大。
⑯载路：满路。

译

初有周民的时候，始祖是叫姜嫄的女子。姜嫄怎样生育周民？有隆重的祭天典礼。养育后代怎能无子呢？她为踩踏了上帝的脚印而快乐。于是，肚子隆起，胎儿在腹中孕育，姜嫄生下了男婴儿，这就是后稷。

怀胎十月诞生，头生却像小羊。胎衣破裂了，胎盘分离了，母子平安无灾无害，如此赫然的生灵，上帝却仍不能安宁。不安而去祭祀，居然所生的是儿子。

将他置放在狭隘的陋巷，牛羊庇护他以慈祥；将他置放在平林，却巧遇到伐林人救护收养；将他置放在寒冰，鸟儿以翅膀衣被他。鸟儿飞去了，后稷才呱呱地哭了。这哭声是那么响亮，是如此悠长，这哭声，弥漫在悠远在路上。

评

此一首，在前面十篇以文王为中心的周史颂歌基础之上，进一步追述有周更为远古的始祖，也就是后稷的诞生情况。这里，既有史诗一般的细节，也有神话一般的想象。诗歌从远古的原始女性社会的姜嫄踏迹而诞生后稷的故事说起，其中充满了生动的细节描写，作者写出了从怀孕到诞育，从诞育到历经磨难的艰辛历程。细节不仅仅是必要的，而且是关键的，细节决定了真实，真实决定了可信度。

第一个层次，诗作先写孕育的历程："生民如何？克禋克祀，以弗无子。履帝武敏歆。"这是诞育历程中的第一个细节：姜嫄接受上天赐予之前的隆重的祭天典礼，从而为随后踏迹而孕做出铺垫。养育后代怎能无子呢？她为踩踏了上帝的脚印而快乐。于是，肚子隆起了，姜嫄受孕了，胎儿在腹中孕育。胎儿是谁？诗人没有先说，而是设为悬念。写到这里，方才揭示，这一胎儿是一个男婴，男婴是谁？这其实就是有周的祖先后稷，但诗人还是不说，仍留做悬念，等待合适的时机揭示谜底。

第二个层次，描写后稷诞生的苦难和天意的灵验。写后稷的种种苦难，而无不有自然万物神灵的护佑，连用三次"诞寘之"来展延故事的情节：把后稷放到隘巷，有牛羊保护了他；放到平林中，正好有人伐木，将他收养；将他放到寒冰上，有大鸟飞来保护他。于是，后稷呱呱然而泣，得到天的护佑，从苦难中得生。至此，诗人才揭示这位神话中的男婴主人公，他的名字正是后稷。此一段还有值得强调的，是细节手法的运用。细节是叙事文学非常重要的写作手法，《周颂》及《大雅》此前的诗作，基本还未有细节描写，此诗堪称较早的细节描写。

这一段神话史诗，情节曲折，富于悬念，细节逼真，场景如在眼前，富有感染力。这是周公在写作《周颂》连同《大雅·文王之什》数十篇作品之后的艺术升华，反之，也可以说，没有此前数十篇的写作基础，是难以完成这样的神话史诗构思的。因此，也可以验证当下诗三百内部结构的写作时间次序。

凫鹥

凫鹥在泾①，公尸来燕来宁。尔酒既清，尔肴既馨。公尸燕饮,福禄来成②。

凫鹥在沙③,公尸来燕来宜。尔酒既多,尔肴既嘉。公尸燕饮,福禄来为④。

凫鹥在渚,公尸来燕来处。尔酒既湑,尔殽伊脯⑤。公尸燕饮,福禄来下。

凫鹥在潀⑥,公尸来燕来宗⑦。既燕于宗⑧,福禄攸降。公尸燕饮,福禄来崇⑨。

凫鹥在亹⑩,公尸来止熏熏。旨酒欣欣⑪,燔炙芬芬。公尸燕饮,无有后艰。

释

① 凫(fú):野鸭。鹥(yī):鸥鸟。泾(jīng):水名。

② 成:成就,指以福禄成全之。

③ 沙:沙滩。

④ 为:助。

⑤ 脯(fǔ):肉干。

⑥ 潀(cóng):水涯。

⑦ 宗:尊敬。

⑧ 于宗:在宗庙。

⑨ 崇:高,重,增加。

⑩ 亹(mén):峡中两岸对峙如门处。

⑪ "来止熏熏""旨酒欣欣":俞樾《古书疑义举例》认为当作"来止欣欣""旨酒熏熏"。"熏"同"醺",指酒味。

译

野鸥聚集泾水，公尸来此燕饮安详。你的美酒清澄，你的肴馔馨香。公尸来此燕饮，福禄伴随从天降。

野鸥聚集沙滩，公尸来此饮宴。你的美酒清澄而多，你的肴馔嘉美而鲜。公尸来此燕饮，福禄来此翩翩。

野鸥聚集水渚，公尸来饮来宴。美酒过滤澄清，肴馔嘉美而精。公尸来此燕饮，福禄来此频频。

野鸥聚集水涯，公尸来宴敬宗。既然祭奠在宗，福禄天降其中。公尸来此燕饮，福禄来此重重。

野鸥聚集峡门，公尸来饮熏熏。美酒过滤清新，烧肉气味芬芬。公尸来此燕饮，后人不再艰辛。

评

此诗描述成王之时，尸来燕也，美成王设礼而为尸燕。[1] 尸燕是在水边的一种祭祀活动，公尸，指的是由人来权当死去的先祖或是神来进行祭祀。祭祀之后，翌日设宴款待公尸，称之为"尸燕"。此诗即为一首表现饮宴公尸的诗作，也称为"绎祭"。

此诗的章句结构非常有趣，全篇五章，每章六句，每句基本为四字，仅有每章的第二句为六个字，这是因为"公尸来燕"四个字作为主宾结构的主语，还需要两个字的空间作为谓语方能表达意思。

此诗最为鲜明的特点，是每章之间的重复和变化交错，全篇各章之间的句式基本重复，但在重复之中又有变化。其中前两个乐章，其

---

[1] [清] 王先谦撰，吴格点校：《诗三家义集疏》，中华书局1987年版，第892页。

中五句每句更改一字,"公尸燕饮"这一主题句不变。第三章与前两章基本相同,唯有第四句增添一个词的变化:"尔肴伊脯"。第四乐章则在三四句处变化:"既燕于宗,福禄攸降"。第五章则分别在三四句和结句变化,重复中有变化,变化中有不变,回环往复,甚为奇妙。

大雅·荡之什

崧高(片段)

崧高维岳①,骏极于天②。维岳降神,生甫及申③。维申及甫,维周之翰。四国于蕃④,四方于宣⑤。

亹亹申伯⑥,王缵之事。于邑于谢,南国是式⑦。王命召伯,定申伯之宅。登是南邦⑧,世执其功。

……

申伯之德,柔惠且直。揉此万邦⑨,闻于四国。吉甫作诵,其诗孔硕,其风肆好⑩,以赠申伯。

释

①崧(sōng):山高。岳:指四岳,东岳泰山,西岳华山,南岳衡山,北岳恒山,那个中岳嵩山是后起的,所以先说四岳。

②骏(jùn):通"峻"。

③生甫及申:甫侯和申伯,皆周宣王时大臣。一说甫即仲山甫,一说甫即甫侯,即穆王时作《吕刑》之甫侯之子孙。今即释为甫侯。

④四国:四方诸侯国。于蕃:为藩篱。

⑤于宣：为垣，做墙。宣，指墙。
⑥亹（wěi）亹：勤勉。
⑦南国：南方国家。式：法，取法。
⑧登：成为。
⑨揉：使服从。
⑩风：清风。肆好：极好。

译

山到极处而为名山，山到极点而能触天。只有名山而能降神，降生贤良甫侯申伯。申伯和甫侯，将大周的屏障保全。四方诸国的藩篱呀，四方诸侯的城垣。

勤勉的申伯呀，王命申伯办事，使他在谢地建邑，统治南方诸侯之国。王命令召伯，规划申伯的住宅，使他执掌南方诸国，世世代代传功业。

……

申伯的美德呀，正直惠美而柔和。用来安顺那万邦，声誉闻达于四方侯国。

吉甫作了这篇颂，他的作品诗意盎然，他的作品婉转流动，以增益申伯的美德。

评

这一首显然是宣王时期重臣尹吉甫所作，诗作是记载申伯的功业，赞美申伯的。《笺》："尹吉甫、申伯，皆周之卿士也。尹，官氏，申国名。"方玉润《诗经原始》："此诗与下篇《烝民》，同为尹吉甫赠送之作。一送申伯,一送仲山甫,以二臣位相亚,名相符,才德又相配,故于二臣之行也,特赠诗以美之。"

此诗值得关注之处,首先,这一首可以视为宣王时期著名诗人尹吉甫的开篇诗作,如前所述。其二,此一首可以视为是第一首赞美大臣的诗作。此前的赞美诗,主要是赞美天帝、赞美祖先、赞美周王,赞美大臣同僚的诗作此前极为罕见。可以见出诗歌写作内容的渐次解放、写作对象的渐次下移。其三,最为值得关注的是,此首诗第一次在诗作中标注了写作者的名字是吉甫,尹,为其官氏。这一点开启了后来写作者的署名方式,为研究者提供了宝贵的研究资料。

小雅

鹿鸣

呦呦鹿鸣①,食野之萍②。我有嘉宾,鼓瑟吹笙。吹笙鼓簧③,承筐是将④。人之好我,示我周行⑤。

呦呦鹿鸣,食野之蒿。我有嘉宾,德音孔昭。视民不恌⑥,君子是则是效。我有旨酒,嘉宾式燕以敖⑦。

呦呦鹿鸣,食野之芩⑧。我有嘉宾,鼓瑟鼓琴。鼓瑟鼓琴⑨,和乐且湛⑨。我有旨酒,以宴乐嘉宾之心。

释

①呦(yōu)呦:鹿鸣声,见食相呼。

②萍:艾蒿。

③簧：乐器中用以发声的振动器。
④承筐是将：承，奉也。将，送也。古代奉筐盛币帛以送宾客。
⑤周行：大路。
⑥视：示。佻（tiǎo）：轻佻。
⑦式：语助词。燕：同"宴"。敖：游乐。
⑧芩（qín）：蒿类植物。
⑨湛（dān）：乐之久。

译

鹿呦呦地在叫呀，吃着荒野的蒿萍。我有嘉宾呀，弹奏琴瑟吹笙。吹笙鼓动声簧呀，送客币帛满筐。客人对我真好，指我正道主张。

鹿呦呦地在叫呀，吃着荒野的萍蒿。我有嘉宾呀，他是如此的盛名昭昭。为人举止不轻佻，君子从善而仿效。我有美酒呀，嘉宾欢宴而逍遥。

鹿呦呦地在叫呀，吃着荒野的蒿芩。我有嘉宾呀，擅长鼓瑟鼓琴。擅长鼓瑟鼓琴呀，和乐而沉湎于美音。我有美酒呀，用以宴乐嘉宾之心。

评

关于"之什"，朱熹《诗集传》："雅颂无诸国别，故以十篇为一卷，而谓之什，犹军法以十人为什也。"朱熹所说有一定的道理，应该是后来编诗者为方便阅读、讲授、传播而以"之什"的方式界分，如同书长则有章节，乐长则有乐章是也。一般皆为十篇，《大雅》和《颂》诗有多出，则置放于最后一个之什。

在《鹿鸣》的阅读中，我们真有摆脱《大雅》的沉闷冗长之感，而得一种节奏之美、一种回环往复之美、一种清新明快之美！因此，此诗应该是《小雅》中较为晚些的诗篇，为何被置放到《小雅》的第一篇？我们还是需要想到《诗经》的编辑，原本是为教育学习方便之用，将最为优秀的或是最具有"片言以居要"地位的篇章置于重要的位置，从而起到吸引阅读者或是让阅读者给予更为充分的重视的作用，是在情理之中的。但这样的编辑安排，就打乱了诗三百原本的写作次序和产生次序，为诗三百的写作史研究和读者的学术接受带来了困难。

《鹿鸣》三章，每章八句，每章均以"呦呦鹿鸣"起首，第三句均以"我有嘉宾……"回应复沓，颇得音乐节律之美。其写作时间不明，《鲁》说：周大臣之所作也。王道率……留心声色，内顾妃后，设旨酒嘉肴，不能厚养贤者。……周道凌迟，自以是始。[1] 大抵西周晚期之作也。该篇的比兴手法显然是异常成熟的，每一章均以"呦呦鹿鸣"起兴，以"我有嘉宾"接应之。比兴之客体与被比兴之主体融洽无间，引人入胜，乃为进入到成熟比兴之作。

伐木（首章）

伐木丁丁①，鸟鸣嘤嘤②。
出自幽谷，迁于乔木。
嘤其鸣矣，求其友声。
相彼鸟矣，犹求友声。

---

[1] [清] 王先谦撰，吴格点校：《诗三家义集疏》，中华书局1987年版，第551页。

矧伊人矣③，不求友生？
神之听之④，终和且平。

释

①丁丁（zhēng zhēng）：伐木声。

②嘤嘤（yīng yīng）：鸟鸣声。

③矧（shěn）：况且，何况。

④神之听之：审慎听从。神，慎。

译

伐木声音丁丁，鸟鸣声音嘤嘤。

鸟儿来自幽深的山谷，飞到高高的树木。

鸟儿那嘤嘤的鸣声呀，在寻求同类的声音。

看看那嘤鸣的鸟儿呀，犹然求其朋友之声，

何况人类呢？怎能不求友生？

请求神灵倾听吧，倾听这和平的声音。

评

《伐木》，韩序曰：伐木废，朋友之道缺。劳者歌其事，诗人伐木，自苦其事，故以为文。[1] 汉人由此出发，生发为"饥者歌其食，劳者歌其事"，当代人由此再出发，诠释为诗歌作者即为劳动人民，殊不可取。原文分明为"劳者歌其事，诗人伐木，自苦其事，故以为

---

[1] [清]王先谦撰，吴格点校：《诗三家义集疏》，中华书局1987年版，第569页。

文",诗人伐木,自苦其事,类似嵇康锻铁,士人诗人参加劳作,自苦其事,自古有之也,如伯夷叔齐之采薇,陶渊明"种豆南山下"之躬耕稼穑,东坡之开垦东坡之地,往往皆是也。诗三百中如《七月》,若《伐檀》,皆是也,不得视为民歌之作。

《伐木》三章,每章十二句,每章均以"伐木"起首。该作不仅仅达到了章句整饬,节奏优美,而且开始实现了诗意内容的精彩,实现了比兴和诗作整体境界的和谐统一。总体而言,此诗与《鹿鸣》相似,均为后来之作品,艺术高度成熟,并且能从冗长繁杂的长篇叙说中摆脱出来,成为较为优秀的抒情诗篇。

采薇(首尾两章)

采薇采薇①,薇亦作止②。
曰归曰归,岁亦莫止。
靡室靡家,猃狁之故③。
不遑起居,猃狁之故。
……
昔我往矣,杨柳依依④。
今我来思,雨雪霏霏。
行道迟迟,载渴载饥。
我心伤悲,莫知我哀。

释

①薇:野豌豆。

②作:初生。止:语助词。

③猃狁（xiǎn yǔn）：古民族名。
④依依：犹"殷殷"。

译

采薇菜呀采薇菜，薇菜正发芽。
说回家呀说回家，又到一岁暮天涯。
没爱妻呀没有家，都是猃狁的缘故；
说起居呀没工夫，都是猃狁的缘故。
……
当年我去的时候，杨柳依依；
今日我回的时候，雨雪霏霏。
前路归程漫漫，归程难消渴饥。
谁解我心伤悲？谁知我心伤悲？

评

《小雅》中的诗篇到《采薇》达到极致，在诗三百中也臻于极致，可谓前无古人。《史记·周本纪第四》记载："懿王之时，王室衰微，诗人作刺。"[1]但从该诗艺术手法之娴熟、意境之超越，均不似懿王时期之作，似应为西周后期，最早应为宣王时期之作。该诗六章，每章八句。前三章以"采薇采薇，薇亦作止""采薇采薇，薇亦柔止""采薇采薇，薇亦刚止"的重复和变化起首，在重复中变化，在变化中重复，最具歌咏之妙。

---

[1] [清]王先谦撰，吴格点校：《诗三家义集疏》，中华书局1987年版，第580页。

更为值得关注的是，诗中之人称视角为"我"，如第一章"采薇采薇，薇亦作止。曰归曰归，岁亦莫止。靡室靡家，猃狁之故。不遑起居，猃狁之故"，语句之间的语意何等清晰，何等顺畅，字字句句扣紧诗人出征讨伐猃狁逾时不归的思乡心境。这里的"我"，可谓是第一次真正表达诗人之小我，不似周公《七月》之"我心伤悲""迨及公子同归"之代言采桑女。

正因为《采薇》之作，书写诗人自我之真实背景、真实心境，才有结尾一段"昔我往矣，杨柳依依。今我来思，雨雪霏霏。行道迟迟，载渴载饥。我心伤悲，莫知我哀。"王夫之评，杨柳依依四句，为"以乐景写哀，以哀景写乐，一倍增其哀乐"。中国诗歌的意象意境传统，已经在此滥觞。"杨柳依依""雨雪霏霏"，不是简单的比兴手法，已经是情景交融、天人合一的诗歌意境美学观念的典范了。

《采薇》一诗当为何人所作？有趣的是该诗之下篇《出车》，与此篇有很多相似之处。首先是主题和背景相似，鲁说曰：周宣王命南仲、吉甫攘猃狁，威蛮荆。齐说曰：懿王曾孙宣王，兴师命将以征伐之，诗人美大其功，曰："薄伐猃狁，至于太原。……称为中兴。"《采薇》《出车》均为"周宣王命南仲、吉甫攘猃狁，威蛮荆"之作。因此，此诗可能是南仲之作，理由如下：

首先，南仲与吉甫同样受命于周宣王，分别率兵征伐猃狁，两者背景相同。这一组相同主题的诗作篇数不少，却是两种笔法：一种是尹吉甫署名之作代表的大雅风格，篇幅冗长且枯燥说理；另一种是《采薇》代表的情景之作。南仲是此次征伐战争与尹吉甫并列的另外一位统帅，如果中国的政治体制发展到宣王时代，还仅仅是重臣以及当事重臣拥有写作诗歌的权利的话，则理应是南仲之作。

其次，宣王时代特别是宣王征伐狁狁的几次战争，正是诗三百从大雅向小雅诗风转型的飞跃时期。从尹吉甫到南仲，应该是诗三百的一次飞跃，准确地说是第二次飞跃，诗歌写作由赋而比兴，由政治空泛言志到政治大背景之下的个人情怀，其中特别是景物描写进入诗中，具有重要的意义。

与此同时，诗歌形式的乐章之美、整齐之美、用韵之美，也都同时出现了飞跃。而尹吉甫的诗作如前所述，主要是诉说式的，罕见抒发个人情怀之作。《大雅·烝民》中有"吉甫作诵，穆如清风"，明确注明为吉甫之作，《毛序》："尹吉甫美宣王也。"[1]《大雅·烝民》之作，其艺术水准明显与《采薇》《出车》不在一个层次，全篇仍然主要在《周颂》《大雅》诗作的赋体铺写叙说的体式，背景虽同而写法不一，是故，很难确认尹吉甫与南仲为同一人。

出车

我出我车，于彼牧矣。自天子所，谓我来矣。召彼仆夫，谓之载矣。王事多难，维其棘矣。

我出我车，于彼郊矣。设此旐矣①，建彼旄矣。彼旟旐斯②，胡不旆旆③？忧心悄悄，仆夫况瘁④。

王命南仲⑤，往城于方。出车彭彭，旂旐央央⑥。天子命我，城彼朔方。赫赫南仲⑦，狁狁于襄⑧。

昔我往矣，黍稷方华。今我来思，雨雪载途。王事多难，不遑起居。岂不怀归，畏此简书⑨。

---

[1] [清]王先谦撰，吴格点校：《诗三家义集疏》，中华书局1987年版，第967页。

喓喓草虫，趯趯阜螽⑩。未见君子，忧心忡忡。既见君子，我心则降。赫赫南仲，薄伐西戎。

春日迟迟，卉木萋萋。仓庚喈喈，采蘩祁祁⑪。执讯获丑⑫，薄言还归。赫赫南仲，狁于夷。

释

①旐（zhào）：古代画龟蛇的旗。

②旟（yú）：古代画隼鸟的旗。

③旆（pèi）旆：古代旗末有旒下垂。

④况：通"慌"。

⑤南仲：宣王时人，为将筑城于朔方，以御北敌。

⑥央央：鲜明貌。

⑦赫赫：盛。

⑧襄：除。

⑨简书：写在竹简上的军书。

⑩趯（tì）趯：跳跃貌。

⑪祁祁：舒迟。

⑫执讯：捉敌讯问。获丑：俘虏。

译

我的战车出动了，到那放牧的远方。从天子的脚下，命我来到远方。召唤车夫勇士，叫他们快些驱车。此时正是王室的多事之秋，军情紧急匆忙。

我的战车出动了，到那郊野的远方。画着龟蛇的旗帜飘扬了，旗帜的旄头竖立起来了。那画着鹰隼鸟头的旗帜飘扬了，旗帜下的旆旒飘扬了。我的心中充满了忧虑，担忧那车夫劳瘁体伤。

周王命令我南仲，去筑城远方。出动的战车彭彭声响，战旗迎风飘扬。天子命令我南仲，筑城在那遥远的朔方。威严赫赫的南仲，率军抗击猃狁巩固边防。

昔日我出征的时候，庄稼盛开着花骨朵。今日我返还的时候，雨雪泥泞布满路途。正是王事多难的时候，哪能乐业安居？我岂不思念家乡，就怕有那紧急的木简军书。

嘤嘤鸣叫的草虫呀，蹦蹦跳跃的蚱蜢。没有见到君子人呀，让我忧心忡忡。见到君子人呀，我心平静而不摇动。赫赫威严的南仲呀，率军征伐那西戎。

春天的阳光缓缓照耀，照耀着萋萋的花草。黄莺在唧唧地鸣叫，妇人在路边从容采蒿。捕获俘虏审问，凯旋返回京师。威严赫赫的南仲呀，平定猃狁戎夷的得胜之师。

评

此诗有几个特点：其一，诗中明确点明主人公的名字是南仲，同时，多次采用第一人称"我"："王命南仲""天子命我""我出我车"等。诗中的"南仲"和"我"，基本上是可以互换的。换言之，此诗已经明确说明作者是南仲，而且就是与尹吉甫共同挂帅征伐猃狁的南仲。《诗三家义集疏》："鲁说曰：周宣王命南仲、吉甫攘猃狁，威荆蛮。"因此，此诗的作者理应是南仲，诗中的这种署名方式，颇类尹吉甫的"吉甫作诵"。

其二，此诗与《采薇》风格极为相似，不仅仅是"昔我往矣""今我来思"句式完全相同，而且，"黍稷方华"对照"杨柳依依"，"雨雪载途"对照"雨雪霏霏"，属于意思相同而词语变换。

此外，《出车》诗中的"王事多难，不遑起居"，与《采薇》诗中的"不遑起居，玁狁之故"也非常相近。《出车》诗中说："王命南仲，往城于方。……天子命我，城彼朔方。赫赫南仲，玁狁于襄。"以下又说："赫赫南仲，薄伐西戎。"结尾一章，则说："春日迟迟，卉木萋萋；仓庚喈喈，采蘩祁祁。执讯获丑，薄言还归。赫赫南仲，玁狁于夷。"显然是说在春日迟迟的季节里，凯旋回师的情景，与《采薇》诗中所说的"今我来思，雨雪霏霏"是吻合的。只不过《采薇》诗篇主要抒写个人情怀，而《出车》则重在写政治公事。因此，连同前章所阐发的依据，则此两首诗作应该是宣王时期的重臣南仲之作。有学者根据青铜器铭文的记载，证明了铭文中的伯氏即为南仲。[1]可备一说。

南仲之作水平高于尹吉甫之作。尹吉甫诗作长篇累牍而不见风云之色，南仲之作多有景致描写；尹吉甫诗作罕见个人情怀，南仲诗作多有内心情感的抒发。因此可以推断，南仲作诗是受到尹吉甫作诗启发而学习并效法的，是略晚于尹吉甫诗作的。

大东

有饛簋飧①，有捄棘匕②。周道如砥③，其直如矢。君子所履，小人所视。睠言顾之④，潸焉出涕⑤。

小东大东⑥，杼柚其空⑦。纠纠葛屦，可以履霜。佻佻公

---

[1] 贾海生：《论不其簋铭中的伯氏即南仲》，北方文学论丛2005年第2期，第4页。

子⑧,行彼周行。既往既来,使我心疚。

有洌氿泉⑨,无浸获薪。契契寤叹⑩,哀我惮人⑪。薪是获薪,尚可载也。哀我惮人,亦可息也。

东人之子,职劳不来。西人之子⑫,粲粲衣服。舟人之子⑬,熊罴是裘。私人之子⑭,百僚是试。

或以其酒,不以其浆⑮。鞙鞙佩璲⑯,不以其长。维天有汉⑰,监亦有光。跂彼织女⑱,终日七襄⑲。

虽则七襄,不成报章⑳。睆彼牵牛㉑,不以服箱㉒。东有启明,西有长庚。有捄天毕㉓,载施之行。

维南有箕,不可以簸扬。维北有斗㉔,不可以挹酒浆。维南有箕,载翕其舌㉕。维北有斗,西柄之揭。

释

①饛(méng):满簋貌。簋(guǐ):古代盛食器,圆口,青铜或陶制。

②捄(qiú):长貌。匕(bǐ):勺,匙类。

③砥(dǐ):磨刀石。

④睠:同"眷"。

⑤潸(shān):泪流貌。

⑥小东大东:东方大小侯国。

⑦杼:织布机上持纬线的。柚:受经线的。

⑧佻佻:轻薄的。

⑨氿(guǐ)泉:侧出的泉。

⑩契契:忧苦貌。

⑪怛（dàn）：劳。

⑫西人：西周来人。

⑬舟人：有舟的人，指周人中的富人。

⑭私人之子：指家庭奴隶。

⑮浆：薄酒。

⑯鞙（juān）鞙：通"琄琄"，玉貌。璲（suì）：玉佩。

⑰汉：银河。

⑱跂：通"歧"，分歧。织女三星，故称歧。

⑲七襄：七次移动位置。

⑳报章：指织布。

㉑睆（huǎn）：明星貌。

㉒服：牛负。箱：车箱。

㉓毕：星名，共八星，似网。

㉔斗：北斗星。

㉕翕（xì）：引。

译

篮器中盛满了食品，长长的汤勺在其中。平坦的大路像是磨石，笔直就像是弓箭。君子走在大路上，小民只能眼睁睁看。眷恋地回首徘徊，不由得令我涕泣潸然。

小东呀大东，杼柚织布已成空。细细密密织成的葛布鞋呀，可以踏霜而行。踽踽而行的公子呀，孤独大路向前行。忽往忽来前行后行，令我内疚好心痛。

旁边侧出的泉水凛冽呀，不要浸湿所获的柴薪。忧苦深重的叹息呀，谁来悲哀我这伤心人。那砍下来的柴薪呀，还可以载运，可怜我这伤心人呀，何处让我休息安身？

东方诸国的子弟呀，职务辛劳无人理。西方大国的子弟呀，衣裳华美又鲜丽。船车马富的人子呀，熊皮作裘暖身体。平民小人的子弟呀，他们也来试做吏。

有人沉醉于美酒，有人却不得浆汤。有人身佩美宝玉，有人不得碎玉长。天上银河浩瀚，看上去也闪闪发光。那三足鼎立的织女星，终一日而走出七场。

织女星虽然日迁七场，却不成织锦的纹章。那闪闪发光的牵牛星，不能用来背负车箱。启明星出现在东方，长庚星闪耀在西方。弯曲的天毕星，排成行列也没有用场。

南方有箕星呀，却不可用来簸糠。北方有北斗星呀，却不可用来舀酒浆。南方有箕星，箕星的舌头能吸北方。北方有北斗，北斗的柄儿向西方。

评

第一章之值得关注者，如前文所引，"周道如砥，其直如矢"。本诗可以视为谭大夫给周天子所上的诗歌体奏章，起首一章歌颂周天子和周王庭，对比写当下谭国的悲惨现状，以及自己忧心如焚的心境："睠言顾之，潸然出涕。"

第二章接续前章，接着阐发谭国现状和己之忧心："小东大东"句，《笺》："小也，大也，谓赋敛之多少也。小亦于东，大亦于东。言其政偏，失砥矢之道也。"大东、小东，一说谭在远东，故曰大东，另一说小东指的是谭国，大东指的是齐国。齐桓公即位之后，即要灭谭，因此有大东小东之说。是否如此，以下再看诗作原意。如作此种解释，则可以解释第二章之前两句"小东大东，杼柚其空"的含义，小东者，谭国也，小东"杼柚其空"的原因，在于受到大东齐国的挤压迫害。而这一点，正是谭大夫赶往京城向周王庭告急求救的背景。如果这样理解，则齐桓公即位的公元前685年到公元前684年之间，就应该是这首诗的写作时间，谭国将要被齐国所灭，则是这首诗写作的背景。

《春秋·庄公十年》记载了谭国灭亡的时间，是公元前684年，谭国的国君谭子逃亡到附近的莒国避难。所谓谭公子、谭大夫，极有可能就是这位逃难的谭子。此之谓谭国之现状也；"佻佻公子，行彼周行。既往既来，使我心疚。"《笺》："佻佻，独行貌。公子，谭大夫也。"此四句描述作诗者之窘况也。根据郑《笺》，则谭大夫不仅仅是大夫，而且应该是谭国之公子。"谭无它货，惟丝麻耳，今尽杼柚不作也。周行，周之列位也。言时财货尽，虽公子衣履不能顺时，……因见使行周之列位者而发币焉。"[1] 吻合于谭大夫（根据传统解释，暂且称呼其为谭大夫）奔走于途，忧心如焚的景况。公子而独行于途，不是国破家亡，何以至此？

第三章写谭大夫哀其民之劳苦，第四章对比谭国和周都之不同："东人之子，职劳不来。西人之子，粲粲衣服。"说谭国民众如此悲惨地劳作不止，而西部京师人却穿着华美的服饰，显然说明谭大夫是不远千里，从谭国远赴京师之所见所闻。"舟人之子，熊罴是裘。私人之子，百僚是试。"舟人，周人也，裘，求也。"谓周世臣之子孙，退

---

[1] [清]王先谦撰，吴格点校：《诗三家义集疏》，中华书局1987年版，第729页。

在贱官,使博熊罴,在冥氏、穴氏之职。"说的是周世臣之子孙,已经退为低贱的官职,任由他们与熊罴野兽搏斗,所任为低贱官职。"私人"云云,言周衰,群小得志。[1] 由此进一步验证了,此诗不太可能是宣王时期之作,而吻合于谭国覆灭前夕的周京师景况。

第五章开始转写牵牛星织女星的事情,甚为有趣。为何要写天上星座的事情,这可能是个永远不能解开的谜。

《传》:"或醉于酒,或不得浆。鞙鞙,玉貌。璲,瑞也。跂,隅貌。襄,反也。"《笺》:"佩璲,以瑞玉为佩。佩之鞙鞙然,居其官职,非其才之所长也,徒美其佩而无其德。刺其素食。监,视也。喻王闿(音楷)置官司,而无督查之实。襄,驾也。谓更其肆也。从旦至莫七辰,辰一移,因谓之七襄。"[2] 此一章是刺周王,还是对自我的反省反思?本章尚无所刺之对象。总之,"不以其长",却佩之鞙鞙然,当为本章之主旨。

阅读至此,再重新回到此篇作者即所谓谭大夫,检索《春秋·庄公十年》:"齐侯之出也,过谭,谭不礼焉。及其入也,诸侯皆贺,谭又不至。冬,齐师灭谭,谭无礼也。谭子奔莒,同盟故也。"谭处于临淄至莒之间,为东西通道之所必经,齐国不能不加控制而存其社稷。[3] 所谓谭大夫,应该就是被齐桓公灭国的亡国之君谭子。公子是宗室,怎么会是大夫?公和子是两个不同级别的爵位,史书记载为谭子,则谭国是子爵,怎么能称为公?其实不然,到齐桓公时代,也是周庄王十三年这个时候,诸侯普遍可以称呼为公。《卫风·硕

---

[1] [清]王先谦撰,吴格点校:《诗三家义集疏》,中华书局1987年版,第730页。
[2] [清]王先谦撰,吴格点校:《诗三家义集疏》,中华书局1987年版,第731页。
[3] 杨伯峻编著:《春秋左传注》,中华书局修订本1990年版,第184页。

人》说庄姜是"邢侯之姨,谭公维私",此处之谭公,正是亡国之谭子。《释名》:"姐妹互相谓夫为私。""妻之姐妹为姨",则邢侯、谭公,连同蔡侯、卫侯皆为连襟关系。《白虎通·号篇》:"何以知诸侯得称公?"《诗》曰:"谭公维私,谭,子也。"[1]

同时,我们也知道,诗三百自宣王时代尹吉甫开始在诗中将自己的名字书写进去以后,寺人孟子(见《小雅·巷伯》:"寺人孟子,作为此诗。")等均将作诗者以第三人称方式将名字署入其中。所以,此诗中的公子,并非后来泛称王孙的公子,而应是谭子的自称。

关于谭国的情况,这里还有一些补充材料:《郡国志·济南·东平陵》下云:"有谭城",《一统志》:"在今济南府历城东南"[2]。谭国在齐国之西面,这就更可以理解所谓"大东小东",非谓大小,亦涉远近,齐国更大更东,故为"大东",谭国小国,同在东方,故云"小东"。在对此诗作者和写作背景作出了一个基本判断之后,再来接着研究下文。

前一章从"维天有汉"开始讲述织女星和牵牛星的事情,此四句尚未讲完,下一章接续讲。但我们尚未理解作者为何要讲天上星座的事情。可以接着研读。第五章渐入佳境,遂成名篇。

诗中说,天上银河如明镜般闪着光辉,织女星鼎足而成三角,就像织布机织布一样,一天要移动七次。可是虽然样子像织布,却并不能真正织出布来。那颗闪闪发光的牵牛星,也并不能真的拉车。

谭子亡国远赴周王室之作,为何会说到天上河汉,会说到织女星每日勤恳地织布却不成报章?似乎游离于全篇主题之外。其实不

---

[1] [清]王先谦撰,吴格点校:《诗三家义集疏》,中华书局1987年版,第280页。
[2] [清]王先谦撰,吴格点校:《诗三家义集疏》,中华书局1987年版,第280页。

然，全篇仍然是一个整体。重新回到此诗第二章所说："小东大东，杼柚其空"，此八字堪称全篇的主题，除去"小东大东"是否为谭国齐国之猜测，至少，其中明确的主题是说谭国已经"杼柚其空"了。杼柚的意思不可忽略，《说文》："杼，机持纬者。"《玉篇》则将其解释为"桫，织桫也。亦作梭"，杼，即梭也。[1]

这当然是一个比喻。换言之，本诗开篇，作者将谭国的情况比喻为一台织布机，当下，已经到了杼柚其空、山穷水尽的地步了。那么，如果真是谭子到周王庭求救，其结果会是什么呢？东周之后的周王室，已经礼崩乐坏，名存实亡，根本没有实力和东方大国齐国对抗，更何况齐桓公奉行或将要奉行尊王攘夷的国策。作为亡国之君的谭子，其失望和自责是可知的。而这种失望，又是不能直接用语言表述的，很自然，以天上的星座织布不成报章，即呼应本诗主题，又可以来比拟自己作为亡国之君的境况，这是非常自然的写法，也是十分吻合这一背景的。如果说，谭子自比织女星每日七襄，辛勤织布而不成报章，那么，明亮的牵牛星，空有明亮的身份，却"不以服箱"，不是也很可恨么？则牵牛星就很像是说周王室。"维南有箕，不可以簸扬。维北有斗，不可以挹酒浆"等句的含义与之相似，都是说有其名而无其实的意思。

作者把这种惆怅怨恨写得如此之美，却是出乎意料的，可以说是"小雅怨诽而不乱"的典型表现。但其实也不奇怪，因为其写作时间如果在谭国灭亡之后的几年时间里，则已经是《国风》诗的写作时代，谭国灭亡之后四五年左右，息夫人写作《大车》诗，《秦风》中

---

[1] [清]王先谦撰，吴格点校：《诗三家义集疏》，中华书局1987年版，第729页。

的很多优秀诗篇也已经出现,诗歌史已经进入到十五《国风》的写作时代,这是本诗产生的诗歌史的背景原因;而谭子国破家亡,欲言而不能,逼迫其以比兴写法含蓄表达其痛苦而深邃的思想,从而写出了这样好的诗句,这是本诗产生的个案原因。

《大东》七章,每章八句,一气之下,想落天外,悲伤而委婉,含蓄而汗漫,看似无端无续,实则一气贯通,为《小雅》中的佳篇。但本诗为谭子所写,时间又应是在东周春秋之初,是《小雅》诗中的例外。

宾之初筵

宾之初筵,左右秩秩①。笾豆有楚②,殽核维旅③。酒既和旨,饮酒孔偕④。钟鼓既设,举酬逸逸⑤。大侯既抗⑥,弓矢斯张。射夫既同,献尔发功。发彼有的,以祈尔爵。

籥舞笙鼓⑦,乐既和奏。烝衎烈祖⑧,以洽百礼⑨。百礼既至,有壬有林⑩。锡尔纯嘏⑪,子孙其湛⑫。其湛曰乐,各奏尔能⑬。宾载手仇⑭,室人入又⑮。酌彼康爵⑯,以奏尔时⑰。

宾之初筵,温温其恭。其未醉止,威仪反反⑱。曰既醉止,威仪幡幡⑲。舍其坐迁⑳,屡舞僊僊㉑。其未醉止,威仪抑抑㉒。曰既醉止,威仪怭怭㉓。是曰既醉,不知其秩。

宾既醉止,载号载呶㉔。乱我笾豆,屡舞僛僛㉕。是曰既醉,不知其邮㉖。侧弁之俄㉗,屡舞傞傞㉘。既醉而出,并受其福。醉而不出,是谓伐德㉙。饮酒孔嘉,维其令仪。

凡此饮酒,或醉或否。既立之监,或佐之史。彼醉不臧,不醉反耻。式勿从谓③⁰,无俾大怠。匪言勿言,匪由勿语。由醉之言,俾出童羖③¹。三爵不识,矧敢多又③²。

释

①秩秩:肃敬。

②楚:成列。

③殽:肉食。核:果品。旅:陈设。

④偕:通"嘉"。

⑤酬:主人劝酒。逸逸:往来有次序。

⑥大侯:箭靶。抗:举起。

⑦籥(yuè):古乐器,竹制,称舞籥,比笛长而六孔,吹籥以节舞。

⑧烝(zhēng):进。衎(kàn):乐。烈祖:有功的先祖。

⑨洽:合。

⑩壬:状礼大。林:状礼多。

⑪纯嘏(gǔ):大福。

⑫湛(dān):喜悦。

⑬奏:献。能:技能。

⑭手仇:对手,仇指相对。

⑮室人:指主人。

⑯康爵:空杯。

⑰尔时:此时所尊的人[1]。

⑱反反:慎重。

---

[1] 周振甫译注:《诗经译注》,中华书局2010年版,第344页。

⑲幡（fān）幡：旗帜翻动。

⑳坐迁：迁动当坐之礼。

㉑僊（xiān）僊：轻举貌。

㉒抑抑：指庄重。

㉓怭（bì）怭：不庄重，轻佻。

㉔呶（náo）：叫喊。

㉕僛（qī）僛：不自正。

㉖邮：通"尤"，过错。

㉗侧：倾侧。

㉘傞（suō）傞：醉舞不止。

㉙伐德：败坏道德。

㉚勿从谓：不要从而为之。

㉛童羖（gǔ）：没有生角的黑色公羊，指酒后妄言。

㉜又：通"侑"，劝酒。

译

宾客初到宴席，左右严肃有秩。笾豆摆设一一，肉果陈列有序。酒具陈设美好，饮酒和谐合礼。钟鼓陈设一一，举杯酬答飘逸。箭靶随后竖起，弓矢于是举起。剑手已经成列，献报发射成绩。发箭射中箭靶，敬酒祝贺不已。

龠节舞笙鼓奏，音乐和谐调新。进献有功先祖，用以融洽百礼。诸侯所献之礼陈于王庭，繁缛礼仪堪称盛大隆重。百礼即已到庭，堪称盛大隆重。神赐尔等洪福，子孙其乐融融。喜悦称之快乐，各呈才艺献能。宾客棋逢对手，主人敬酒频频。满酒空杯宾客，敬酒在座尊者。

宾客初来宴席，彬彬恭敬礼貌。当其尚未饮醉，威仪仪表堂堂。一旦喝醉了，威仪旗幡飘飘。舍弃坐礼迁徙，不停手舞足蹈。尚未喝醉的时候，威仪尚能克制。一旦喝醉了，举止言说轻佻。一旦喝醉了，不再理会秩序品秩。

一旦喝醉了，不停喊叫喧嚣。笾豆陈设乱了，不停歌唱舞蹈。一旦喝醉了，不知失礼丑貌。帽子歪歪斜斜，醉舞不知停歇。喝醉理应辞归，宾主各自安歇。醉了而不辞别，这叫败德失仪。饮酒本是好事，只要美好礼仪。

但凡参加酒宴，不论或醉或否。既经确立酒监，再设酒史为友。醉酒不知不善，不醉反而负疚。莫要助纣为虐，莫使斯人献丑。莫言不应之言，不该跟从莫语。跟从醉者语言，使你童羊献酬。三爵美酒不识，怎能更多劝酒？

评

首先，值得讨论的是此诗的作者和背景。《毛序》："卫武公刺时也。幽王荒废，媟近小人，饮酒无度，天下化之。君臣上下，沉湎淫液。武公既入，而作是诗也。"《笺》："武公入者，入为王卿士。"……案：武公入相在平王世，幽王已往，《抑诗》已云"追刺"，不应又作此篇。《齐》《韩》以为"回过"，当从之。[1] 综合《毛序》和王先谦案语，可以初步得出结论：此诗为卫武公刺时之作，各家没有异议，但王先谦指出，武公入为平王卿士，是在平王时期，则此诗也有可能

---

[1] [清] 王先谦撰，吴格点校：《诗三家义集疏》，中华书局1987年版，第782页。

为平王时期之作，这是小雅中极为少数的外溢出西周后期之作者。

此外，自《小雅·节南山》篇开始到《小雅·何草不黄》，共计四十四篇，大抵为宣王时期的小雅诗作，但有趣的是同为宣王时期的作品，写于宣王后期主要为刺诗的这些作品，已经先一步显示了衰败的气息。诗歌的高峰与低谷，似乎与当时政治局面形成了某种关联。而且，宣王后期的怨刺诗作，与其后幽王时期的小雅诗作，几乎可以构成先声后响的关系。其主要特点为：其一，在艺术表达方式上，宣王时期开始出现的具体场景描写，连带出现的某些个人情感色彩的写法几乎消失了，取而代之的是直接的倾诉，或是虽然有比兴手法，但比兴之物也往往失去了生命的鲜活性。其二，与之匹配的是，宣王时期开始较为大量出现的短章短句的精炼形式，特别是采用重复复沓的歌唱形式较少受到效法，而重新回到平铺直叙作为主体的先民写作形式。如《小雅·祈父》："祈父，予王之爪牙。胡转予于恤，靡所止居。"阅读这样的诗作，有陡然一惊之感。当我们阅读《小雅·庭燎》："夜如何其？夜未央。庭燎之光。君子至止，鸾声将将。"这是何等流畅的节奏，何等美妙的文字，进入到《小雅》第四个"之什"之际，为何突然变为"祈父，予王之爪士。胡转予于恤，靡所底止"这样的散文句式，如同白话的表达方式了呢？《毛序》："刺宣王也。"《笺》："刺其用祈父，不得用其人。"祈父掌禄士，故其所属士怨之。全篇皆为直接的抨击指陈，"祈父，予王之爪士"之类。[1] 诗三百在宣王后期转型到变雅时代，转变为批判批评讽诵的时代，也就是开始了一向所说的变雅、刺诗的开始，诗风随之转型，也是可以理解的。

---

[1] [清]王先谦撰，吴格点校：《诗三家义集疏》，中华书局1987年版，第643页。

国风·秦风

蒹葭①

蒹葭苍苍②,白露为霜。
所谓伊人,在水一方。
溯洄从之,道阻且长。
溯游从之,宛在水中央。

蒹葭凄凄,白露未晞③。
所谓伊人,在水之湄④。
溯洄从之,道阻且跻⑤。
溯游从之,宛在水中坻⑥。

蒹葭采采,白露未已⑦。
所谓伊人,在水之涘。
溯洄从之,道阻且右⑧。
溯游从之,宛在水中沚⑨。

释

①这是寻访意中人而无所遇的诗。每章前两句写景,点明季节;后六句写寻求"伊人"而无所得。

②蒹(jiān):没抽穗的芦苇。葭(jiā)。初生的芦苇。苍苍:鲜明茂盛的样子。

③凄凄:苍青色。晞(xī):晒干。

④湄（méi）：水边高崖。

⑤跻（jī）：上升，攀登。这里指地势渐高，需要攀登。

⑥坻（chí）：水中高地，小渚。

⑦采：众多的意思，犹言形形色色。未已：未止，也是未干的意思。

⑧右：《毛传》释为左右的右，《郑笺》解作迂回，马瑞辰说："周人尚左，故以右为迂回。"

⑨沚（zhǐ）：水中小洲，含义与前面的"坻"字相同。

译

浩荡的芦苇莽莽苍苍，

晶莹的露珠化为白霜。

我心爱的人，在河水的那一方。

若要逆流而上去寻她，

道儿险阻路漫长；

若要顺流而下去找她，

飘然宛在水中央。

摇曳起伏的芦苇，青而未黄，

芦苇上的露珠还闪着银光。

我心爱的人，在水边那高高的崖上。

若要逆流而上去寻她，

十里山川千尺岗；

若要顺流而下去找她，

飘然宛在水中央。

变幻不定的芦苇,苍苍莽莽,
岸边的露水尚未干爽。
我心爱的人,在河水遥远的彼方。
若要逆流而上去寻她,
迂回曲折路漫长;
若要顺流而下去找她,
飘然宛在水中央。

评

这是一首表现追求意中人而又未达到目的的诗,共三章。每章的意思大致相同,前两句都是点明时令、场景,后几句诉说自己的追求与苦恼。我们仅以第一段为例,看看此诗的特色。

从首句可以看出,此时正值秋季,是"蒹葭未败,而露始为霜,秋水时至,百川灌河之时也"(朱熹语)。它勾勒出写意式的画面,这一画面是由芦苇的苍青色和霜的银白色渲染而成的,当然,还可以想象有雪白的荻花在秋风中摇曳,从而为全诗那种扑朔迷离的境界提供了想象的线索。"所谓伊人,在水一方",所追求思念的那个人,在水的另一边。有人认为,这是比喻,说所思之人离他很远。以后接下来的几句,也全采用了同样的修辞手法。诗人的比喻如此之妙,我们简直分不清是比喻还是实景了。我们仿佛看到,在一个秋天的早晨,那个被爱情苦苦折磨的人,踏着未干的秋霜,拨开岸边的芦苇,去追求他的梦幻和理想。"在水一方"四字,是全篇的中心。此四字,不仅以极朴素的词句传神地描绘出意中人那远远的身影,还进一步扩展了画面,我们仿佛跟随诗人拨开了芦苇的一角,浩淼的水面就呈现在眼前了。这样,接下来的描述就有了根基。

"溯洄从之,道阻且长。溯游从之,宛在水中央。"关于"溯洄"和"溯游",一种解释为沿着曲折的水边和直流的水边,另一种解释说是逆流而上和顺流而下。两种解释取哪种都不会影响对诗意的感受和把握。这两句说,如果沿着曲折的水边去寻找意中人的踪影,道路既难走又漫长;如果沿着直流的水边去寻找,意中人却又仿佛被包围在水中。此两句是"在水一方"的引申和扩展,从而完成了这首乐曲的第一章。它表现了一种扑朔迷离、神情恍惚的境界,是水波、云雾、白霜、秋色的境界,人的形象很淡很淡,在可见与不可见之间,在尘世与仙境之间,正像是"云耶山耶远莫知"的一幅山水画。诗中的主人公似乎是在梦境中,无论他怎样努力,都不能接近意中人。"伊人"在水的那一边,他走啊走,而"伊人"却"宛在水中央"!这个"宛"字,说明了所追求的人并非真在水中央,而是主人公的幻觉,它增强了恍惚感,也暗示了追求的难以实现,这仅仅是主人公的理想而已。

第二、三章是第一章的反复,只是某些词改换一下。唱起来回旋复沓而又有所变化,是《诗经》中常见的手法。其中"凄凄"与"采采"都是草木繁茂的样子,可见还未到百木凋零的深秋。"晞"是"干"之意,"已"是"止"之意。"湄""涘",指水边高地。"跻"是说路越来越险峻,甚至需要攀援而上了,而第三章中的"右"则言路越来越曲折难行。"坻"和"沚"意义上相同,都指水中高地、小洲。它反复描述了诗中主人公循着那人依稀的身影,历尽艰辛,上下求索而不可及的境界。

如果把"在水一方"及后面的诗句看作比喻的话,那么,它所描绘出的情景交融的境界,就完美地表现了人们经过艰辛的追求仍难以企及的惆怅失落的心境;如果把它理解为对事实的描述的话,那么作者以洗练的笔法达到的令人一唱三叹的艺术效果,就使后人难望其项背了。

国风·魏风

伐檀

坎坎伐檀兮①,置之河之干兮②,
河水清且涟猗。
不稼不穑③,胡取禾三百廛兮④?
不狩不猎,胡瞻尔庭有县貆兮⑤?
彼君子兮,不素餐兮⑥!

坎坎伐辐兮,置之河之侧兮,
河水清且直猗。
不稼不穑,胡取禾三百亿兮⑦?
不狩不猎,胡瞻尔庭有县特兮⑧?
彼君子兮,不素食兮!

坎坎伐轮兮,置之河之漘兮⑨,
河水清且沦猗⑩。
不稼不穑,胡取禾三百囷兮⑪?

不狩不猎,胡瞻尔庭有县鹑兮?

彼君子兮,不素飧兮⑫!

释

①坎坎:伐木的声音。檀:树名。

②干:岸。

③稼:耕种。穑(sè):收割。

④胡:何也。廛(chán):通"缠",即束、捆。

⑤县:通"悬",挂。

⑥素餐:白吃。

⑦亿:古代指十万,指禾把的数目(依郑玄说)。

⑧特:三岁之兽曰特。这里泛指大野兽。

⑨漘(chún):河边。

⑩沦:小的波纹。

⑪囷(qūn):捆。

⑫飧(sūn):熟食,指吃饭。

译

坎坎——坎坎——砍下檀树,

哎嘿哟——哎嘿哟——抬到河岸。

清清的河水,激起千万条波澜。

那些不种庄稼的人,

为什么粮食堆成了山?

那些不狩猎的人,

为什么高宅大院前却挂着猪獾?
你们是君子啊,你们不可白吃饭。

坎坎——坎坎——砍下木材制车辐,
哎嘿哟——哎嘿哟——抬到河边。
清清的河水,激起万千条波澜。
那些不种庄稼的人,
为什么得到那么多的庄稼?
那些不狩猎的人,
为什么庭前挂满着野兽?
你们是君子啊,你们不可白吃饭。

坎坎——坎坎——砍下木材制车轮,
哎嘿哟——哎嘿哟——抬到水边去。
清清的河水,荡起了千万条波纹。
春时不播种,秋时不收割,
为什么家中的粮食一囤囤?
寒冷的严冬呀!你们不去打猎,
为什么高宅大院前却挂着排排鹌鹑?
你们这些君子呀,
你们不是白吃饭的人。

评

魏为战国时晋地,在今河西、山西一带。本篇为伐木之歌,伐木者边劳作边歌唱,故用语尖锐直露。

"坎坎伐檀兮,置之河之干兮,河水清且涟猗。"首句是以景入手,描绘伐檀时的情景:"坎坎"的伐木声,从茂密的森林深处传来,循声而上,才看到了伐檀的场面。此外,先用象声词"坎坎"并反复出现在全诗中,还会使人感到伐木的时间感——不是轻而易举地就把檀木伐倒了,而是砍呀砍!不知多久,才把那坚硬的檀木伐倒。然后,把木头拖到岸边,推到水中,清清的河水溅起了浪花,荡起一道道的波纹。涟,风行水成纹曰涟。猗,本是语助词,有如"兮",发展至今,"涟漪"已是一个双音词了,有水上波纹之意。这个变化,大概是由于后人读此句望文生义而约定俗成了吧!

以上写景,是有声有色的伐木场面,并且是有时间过程的连续的画面:由远至近的伐木之声,伐木、放倒、运到河岸,河水泛起波纹。当然诗中只扼要地说出了其中几个要点,并没有详细叙述,这正是古诗含蓄的妙处,未述部分,读者自可想象。这就是古人所说的"迁想妙得",得之于象外吧!

文学的功用绝不仅仅在于再现客体世界,更重要的是要表情达意,表现丰富多彩的内心。因此,此诗紧接着就是抒情,由艰苦的劳动产生了联想:那些老爷们,你们不种植也不收割庄稼,为什么粮食却进入了你们的库房?("三百廛",犹言"三百户"。《毛传》:"一夫之居曰廛。")不参加狩猎,为什么能瞧见你们的庭院前悬挂着猪獾等野物?"瞻"字用得很贴切,统治者的高宅大院,劳苦百姓近身不得,故曰"瞻";而远远地看,却又能看见悬挂着的野物,则足见其多。以上直抒胸臆从正面质问,下面再用反语进一步加深讽刺意味:"彼君子兮,不素餐兮!"这段议论,采用两个连续的反句及反语等修辞法,行文如行云流水般一气呵成。

  此诗很可能是伐木时的劳动号子,前三句是干什么就唱什么,后面的议论是情感的抒发,一面干一面发牢骚。因为是号子,反复是很自然的,后两段只是个别字词的变动,意思是相近的。

国风·唐风

绸缪

绸缪束薪①,三星在天②。
今夕何夕,见此良人③。
子兮子兮,如此良人何!

绸缪束刍④,三星在隅⑤。
今夕何夕,见此邂逅⑥。
子兮子兮,如此邂逅何!

绸缪束楚,三星在户⑦。
今夕何夕,见此粲者⑧。
子兮子兮,如此粲者何!

释

①绸缪(chóu móu):缠绵。
②三星:指参星。在天:一指十月。当时以仲春为婚期,十月非婚时。

③良人：指未婚夫。

④刍（chú）：青草。

⑤三星在隅：一指十一月、十二月，非婚期。

⑥邂逅：不约而来的爱悦者。

⑦三星在户：一指一月，亦非婚期。

⑧粲者：美人。

译

绸缪婉转，束薪于野，三星在东方高悬。

今夜竟是哪一夜？能让我见到良人。

你呀！你呀！如此之美的良人。

绸缪缠绕，束薪在野，三星在东南天阙。

此夜竟是哪一夜？邂逅我的爷。

你呀！你呀！如此邂逅我的爷。

绸缪缠绕，束薪楚楚，三星映入门户。

今晚究竟是哪一晚？令我邂逅如此的灿烂。

你呀！你呀！你的光辉是如此的灿烂。

评

此诗背景，《毛序》："刺晋乱也。国乱则婚姻不得其时也。"[1] 此

---

[1] [清]王先谦撰，吴格点校：《诗三家义集疏》，中华书局1987年版，第422页。

诗之所以值得关注,是由于此诗比较《豳风》《秦风》《魏风》三个西北方之《国风》,虽然同为表达国家政治问题,但该诗通过婚姻,并通过男女之间的对话来展示某一时刻的具体场景,从而使得此一篇诗作卓尔不群,场景如在目前,对话如在耳畔,有余音绕梁之美。

全诗的旨意并不明确,而正是这种不明确、含蓄委婉,造就了某种含蓄朦胧,引人无限联想之美。"良人",古代女子称呼丈夫为良人。诗中的比兴、时间、场景,与两个主人公之间是什么关系,无从知晓,也无须知晓。为何绸缪束薪,为何是三星在天,两者之间既然是夫妇,为何像是情人约会,为何会反复咏叹"今夕何夕"那种天地宇宙、亘古洪荒的意乱情迷之感,两者似乎是约会,但又是邂逅,为何又要反复咏叹"子兮子兮,如此良人何""子兮子兮,如此邂逅何"?可谓是荡气回肠,一唱三叹之音也!

从《秦风·蒹葭》到《唐风·绸缪》,将政治主题赋予女性化写法、情爱化写法,可以视为诗三百写作史比兴向传播史比兴的转型,反之,传播史中将情爱解读为政治比兴的文化现象,反向影响了诗三百的写作方式。而这一转型首先在北方风诗中出现,值得深思。

国风·曹风

蜉蝣

蜉蝣之羽①,衣裳楚楚②。
心之忧矣,于我归处。

蜉蝣之翼，采采衣服。
心之忧矣，于我归息。

蜉蝣掘阅③，麻衣如雪。
心之忧矣，于我归说④。

释

①蜉蝣（fú yóu）：虫名，叫渠略，大如指，长三四寸，有翅能飞。夏月阴雨时从地中出，有朝生暮死的，有生六七日的。羽极薄而有光泽。

②楚楚：鲜明貌。

③掘阅：通"掘穴"，即掘地而出。

④说（shuì）：通"税"，歇息。

译

蜉蝣的翅膀，像鲜明的衣裳。
心里的忧伤，何处是我的归宿。

蜉蝣的翅膀，像漂亮的衣裳。
心里的忧伤，何处是我的归宿。

蜉蝣掘洞飞出，麻衣雪白。
心里的忧伤，何处是我的归宿。

评

全诗三章,每章四句,非常精炼而整齐,同时,将忧患情思寄托在蜉蝣这一具体形象上。而蜉蝣,这样一种朝生夕死,犹有羽翼以自修饰的微小生物,比拟人世间、朝廷上那些醉生梦死还要追求奢靡生活的官员,又是何等的形象、何等的巧妙。由此立意,则全篇自然会生动踊跃,栩栩如在目前。其中"衣裳楚楚""麻衣如雪"两句,皆为画龙点睛之笔,成为千古名句而进入到日常用语之中。每章中的第三句"心之忧矣",点醒主题,感叹再三,可谓一唱三叹也。

国风·周南

关雎

关关雎鸠①,在河之洲。
窈窕淑女,君子好逑②。

参差荇菜,左右流之③。
窈窕淑女,寤寐求之④。
求之不得,寤寐思服。
悠哉悠哉⑤,辗转反侧。

参差荇菜,左右采之。
窈窕淑女,琴瑟友之⑥。
参差荇菜,左右芼之⑦。

窈窕淑女,钟鼓乐之⑧。

释

①关关:雌雄二鸟相对和鸣的声音。雎(jū)鸠:又名鹗,似凫雁,土黄色。

②窈窕(yǎo tiǎo):美好的样子。淑:好、善。逑:配偶。

③参差(cēn cī):长短不齐。荇(xìng)菜:一种可作药或饲料的水草。流:流动、漂流。

④寤寐(wù mèi):寤,醒;寐,睡。

⑤悠:思念、想念。

⑥琴瑟:古代的两种弹拨乐器。

⑦芼(mào):拔取。

⑧钟:古代的一种铜铸的乐器。乐(lè):使喜乐。

译

雎鸠鸟儿关关啾啾,

和鸣歌唱在水中的绿洲。

那婀娜窈窕的少女哟,

是少年心中美好的追求。

参差不齐的荇菜,

时而向左时而向右地漂流。

那婀娜窈窕的少女哟,

是少年梦里美好的追求。

窈窕的少女哟难以追求,
梦醒后倩影仍在心头。
思悠悠,思悠悠,
唉!辗转反侧意不休。

参差不齐的荇菜哟!
采啊采,采荇菜。
对那美丽窈窕的少女哟,
鼓瑟弹琴坦露情怀。
参差不齐的荇菜哟!
摘啊摘,摘荇菜。
那美丽窈窕的少女哟,
钟鼓齐鸣里笑逐颜开。

评

国风,朱熹《诗集传》:"国者,诸侯所封之域;而风者,民俗歌谣之诗也。"诗大序则认为:"风,风(讽)也,教也;风(讽)以动之,教以化之,上以风化下,下以风(讽)刺上。"

"风"字可双关风谣与风(讽)教两义。风教中又有教化、讽刺双向之义。其中风谣近乎本意,风教为延伸义。"凡三百零五篇。遭秦而全者,以其讽诵,不独在竹帛故也。"(《汉书·艺文志》)

《关雎》之篇名,取首句之两字。《诗经》一般取首句前两字,如《蒹葭》等;也有取一字者,如《氓》;也有取四字者,如《女曰鸡鸣》。

这是一首爱情诗,是男人向女人求爱之诗。由于列在诗三百之首,占有重要位置。成为《诗经》之代表、象征。是因为自孔子而朱熹,都将此诗神圣化了。《汉书·匡衡传》:"孔子论《诗》,以《关雎》为始。此纲纪之首,王教之端也。"孔子评曰:"《关雎》乐而不淫,哀而不伤。"朱熹也认为此诗乃"咏后妃之德也"。实际上,此诗不过是展示了人类最原始、最基本的情感——爱情。当然,以此诗置于首篇,倒也恰当。爱情在人类生活中,占有无可比肩的重要位置。

首章四句,以鸟和鸣起兴,引入境界,格调舒缓平正。其中"窈窕淑女,君子好逑"为全篇之纲目。

以下两章各八句,写男子对女子的追求。

"参差荇菜"句承"关关雎鸠"而来,二者同为洲上生长之物,寄情于景,自然流畅。

"窈窕淑女,寤寐求之。"醒觉为寤,入睡为寐,云不论何时都在思念。《诗》云:"嘤其鸣矣,求其友声。"(《小雅·伐木》)又云:"中心藏之,何日忘之。"小伙子由思念而行动,开始"求"之。"求"字是全篇之中心,是结构之线索。

"求之不得,寤寐思服",以"求"字顶针,针脚细密,一气呵成,并以否定来推动情节展开,掀起高潮,颇具曲折摇曳之美。重复也是一种修辞手法,具有呼应强调的效果,兼具复沓摇曳之美。鲁迅《秋夜》中有:"在我的后园,可以看见墙外有两株树,一株是枣树,还有一株也是枣树。"

"悠哉悠哉",又一次重复,强调"悠哉"并具有节奏之美。"悠哉"非今意,而为悠思深长的样子,痛苦而沉重。白香山词"思悠悠,恨悠悠,恨到归时方始休",亦是此意。

首章为"求"之因,次章写"求"之难,三章写"求"之果。

仍以"参差荇菜"兴起,以"流"换"采","采"同"採",喻示了求爱的进展;又以"寤寐求之"易以"琴瑟友之",由精神单恋而发展为行动、为相互的行为。"友之",使之为友。

结尾四句以相同的结构反复,将情节、气氛推向高潮。"钟鼓乐之"承"琴瑟友之"而下,更加热烈、欢闹,给人以吹吹打打入洞房的感觉。

卷耳①

采采卷耳,不盈顷筐。
嗟我怀人,置彼周行。

陟彼崔嵬②,我马虺隤③。
我姑酌彼金罍,维以不永怀。

陟彼高冈,我马玄黄④。
我姑酌彼兕觥⑤,维以不永伤。

陟彼砠矣⑥,我马瘏矣⑦!
我仆痡矣⑧,云何吁矣!

释

①这首诗写一个采卷耳的妇女怀念她远行在外的爱人,想象他在外的各种情况。卷耳:即苍耳,叶如鼠耳,嫩苗可食,亦可药用。

②陟（zhì）：《毛传》："陟，升也。"

③虺隤（huī tuí）：腿软无力。

④玄黄：目眩。

⑤兕觥：顶生一角的野牛。

⑥砠（jū）：多石的山。

⑦瘏（tú）：马病。

⑧痡（pū）：人病。

译

采啊采，采苍耳！
采不满浅筐，空流走了时光！
呵！是那心上人令我怀想，
叹一声将筐儿放在路旁。

此时他定是骑着一匹病马，
一步步登上那高高的山岗。
唉！姑且停下那老马的羸步，
饮一杯浇愁的酒，
浇熄那心中的怀想！

登上那高高的山岗，
病马的眼中定然变幻着形象。
唉！姑且停下那老马的羸步，
饮一杯浇愁的酒，

浇熄那心中千丝万缕的惆怅!

此时他登上有土的石山,马儿病倒了,
仆人也病倒了,我是多么的悲伤!

评

　　此为思妇诗,诗将女子思念丈夫置于采摘苍耳却又无心采摘的特定场景中,并以重章叠句的《诗经》特有的手法,以变换的字来层层深入到思妇的内心世界中去,达到了意味深厚、形象曲折、含蓄隽永的审美效果。

　　此诗为《诗经》中的名篇,前贤评析甚多,摘录几条,以供参考。

　　明人朱善:"卷耳易得之物,顷筐易盈之器,其采之非必难且劳也,然采之又采而不盈顷筐,何也?则以其心在乎君子而不在乎物也。于是舍之而置彼大路之旁焉,其心之专一而不暇于他,可知也。"(《诗解颐》卷一)

　　明人戴君恩:"情中之景,景中之情,宛转关生,摹写曲至,故是古今闺思之祖。诗贵远不贵近,贵淡不贵浓。唐人诗如'袅袅城边柳,青青陌上桑。提笼忘采叶,昨夜梦渔阳'亦犹《卷耳》四句意耳。试取以相较,远近浓淡,孰当擅场?无端转入登高,不必有其事,不必有其理,奇极,妙极,是三唐人所不敢道。"(《读风臆评》)

　　明人钱天锡:"通章都非实事,思之变境也。一室之中,无端采物,忽焉而登高,忽焉而饮酒,忽焉而马病仆痡,俱意中妄成之,旋妄灭之。缭绕纷纭,息之弥以繁,夺之弥以生,卒之念息而叹曰:云

何吁矣。可见怀人之思自真，而念之所设皆假，安得以不思哉？所谓诗之正也。"（《诗牅》卷一）

清人王夫之："忘其所不忘，非果忘也。示以不永怀，知其永怀矣。示以不永伤，知其永伤矣。情已盈而姑戢之以不损其度。"（《诗广传》卷一）

今人钱钟书："作诗之人不必即诗中所咏之人，妇与夫皆诗中人，诗人代言其情事，故各曰'我'。首章托为思妇之词，'嗟我'之'我'，思妇自称也……二、三、四章托为劳人之词，'我马''我仆''我酌'之'我'，劳人自称也；'维以不永怀、永伤'，谓以酒自遣离忧。思妇一章而劳人三章者，重言以明征夫况瘁，非女手拮据可比，夫为一篇之主而妇为宾也。男女两人处两地而情事一时，批尾家谓之'双管齐下'，章回小说谓之'话分两头'，《红楼梦》第五十四回王凤姐仿'说书'所谓：一张口难说两家话，'花开两朵，各表一枝'。"（《管锥编》第一册，中华书局1979年版）

桃夭

桃之夭夭，灼灼其华。
之子于归①，宜其室家。

桃之夭夭，有蕡其实。
之子于归，宜其家室。

桃之夭夭，其叶蓁蓁②。
之子于归，宜其家人。

释

①于归：古代女子出嫁。
②蓁（zhēn）蓁：盛貌。

译

茂盛的桃树哟，艳美的花！
这个女子要出嫁，幸福带给新的家！

茂盛的桃树哟，满枝的果。
这个女子要出嫁，小日子过得真红火！

茂盛的桃树哟，绿油油的叶。
这个女子要出嫁，美满家庭定和谐！

评

清人方玉润评此诗："此以咏新婚诗，与《关雎》同为房中乐，如后世催妆、坐筵等词。特《关雎》从男求女一面说，此从女归男一面说，互相掩映，同为美俗。"（《诗经原始》）。

此诗当是婚礼时为新婚所唱的祝福歌，故以歌谣的复沓方式，反复表达对新婚的祝愿。全诗以桃树的枝、花（华）、实、叶为比兴材料，正合于女子由少女而少妇的状态。

《毛传》："夭夭，其少壮也。"闻一多："《说文》曰'夭，屈也'，夭训屈，凡木初生则柔韧而易屈，故谓之夭。"

钱钟书先生考证，认为"夭"即"芺"，即"笑"。"夭夭"乃比喻之词，形容花之娇好，非独指桃树之"少壮"，并引李商隐《即目》诗："夭桃唯是笑，舞蝶不空飞。""夭"即是"笑"，正如"舞"即是"飞"。认为"夭夭"总言一树桃花之风调，"灼灼"专咏枝上繁花之光色。修辞由总而分。隋唐以还，"花笑"已成典。如崔护："人面不知何处去，桃花依旧笑春风。"

第二、三章自"其华"进而咏"其叶""其实"预祝其"绿叶成阴子满枝"（杜牧诗）。"蕡"，旧说多释为果实的圆大。于省吾在《泽螺居诗经新证》中说："蕡、墳、颁与贲古通。颁、贲并应读作斑。《易·贲》释文引傅氏云：'贲，古斑字，文章貌'。"因此"'有蕡其实'即有斑其实。桃实将熟，红白相间，其实斑然"。

按内在意思，第三章应在第二部分。花叶果之次序更合自然界的规律。但由花自然想到实，再补充其叶，也合于人的意识流动之规律。

国风·召南

何彼襛矣

何彼襛矣①？唐棣之华②。
曷不肃雝③？王姬之车。

何彼襛矣？华如桃李。
平王之孙④，齐侯之子。

其钓维何？维丝伊缗⑤。
齐侯之子，平王之孙。

释

①襛（nóng）：繁盛。

②唐棣（dì）：落叶灌木，高五六尺，春开花，夏结实。

③曷：何。肃雝（yōng）：严肃雍容。

④平王：东周第一代君主，名宜白。

⑤缗（mín）：纶，捻丝成纶，即钓丝。

译

那是多么的繁盛婀娜？那是唐棣开出的花朵。

那是怎样的华贵雍容？那是王姬的婚车。

那是如何的浓艳？华美如同桃李。

那是平王之孙女，那是齐侯之女。

她钓鱼用得是什么？那是丝线做成的钓绳。

她是齐侯之女呀，她是平王的外孙。

评

此诗在《召南》十四篇中，章句形式最为整饬，全诗三章，每章四句，每句四字，与《桃夭》章句形式相同，语言表达平易，未采用生涩的语词，当为十四篇中最晚之作。此诗背景：三家说曰：言齐侯嫁女,以其母王姬始嫁之车远送之。《疏》《毛序》:"美王姬也。虽则王姬,亦下嫁于诸侯。车服不系其夫,下王后一等,……以成肃雝之德也。"王先谦案语:如三家说,是"齐侯之子",为齐侯所嫁之女,平王之孙,平王之外孙女也。平王女王姬先嫁于齐,留车反马。今所生之女,嫁西都畿内诸侯之国,荣其所自出,故以其母王姬始嫁时车送之。诗人见此车而贵之,知其必有肃雝之德,故深美之也。[1]

魏源曾经提出,此诗所写的"齐侯之子,平王之孙",也有可能是春秋之前而未加记载者,但考察该诗之艺术方式,不似更早的作品。另,此诗所写的背景,是否就是《卫风·硕人》所写的"齐侯之子,卫侯之妻,东宫之妹,邢侯之姨","美庄姜一人也"的庄姜?或是《鲁颂·鲁僖》所说的"周公之孙,庄公之子"?待考。

野有死麕

野有死麕①,白茅包之。
有女怀春,吉士诱之②。

林有朴樕③,野有死鹿。
白茅纯束④,有女如玉。

舒而脱脱兮⑤,无感我帨兮⑥,无使尨也吠⑦!

---

[1] [清]王先谦撰,吴格点校:《诗三家义集疏》,中华书局1987年版,第114页。

释

①麕（jūn）：獐子。

②吉士：男子的美称，当指青年猎人。

③朴樕（sù）：小树。

④纯束：捆扎。

⑤舒：缓缓。脱脱（duì duì）：慢慢。

⑥感：通"撼"。帨（shuì）：围裙。

⑦尨（máng）：多毛狗。

译

野地里有死獐子，就用白茅包上它。
有个少女怀春动心，吉士就要引诱她。

林中生长着小树，原野上有着死鹿。
白茅草揉搓着捆扎，有个少女洁白如玉。

请你舒缓地慢慢地来啊，我要动我的围裙呀，
不要使那长毛狗叫起来呀！

评

此诗背景，《韩说》曰："平王东迁，诸侯侮法，男女失冠婚之礼，《野麕》之刺兴焉。"《毛序》："恶无礼也。天下大乱，强暴相陵，遂成淫风。"《笺》："无礼者，为不由媒妁，雁币不至，劫胁以成婚。"魏源云："此东周时所采西都畿内之风也。……故《甘棠》思召伯，《何

禮》美王姬,皆陕以西畿内之风。《野有死麕》亦犹此例,其诗既不采于东都王城,使不附于《召南》,陕以西之风将何所属?"王先谦案:魏氏采风之说,确不可易……此诗为东迁之后西都畿内之人所作无疑。[1]

此诗为《召南》十四篇中之佼佼者。首先,此诗写出了平王东迁之后,诸侯侮法,男女失冠婚之礼的时代真实,以优美的诗歌形式记载或说是描写了中国自从周公制礼作乐之后,一切均行礼如仪的沉闷之后的一种自由和解放,写出了某种人性在自然状态之下的性爱过程。这也可以说是一种创造,是诗三百前所未有的。

其次,该作的章句形式也同时达到了某种高度。全诗三章,每章分别为四句、四句和三句,基本整饬而有变化,已经能熟练掌握章法的整饬之后随心所欲,正与内容方面的自由精神吻合。第二章主体上是对第一章的重复歌唱,但"白茅纯束,有女如玉"八个字,使这位女子的形象进一步清晰和细腻化,是一位如玉一般美妙的女子。而第三章则是对前两章情节的继续和发展,在歌唱的时候,类似后来歌唱表演的副歌。这首诗在演唱时,也许应该是这样的:

> 野有死麕,白茅包之。有女怀春,吉士诱之。舒而脱脱兮!无感我帨兮!无使尨也吠!
> 林有朴樕,野有死鹿。白茅纯束,有女如玉。舒而脱脱兮!无感我帨兮!无使尨也吠!

---

[1] [清]王先谦撰,吴格点校:《诗三家义集疏》,中华书局1987年版,第114页。

再次,比兴手法的运用更为浑然天成,"野有死麕,白茅包之"既是起兴,又是故事情节的一部分,是以下"有女怀春,吉士诱之"故事的序曲。当这位贵族在郊外打猎的时候,射死了一只獐子,白茅包之的时候,猎手并未逆料会发生以后的艳遇。而"有女怀春"四字,透露了这并非一件男性强迫女性的事件,而是女性怀春,可能藏在树丛中窥视和欣赏着这位贵族猎手的矫健身姿,才发生了随后"吉士诱之"的故事。吉士,如前所论,应该是贵族子弟尚未入仕之前的称谓,犹如今日之学子。

最后,此诗的故事情节性、细节描写和对话,都有前所未有的突破。"舒而脱脱兮,无感我帨矣,无使尨也吠。"女孩对吉士细语:请动作温柔一点,不要动我的佩巾,不要弄得狗吠而惊动别人。这样的细节描写,这样的话语入诗,皆应是前所未有的创造。其中省略了吉士在如玉女子话语之前和之后的对话,但这正是诗歌魅力之所在,给予了读者留白和想象的空间。

国风·王风

黍离[①]

彼黍离离,彼稷之苗。
行迈靡靡[②],中心摇摇[③]。
知我者,谓我心忧;
不知我者,谓我何求。
悠悠苍天,此何人哉!

彼黍离离,彼稷之穗。
行迈靡靡,中心如醉。
知我者,谓我心忧;
不知我者,谓我何求。
悠悠苍天,此何人哉!

彼黍离离,彼稷之实。
行迈靡靡,中心如噎④。
知我者,谓我心忧;
不知我者,谓我何求。
悠悠苍天,此何人哉!

释

①周平王迁洛邑,是为东周,王城在今洛阳一带。东周王国境内的诗歌就叫王风。这篇诗是写流浪者的忧愤。一个找不到出路而流落他乡的客子,触景生情,联想到自己的悲惨遭遇,不禁悲愤交集。

②行迈:远行。靡靡:步履沉重迟缓的样子。

③摇摇:忧愁不安的样子。

④噎(yē):塞住。

译

这里曾经是雄伟的宗庙宫舍,
如今已是一片茂盛的庄禾。
举步呵,如此沉重,

心中哟,如绞如割。
知我心者,说我心忧,
不知我者,会说我别有所求!
悠悠无尽的苍天呵,
这是谁的过错?

那一行行的黄黍,叶儿茂盛,
那一棵棵的高粱,长出了红红的穗。
我的脚步呵,如此沉重,
我的心绪哟!如迷如醉。
知我心者,说我心忧,
不知我者,会说我求的是什么!
悠悠无尽的苍天呀,
这是谁的过错?

黄黍离离繁盛,高粱结出果实。
我的脚步沉重,我的心儿抑郁如噎。
知我心者,说我心忧,
不知我者,会说我求的是什么!
悠悠无尽的苍天呵,
这是谁的过错?

评

关于此诗之主旨,《毛诗序》认为:"《黍离》,闵周也。周大夫行役至于宗周,过故宗庙宫室,尽为禾黍,闵周室之颠覆,彷徨不忍去而作是诗也。"(《十三经注疏·毛诗正义》卷四)。但也有不同见解,如有学者认为:"就诗歌内容来说,却不见丝毫'周大夫行役至于宗周,过故宗庙宫室,尽为禾黍'而'闵周室之颠覆'的迹象,所见到的只是一个孤苦无依的流浪者,长年累月,浪迹天涯,故而览物起兴,感身世之悲切;感慨哀吟,抒心底之忧伤。事实上,我们从作品中体味到的那种深沉炽烈的家国忧患与人生感慨,更岂是闵宗周所能具述!"(《中国文学家宝库·先秦两汉诗精华》)。清人崔述则认为:"细玩此词意,颇与《魏风·园桃》相类。'黍离''稷苗'犹所谓'园桃''园棘'也;'行迈靡靡',犹所谓'聊以行国'也;'不知我者,谓我何求',犹所谓'谓我士也罔极''心之忧矣,其谁知之'也。然则此诗乃未乱而预忧之,非已乱而追伤之者也。盖凡常人之情,狃于安乐,虽值国家将危之会,贤者知之,愚者不之觉也,是以不知者谓之何求。《黍离》忧周室之将陨亦犹《园桃》忧魏之将亡耳。"(《读风偶识》卷三)

从学术的角度如何理解此诗的创意,都可探讨,从实际的社会影响来看,"黍离"之悲,确已成了中华民族表达亡国之痛的最为典型的场景和意象。

从艺术角度看,此诗具有很强的散文特质,长短不齐,变化无端,如同口语,如同叹息,大概这就是韩愈所说的"气盛言宜"吧!这种散文的句式,最合于日常生活的真实,最自然,也最生动,几乎就是一首当时的白话诗。中国现代的白话诗与这种原始的白话诗何其相似!如果你登高俯瞰,当可看到中国诗话的一个巨大的回环。

君子于役①

君子于役②,不知其期③。曷至哉④?
鸡栖于埘⑤,日之夕矣⑥,羊牛下来。
君子于役,如之何勿思!

君子于役,不日不月。曷其有佸⑦?
鸡栖于桀⑧,日之夕矣,羊牛下括⑨。
君子于役,苟无饥渴。

释

①这是思妇之诗。

②君子:女子称其夫。于役:在外服劳役。

③期:归期。

④曷至哉:多会儿才回来呢?

⑤埘(shí):凿墙而成的鸡窝。

⑥日之夕:天色黄昏时。这正是人们和牲畜归来的时候。

⑦佸(huó):聚会。

⑧桀:同"橛",木桩。这里指系在木桩顶端的鸡窝。

⑨下括:指牛羊走下山坡群聚在一处。括(kuò),到来,会合。《毛传》:"括,至也。"

译

夫君服役,归期遥遥,何时相聚?
鸡,要休憩了,夕阳,也要归去了,

更兼有牛羊归自牧地。
夫君服役,怎不使我愁思万缕?

夫君服役,遥遥无期,怎能相聚?
鸡,要休憩了,夕阳,也要归去了,
更兼有牛羊归自牧地。
夫君服役,可曾渴饥?

评

大约在两千余年前,日暮时分,在一抹残阳夕照的逆光里,站立着一位贫苦无依的妇人。庭院里鸡禽归窝;原野外,羊啊,牛啊,一群群地归圈夜息了。她却久久凝视着远方,从内心深处发出了一声深沉的叹息:

君子于役,不知其期,曷至哉?

这是《诗经·君子于役》这首诗为我们提供的一幅素描写意画卷,或说是一张艺术摄影,或说是一组蒙太奇。而这声深沉的叹息,就有如电影序幕在画面尚未推出之前而发出的深沉的、带有淡淡哀伤的画外音:夫君在外服役,也不知要多久,他——何日归来呢?

在那淡淡哀伤的女低音的画外音里,一幅带有原始意味的写意画卷徐徐展开在我们的面前:"鸡栖于埘,日之夕矣,羊牛下来。"这是富于家庭生活气息的画面,从画面中,你会感受到一种安静、愉悦的情调:夕阳西下,鸡在凿墙而成的鸡窝中栖息了,漫山遍野的牛羊也一群群地归入了圈中。然而，在这安谧、愉悦的情调下面，却压抑着、翻滚着痛苦的哀思。自然界的万物在劳作一天之后，都要成双成对地享受静夜的幸福了，更何况富有情感的人类呢？兽、禽类的幸福，触发了妇人的心事，也反映了她的痛苦。

王夫之曾评《诗经·小雅·采薇》说："以乐景写哀，以哀景写乐，一倍增其哀乐。"（《姜斋诗话》）其实，此处的描写也是一种"以乐景写哀"。此诗中的女主人公，是个痛苦的形象，而诗人笔墨却没有在痛苦上下功夫，反而描绘了幸福、宁静的日暮之景，从而有力地表现了女主人公的内心世界。

此诗的产生，本是由景生情，是由那夕阳残照下的牧归之景而感发出怨妇对夫君的思念，诗人却有意打乱这个次序，先抒情而后写景，再以思妇叹息式的自白："君子于役，如之何勿思"接续作结。动人以情、象之以景，首尾呼应，自然圆润。

《诗经》是和音乐关系密切的歌词，因此，结构形式多采用重章叠句的形式。此诗也不例外，第二章也只是稍加变化而已，但在情感的表现上略有发展。第一句的"不日不月"比"不知其期"、"曷其有佸"比"曷至哉"似乎更深沉、更无望。结句"苟无饥渴"比之"如之何勿思"，意思上更是有了明显的变化，它由思念夫归，转到希望丈夫在外无灾无难、吃饱穿暖，由盼归到祝福，似乎不再强调其归，但却更深刻地透露了其恩爱情感，反写了其思归无望的痛苦内心。

此诗在字数上由不整齐的杂言构成，三、四、五字都有。在句顿上，是由两个三句和一个两句句式组成，有奇有偶，双奇成偶，自由却又富于节奏，十分符合主人公内心独白的抒情特点；此诗在艺术方式上，有情有景，情由景发，景中含情，情景交融，近似后来美学中的"意象",体现了我国古人在诗歌的初级阶段对形象的重视;从全诗的主旨看,此诗是一首思念之作,但也从侧面描写了带有原始意味的田园风光,从中也可窥到我国两千多年前农村生活的场景,可看作是我国田园诗歌的滥觞吧!

清人许瑶光有诗云:"鸡栖于桀下牛羊,饥渴萦怀对夕阳。已启唐人闺怨句,最难消遣是昏黄。"(《再读＜诗经＞四十二首》)

采葛

彼采葛兮①,一日不见,如三月兮!
彼采萧兮②,一日不见,如三秋兮!
彼采艾兮③,一日不见,如三岁兮!

释

①葛:藤本植物,其纤维可以织葛布。
②萧:草名。
③艾:多年生草本植物。

译

她去山上采葛了,采葛在何方?
一天没见她,如同度过了三月的时光!
她去山上采蒿了,采萧在何方?
一天没见她,如同度过了三秋的时光!
她去山上采艾了,采艾在何方?
一天没见她,如同度过了三年的时光!

评

　　此诗通篇之意,就在"一日不见如三秋"的离别心境。清人姚际恒评:"'葛''月''萧''秋''艾''岁',本取协韵。而后人解之,谓葛生于初夏,采于盛夏,故言'三月';萧采于秋,故言'三秋';艾必三年方可治病,故言'三岁'。虽诗人之意未必如此,然亦巧合,大有思致。'岁''月'四时而独言秋,秋风萧瑟,最易怀人,亦见诗人之善言也。"(《诗经通论》卷五)

国风·邶风

击鼓

击鼓其镗①,踊跃用兵②。土国城漕③,我独南行。
从孙子仲,平陈与宋④。不我以归,忧心有忡⑤。
爰居爰处⑥,爰丧其马。于以求之,于林之下。
死生契阔⑦,与子成说⑧。执子之手,与子偕老。
于嗟阔兮,不我活兮。于嗟洵兮⑨,不我信兮⑩!

释

①镗(tāng):堂堂,击鼓声。

②踊跃:跳跃,表高兴。兵:兵器。

③土国:为国家兴土功。城漕:在漕地筑城。一说漕在河南滑县东。

④平:和好。陈与宋:陈国和宋国。

⑤忡(chōng):状忧愁。

⑥爰（yuán）：于何。
⑦契阔：契合疏阔[1]。
⑧成说：成约，约定[2]。
⑨洵（xún）：远。
⑩信：古"伸"字。

译

敲击大鼓堂堂响，士兵跳跃弄刀枪。为国土功，为漕建城，我独向南走一趟。

跟从统帅公孙子仲，与国陈和宋交好。不许我归来，心里忧苦有忡忡。

在哪里定我的住处，在哪里失掉他的马。在哪里去找他，在树林的下。

共生死同甘苦，同您成功相说。握着您的手，同您到老不离。

可叹如今远隔啊，不许我还活啊，可叹我的信用啊，不能使我申说啊。

评

《毛序》："怨州吁也。卫州吁用兵暴乱，使公孙文仲平陈与宋，国人怨其勇而无礼也。"伐郑在鲁隐公四年。王先谦案语：则此诗是与陈宋伐郑之役军士所作。"士怯叛亡"与诗"居处丧马""不我活兮"义合，一时怨愤叛离之状可见。

---

[1] 周振甫译注：《诗经译注》，中华书局2010年版，第42页。
[2] 周振甫译注：《诗经译注》，中华书局2010年版，第42页。

以笔者之见，此诗不可能为军士所作，从全诗的视角来说，分明是一位掌握全局、居高临下但又能与士卒军士同为甘苦的人物，非君侯不能为也。而州吁用兵暴乱，为国人所不容，也不可能出现这种"死生契阔，与子成说。执子之手，与子偕老"的感人场面。从这一个历史阶段的君王来看，唯有戴公之后即位的文公，有这种场景的可能。《史记·卫世家》记载：文公初立，轻赋平罪，自身劳，与百姓同苦，以收卫民。此诗吻合于卫公，但与三家说州吁之际的战事不合，可以继续研究。

"击鼓其镗，踊跃用兵。土城国漕，我独南行。"此诗一反比兴手法，直接诉说，描述战场的紧张局面。当时，此诗作者或许巡查战事于漕。后面两句描写和记载卫国兵士之劳苦，或作土工，或修理漕城，而我独自南行巡查。此处之我，当指作诗者之自我。

第二章："从孙子仲，平陈与宋。不我以归，忧心有忡。"孙子仲，指的是卫国州吁派出的将军公孙文仲。"不我以归，忧心有忡"，仍然指的是作诗者本人及其心境，担忧战争无所宁日，不知其归期。

第三章："爰居爰处，爰丧其马。于以求之，于林之下。"《传》："有不还者，有亡其马者。"此数句正吻合诗人巡视之情形。

第四章："死生契阔，与子成说。执子之手，与子偕老。"此一章延续前两章而来，前面写出军士之辛苦，之苦难，此处则描述自己代表国君，对士卒发出同生共死的誓言，以安定军心。《韩说》：契阔，约束也。《传》：契阔，勤苦也。说，数也。《笺》：从军之士与其伍约：死也生也，相与处勤苦之中，我与子成相说恩爱之恩，志在相存救也。

第五章："于嗟阔兮，不我信兮。于嗟洵兮，不我活兮！"《孔疏》："此军伍之人今日不与我乖阔兮……言彼此不相顾也。"此章所写,乃为其结果,仍然是军心离散,怨言难平。既然军心如此涣散,则"死生契阔,与子成说。执子之手,与子偕老"就不应出自军士之口,而是超越于军事阶层的统治者的话语。

国风·鄘风

载驰

载驰载驱,归唁卫侯①。
驱马悠悠②,言至于漕。
大夫跋涉,我心则忧。

既不我嘉③,不能旋反④。
视尔不臧,我思不远。

既不我嘉,不能旋济⑤。
视尔不臧,我思不閟⑥。

陟彼阿丘⑦,言采其蝱⑧。
女子善怀,亦各有行⑨。
许人尤之⑩,众稚且狂⑪。

我行其野,芃芃其麦⑫。
控于大邦,谁因谁极⑬?

大夫君子,无我有尤。
百尔所思,不如我所之。

释

①唁(yàn):吊问失国。

②悠悠:遥远。

③嘉:好。

④旋:转车。

⑤济:止。

⑥閟(bì):同"毖",慎。

⑦阿丘:有一边高的山丘。

⑧蝱(méng):贝母草。

⑨行:道路,指主张。

⑩尤:指过错。

⑪众:通"终",既是。

⑫芃(péng)芃:茂盛。

⑬极:急。

译

一路挥鞭驱驰呀,回来吊唁失国的卫侯。
一路挥鞭疾驰呀,一直走到漕邑尚未休。
大夫千里跋涉劝阻我,我的心里满是哀愁。

既然对我不赞成,要我回去我不能。

我看你的方案都不好,我的思谋岂不深远?

既然对我不赞成,要我回转我不能。
你的想法并不好,我的思谋岂不慎重?

登上那个山丘,采撷一些贝母草药。
女人呀,总是善于怀想,也各有主张。
许国大夫责备我,众人幼稚而且张狂。

行走在卫国的原野,麦子正在茂盛生长。
我想要求助于大国,但哪个大国能援手?
各位大夫君子们呀,不要再指责我的过错,
尽管你们设计了千条妙计,却都不如我自己亲自前往。

评

《鲁说》曰:许穆夫人者,卫懿公之女,许穆公之夫人也。初,许求之,齐亦求之,懿公将与许,女因其傅母而言曰:"古者诸侯之有女子也,所以苞苴玩弄,声援于大国也。今者许小而远,齐大而近,若今之世,强者为雄,如使边境有寇戎之事,惟是四方之故,赴告大国,妾在不犹愈乎?今舍近而就远,离大而附小,一旦有车驰之难,孰可与虑社稷?"卫侯不听,而嫁之于许。其后翟人攻卫,大破之,而许不能救,卫侯遂奔走涉河,而南至楚丘。齐桓往而存之,遂城楚丘以居,卫侯由是悔不用言。当败之时,许夫人驰驱而吊唁卫侯,因疾之而作诗云:"载驰载驱,归唁卫侯……我思不远。"

《毛序》:"许穆夫人作也。闵其宗庙颠覆,自伤不能救也。卫懿公为狄人所灭,国人分散,露于漕邑。许穆夫人闵卫之亡,伤许之小力不能救,思归唁其兄,又义不得,故夫是诗也。"《笺》:"露于漕邑者,谓戴公也。懿公死,国人分散,宋桓公迎卫之遗民,渡河之处于漕邑而立戴公焉。戴公与许穆夫人,俱公子顽烝于宣姜所生也。……卫公奔走及吊唁卫侯,则戴公之世也。《左传》:'卫立戴公,以庐于曹。许穆夫人赋《载驰》。'……唯此以许穆夫人为懿公女为异耳。"[1]

以上背景甚为重要,此诗为许穆夫人所作,无所怀疑。其中疑点,鲁说认为,许穆夫人者,卫懿公之女。而郑玄认为,戴公与许穆夫人,俱公子顽烝于宣姜所生也。如果是这样的话,则鲁说讲述当年许穆夫人未嫁之时,女因其傅母而言的一段精彩的政治分析,就落空了。

《左传·闵公二年》记载:宣公烝夷姜,夷姜生太子伋及黔牟,令右公子傅之,娶宣姜,生子寿、朔,左公子傅之。朔后为惠公,三十一年,惠公卒,子懿公赤立。卫懿公九年,鲁闵公二年,公元前660年,周惠王十七年,齐桓公二十六年,许穆公三十八年,冬十二月,狄人入卫。卫师败绩,遂灭卫。初,齐人使昭伯烝于宣姜,(齐僖公)不可,强之。生齐子、戴公、文公、宋桓夫人、许穆夫人。(齐子,谓嫁于齐者。)自惠公之立至此四十年。卫之遗民立戴公以庐于曹。许穆夫人赋《载驰》。[2]

懿公为宣姜亲生孙子,鲁说许穆夫人为卫懿公之女,应为误。但当时许国、齐国同时求女,或为惠公末期之事。

---
[1] [清]王先谦撰,吴格点校:《诗三家义集疏》,中华书局1987年版,第257—259页。
[2] 杨伯峻编著:《春秋左传注》,中华书局修订本1990年版,第267页。

"载驰载驱,归唁卫侯。驱马悠悠,言至于漕。大夫跋涉,我心则忧。"开篇三句,应该是许穆夫人听闻戴公死去的消息,疾驰到漕。时间应该是狄人入侵之后的翌年春夏之交麦子尚未收割之际,后文有"我行其野,芃芃其麦"。此一章以六句篇幅,交代自己驱驰之背景和原因,聊聊数句,将所发生的事件、人物、心情、地点,无不一一交代清楚,颇有后来新闻学之所谓五个"W"的意思。

"既不我嘉,不能旋反。视尔不臧,我思不远。既不我嘉,不能旋济。视尔不臧,我思不閟。"第二三章八句,言许人尽不善我欲归唁兄。尔,许人也,视女不施善道救卫。夫人既言跋涉心忧,追念前请于卫君事,云我所以请嫁于齐者,为欲系援于大国,我之谋至嘉美也。既不我嘉,卫果遁逃而不能旋反其旧都,我之思虑岂不深远乎?此一段议论,有见识、有深情,追述了此前自己的担忧和谋略,可谓是巾帼不让须眉也。

"陟彼阿丘,言采其蝱。女子善怀,亦各有行。许人尤之,众稚且狂。"第四章六句,蝱,音蒙,《本草》,一名苦菜。苏颂《图经》:"二月生苗,似荞麦,叶随苗出,七乐开花。"一说认为许穆夫人以此比兴,比喻求人力以助安卫灭乱。亦可亦无不可,只是实际场景而已。在采苦菜而沉吟的场景中,写出了许穆夫人忧国忧民思虑沉吟的形象,同时为读者提供了许穆夫人载驱载驰的季节背景。

"我行其野,芃芃其麦。控于大邦,谁因谁极?大夫君子,无我有尤。百尔所思,不如我所之。"第五六章一共八句,可以连读。我行其野,指卫国之郊野。言我行卫野,则已"芃芃其麦"。"芃芃其麦"四字,信息量很大,既给读者描述了许穆夫人载驱载驰到卫国郊野的场景,给出了季节的信息,同时暗示了卫国"城春草木深"的含义。

胡承珙云:"狄灭卫在闵二年冬,非蓷麦之候,不宜取非时之物而漫为托兴。"王先谦也认为,胡说是也(《诗三家义集疏》,262页)。实则,此为刻舟求剑,削足适履。狄人灭卫,是为闵二年冬十二月,许穆夫人此作提供了补充历史细节的第一手史料,说明她是在翌年春季载驱载驰赶赴于卫吊唁。

可能发生的情况是:(1)戴公之死,在翌年春季。(2)许穆夫人在戴公死后一两个月后方才赶到卫国吊唁。时间是该年夏正二三月之际。此时,齐国尚未派兵援救。"控于大邦,谁因谁极?"《左传》记载狄人入侵卫国,是在闵公二年十二月,因将随后两三个月发生的事情,也就是懿公死、戴公立的事情一并记载于此,这也是合乎情理的。

如果将翌年正月、二月接续的事情放置到翌年,事件的发展就会中断。春秋时代的诗人,尚未有虚拟造境之说,因此,许穆夫人所写的场景,应该是真实的,它补充了这一事件发展的细节。更为主要的,是狄人入侵于该年十二月,随后发生的懿公死、戴公立、戴公死,此四者同时发生于一个月甚至是半个月之内,这是不合情理的。

总之,许穆夫人此作,是一篇体大思深,有场景、有思想深度之佳篇佳作。在卫风污浊的靡靡之音中,见出一丝亮色。

国风·卫①风

氓②

氓之蚩蚩③,抱布贸丝④。
匪来贸丝⑤,来即我谋。

送子涉淇,至于顿丘。
匪我愆期⑥,子无良媒。
将子无怒⑦,秋以为期。

乘彼垝垣⑧,以望复关⑨;
不见复关,泣涕涟涟;
既见复关,载笑载言⑩。
尔卜尔筮⑪,体无咎言⑫。
以尔车来,以我贿迁。

桑之未落,其叶沃若⑬。
于嗟鸠兮,无食桑葚⑭!
于嗟女兮,无与士耽!
士之耽兮,犹可说也⑮;
女之耽兮,不可说也!

桑之落矣,其黄而陨⑯。
自我徂尔⑰,三岁食贫。
淇水汤汤⑱,渐车帷裳⑲。
女也不爽⑳,士贰其行㉑。
士也罔极㉒,二三其德。

三岁为妇,靡室劳矣㉓;
夙兴夜寐㉔,靡有朝矣㉕!

言既遂矣，至于暴矣。
兄弟不知，咥其笑矣。
静言思之，躬自悼矣。

及尔偕老，老使我怨。
淇则有岸，隰则有泮㉖；
总角之宴㉗，言笑晏晏，
信誓旦旦，不思其反㉘。
反是不思㉙，亦已焉哉㉚！

释

①卫：国名，周武王把他的弟弟康叔封在这里，在今河南北部及河北南部。

②氓（méng）：《氓》是一首弃妇诗，反映了封建社会里妇女的痛苦，不仅是对薄幸的男子而且是对男权社会的强烈控诉。诗中回忆了一位女子的恋爱经过，叙述了她的婚后遭遇，诉说了她的痛苦心情，以及对丈夫的负心表现深刻的恨，对自己的错误恋爱表现无限的悔。但她并不徘徊留恋，这表现了她的刚强。氓：民，这里是对诗中男主角的称呼。

③蚩（chī）蚩：忠厚的样子。

④贸：交易，买。

⑤匪：通"非"，不是。

⑥愆（qiān）：错过。

⑦将（qiāng）：愿。

⑧垝（guǐ）：毁坏，倒塌。垣：墙。

⑨复关：地名，是那个男子住的地方。

⑩载：副词，又，且。

⑪卜：在龟甲上钻上孔，用火炙烧，根据龟甲上烧出的裂纹来判断吉凶。筮（shì）：用蓍草的茎来占卜。

⑫体：卦体，就是用龟蓍占卜所显示的结果。咎言：不吉利的话。

⑬沃若：润泽柔嫩。

⑭桑葚（shèn）：桑树的果实。据说斑鸠吃了桑葚能醉，这句话比喻女子不要沉溺在爱情里。

⑮说：同"脱"，解脱。

⑯陨（yǔn）：落下。

⑰徂（cú）：往。徂尔，往你那里去。

⑱汤（shāng）汤：水大的样子。

⑲渐：浸湿。帷裳：指车围子。

⑳爽：差错。

㉑贰：不专一。行（háng）：行为。

㉒罔：无。罔极：等于说无常。

㉓靡：没有。

㉔夙（sù）兴：早起。

㉕朝（zhāo）：早晨，指一日。

㉖隰（xí）：低湿积水之地。泮（pàn）：水边。

㉗总角：古时未成年的小孩，头发扎为两角。

㉘反：违反，变心。

㉙反是：违反了誓言。

㉚已:罢了,算了。

译

当年的你啊,憨笑着一副忠厚的样子,
时常抱着布匹来换我的丝。
噢!你并不是来换丝,
而是为了接近我,向我求婚。
我送你,涉过潺潺的淇水,一直送到了顿丘。
不是我有意拖延,实在是因你没有媒人。
愿你不要生气,就以秋日为结婚的吉辰吧。

登上那倒塌的残垣,远望你所居住的复关。
复关遥遥看不见,空惹我泣泪涟涟;
终于有一天,看见了复关来的你。
我又说又笑,笑容满面。
你说已经占了卦,占了一个吉利的卦签。
于是,你的车子来了,来将我的嫁妆搬。

唉!桑树未枯之时,叶儿润泽。
叫声斑鸠鸟啊,不要吃桑葚。
正像女人呀,不要坠入情网。
男人沉迷,尚可解脱。
女人沉迷,永难解脱。

桑叶老时,黄叶凋落。
自从我嫁给你,一直过着贫困的生活。
淇水河呀,浩浩汤汤,
溅湿了那遣归我的车。
作为女人的我,没有差错。
可男人呀,却三心二意,反复无常。

刚嫁给你时,什么都不让我干,
以后却要起早贪黑,没有片刻的安闲。
你想得到的,已经得到,
就一天比一天粗暴。
兄弟们不知内情,时常讥笑。
静下心来想一想,
也为自己的命运哀伤。

本想和你白头偕老,
没想到,到老时,我的生活里充满了哀怨。
那长流不断的淇水呀,也有它的岸。
那洼湿的沼泽啊,也有它的边。
我们总角少年时,青梅竹马。
你的笑颜、你诚恳的誓言,如在眼前。
当时怎么能想到你今日的背叛。
唉!你既已背叛了你的誓言,
那就算了吧,我再也不把你思念。

评

这是一首叙事诗,叙述了一个古老而又并不过时的爱情故事:一个少女被一个男子追求,当时他还是个看似忠厚的小伙子:"氓之蚩蚩,抱布贸丝。匪来贸丝,来即我谋。"女子动心了,约他秋日来迎娶:"将子无怒,秋以为期。"以后,她就每天都在将这个男人悬望:"乘彼垝垣,以望复关。不见复关,泣涕涟涟;既见复关,载笑载言。"溺于所爱,已见端倪,喜怒哀乐,皆已系之。"于嗟女兮,无与士耽!士之耽兮,犹可说也;女之耽兮,不可说也",这是她惨痛教训之总结。"言既遂矣,至于暴矣",丈夫不到三年,就厌倦了她。

这首叙事诗,如同一出小品,或是一幕小型电视剧,以女主人公回忆的角度,自少女而少妇而至老年,演示了由爱而恨的辛酸历程。情节虽简单,人物形象、内心活动却十分丰富。

清人方玉润评:"此女始终总为情误,固非私奔失节者比,特其一念之差,所托非人,以致不终,徒为世笑。士之无识而失身以事人者何以异?是故可以为戒也。"(《诗经原始》卷四)

今人钱钟书评:"此篇层次分明,工于叙事。'子无良媒'而'愆期','不见复关'而'泣涕',皆具无往不复、无垂不缩之致。然文字之妙有波澜,读之只觉是人事之应有曲折;后来如唐人传奇中元稹《会真记》崔莺莺大数张生一节,沈既济《任氏传》中任氏长叹息一节,差堪共语。皆异于故作波折,滥弄狡狯,徒成'鼓噪'者也。"(《管锥编》)

木瓜

投我以木瓜,报之以琼琚①;

匪报也,永以为好也。

投我以木桃,报之以琼瑶②;
匪报也,永以为好也。

投我以木李,报之以琼玖③;
匪报也,永以为好也。

释

①投:赠送。木瓜:木瓜树的果实,淡黄色,有香气。琼:赤玉。瑶(jū):佩玉的名称。

②木桃:桃子。瑶:佩玉的一种。

③琼玖(jiǔ):黑色的佩玉。

译

你送给我一只木瓜,我用佩玉来报答。
这哪里是礼物的馈赠,分明是爱的赤诚!

你送我一只木桃,我用佩玉来回报。
这不是礼物的回报,爱你!白头到老!

你送我一只木李,我用佩玉来回馈。
这不是一般的回礼,它饱含着爱的要义!

评

此诗主题，朱熹认为是男人赠答之词："言人有赠我以微物，我当报之以重宝，而犹未足以为报也，但欲其长以为好而不忘耳。疑亦男女相赠答之词，如《静女》之类。"(《诗集传》卷三)

宋人辅广等人以为是朋友间寻常赠送之词："而先生（朱熹）疑以为男女相赠答之辞，如《静女》之类者，则亦以卫风多淫乱之诗而疑其或然耳。尝试思之，《静女》之诗，其为男女相赠答，于诗文可见。至此诗，则全不见有男女之辞，若只据诗文，以为寻常间相问遗之意，似亦通。"(《钦定诗经传说汇纂》卷四引)

还是理解为男女情爱之作，更为有味。但也可以作更广泛的运用。这正是诗的特点。清人牛运震评："'匪报也'三字一逗，婉曲之极。分明是报，却说匪报，妙。三叠三复，缠绵浓致，笔端缭绕，言外含蓄。"(《诗志》卷一)

国风·齐风

鸡鸣

鸡既鸣矣，朝既盈矣①。
匪鸡则鸣，苍蝇之声。

东方明矣，朝则昌矣②。
匪东方则明，月出之光。

虫飞薨薨③,甘于子同梦④。
会且归矣,无庶予子憎⑤。

释

①朝:朝堂,朝廷。

②昌:盛,人多。

③薨(hōng)薨:虫群飞声。

④甘:甘心。

⑤无庶予子憎:庶无予子憎,庶几没有因我恨你[1]。

译

鸡已经叫了,朝堂上已经人满了。

不是鸡叫,是苍蝇的声音。

东方亮了,朝堂上已经人多了。

不是东方亮,是月亮出来的光。

虫子薨薨地飞,甘心和你一同做梦。

朝会将要结束了,庶几没有因我恨你。

评

《毛序》:"思贤妃也。哀公荒淫怠慢,故陈贤妃贞女,夙夜警戒

---

[1] 周振甫译注:《诗经译注》,中华书局 2010 年版,第 124 页。

相成之道焉。"将此诗写作背景放到齐哀公时期,齐哀公为西周齐国第五代君主。如果可信的话,则齐风之《鸡鸣》,为《国风》诗中除了周公之作外最早的作品,随后是《秦风》,见于前文。

"鸡既鸣矣,朝既盈矣。匪鸡则鸣,苍蝇之声。"《传》:"鸡鸣而夫人作,朝盈而君作。"《笺》:"鸡鸣朝盈",为君起之常礼。《书大传》:"鸡鸣,大师奏鸡鸣于阶下,夫人鸣佩玉于房中,告去也。然后应门击柝,告辟也。"《笺》:"夫人以蝇声为鸡鸣,则起早于常礼,敬也。"读此一章,已经能窥其大意。此诗内容还在礼乐制度教化中,郑笺归于西周,大体可信。而"齐者,三代之遗声也,齐人识之,故谓之齐"。成为十五国风中的早期作品,还是有根据和理由的。

国风·郑风

将仲子

将仲子兮,无逾我里,无折我树杞①。岂敢爱之?畏我父母。仲可怀也②,父母之言亦可畏也。

将仲子兮,无逾我墙③,无折我树桑。岂敢爱之?畏我诸兄。仲可怀也,诸兄之言亦可畏也。

将仲子兮,无逾我园④,无折我树檀。岂敢爱之?畏人之多言。仲可怀也,人之多言亦可畏也。

释

①将（qiāng）：请求。仲子：人名。一说仲为兄弟排行第二。逾：越、翻过。里：古时五家为邻，五邻为里，里有里墙。折：攀踩折断。杞：柳一类的树。

②怀：想念。

③墙：指住宅围墙。

④园：指圈住果木蔬菜的篱笆。

译

求求你啦

二哥哥，

别老从我家

翻墙过，

别老折断墙头那杞树。

我哪儿是心痛

几棵树，

是怕爹娘要骂我。

我想你爱你呀

二哥哥，

不过，父母的严厉斥责

也让我直哆嗦！

求求你啦

二哥哥，

别老从我家

翻墙过,

别老折断墙头那桑树。

我哪儿是心痛

几棵树,

是怕家兄要斥责。

我想你爱你呀

二哥哥,

不过,哥哥们的疾言厉色

也真让我好难过!

求求你啦

二哥哥,

别老从我家菜园

穿墙过,

别老踩坏园边的檀树。

我哪儿是心痛

几棵树,

是畏惧邻舍流言多。

我想你爱你呀

二哥哥,

不过,邻舍的流言蜚语

也真让我好难过!

评

关于此诗的背景,前人多有猜测,如《毛诗序》认为是"刺庄公":"不胜其母以害其弟,弟叔失道而公弗制,祭仲谏而公弗听,小不忍以致大乱焉。"(《十三经注疏·毛诗正义》卷四)朱熹认为是"淫奔之诗":"事见《春秋传》。然莆田郑民谓此实淫奔之诗,无与于庄公叔段之事,《序》盖失之。而说者又从而巧为之说以实其事,误益甚矣。今从其说。"(《诗序辨说》)清人姚际恒则反驳说:"女子为此婉转之辞以谢男子,而以父母诸兄及人言为可畏,大有廉耻,又岂得为淫者哉?"(《诗经通论》卷五)

实际上,这首诗就是一首优美的民间爱情诗,与《关雎》相若。全诗从一个少女的内心咏叹而出,既有热烈如火、奔放的爱,又有对父母、兄长、邻舍流言的畏惧,是较早的追求个性解放的佳作。

遵大路

遵大路兮,掺执子之祛兮①。
无我恶兮,不寁故也②。

遵大路兮③,掺执子之手兮。
无我魗兮,不寁好也④。

释

①遵:循,沿着。掺(shǎn):执,持。据清人马瑞辰《毛诗传笺通释》说,本作"操",魏晋间因避曹操讳,改作"掺"。祛(qū):袖口。
②无(wù):勿。恶(wù):厌恶。无我恶,无恶我。寁(zǎn):

快,速。故:旧。不寁故,不要速去故旧。《集传》:"言子无恶我而不留,故旧不可以遽绝也。"

③路:清人王引之《经义述闻》:"此章路字当作道。与下文手、魗、好为韵。道犹路也,变文换韵耳。"马瑞辰《通释》同王说:"诗盖因首章作路,遂相承而误。"

④魗(chǒu):音义同"丑"。《传》训"弃",《笺》训"恶"。无我丑,无丑我。《集传》:"欲其不以己为丑而弃之也。"《说文》有丑无魗,今经文作魗,皆误从《笺》义以改经字。好:旧情好。不寁好,不要速离旧好。

译

沿着大路走,
紧紧抓住你的衣袖。
莫要嫌厌我吧!
你怎能这么快——
就忘记咱们
曾情深意厚。

沿着大路走,
紧紧拉住你的手。
不要这样嫌我丑,
想想当年我们
情感多深厚。

评

对于《遵大路》的题旨，历代人们有不同的解释。《诗大序》认为是"思君子也。庄公失道，君子去之。国人思望焉"。此说未免穿凿。而朱熹则认为是属"男女相悦之词"，当是较为贴近的。这首诗描写的是这样一个情景：一个负心男子弃妇而去，那被弃的妇人紧紧抓住男人的衣袖和手臂，向他诉说衷曲。

全诗由内容相似的两章组成，每章四句，极简单而又包含着极丰富的内心情感。

首句"遵大路兮"，用很少几个字，勾勒出事情发生的场景，从而为读者提供了想象、联想的线索。众所周知，《诗经》的艺术手法可用"赋、比、兴"三字概括。本诗所用，为纯赋之体，完全是对被弃者行为、话语的白描述说。首句勾勒的画面虽不太清晰，但读者可把自己的想象界定在一条大路上，想到全诗所表现的弃妇之哀，大路，是否也是无路可走的女主人公痛苦内心的反衬呢？也未可知——世上大道千千万，而我独无路可行焉！由此看来，大路就不仅是客观存在，而且是与内心情感结合的统一体了。而后，作品所展现的画面，转入了对人的描写，"掺执子之袪兮"，紧紧抓住你的衣袖啊！这不仅仅是人的出现，而且是一个女子抓住一个男子的那双手的特写镜头的推出，从而使尖锐的矛盾冲突一下子就凸现出来，并开始笼罩了一层悲凉之雾。三、四句进一步深入到人物内心世界，是女子在苦苦哀求，"无我恶兮，不寁故也。""寁"：快捷，迅速之意。此两句大意是，不要嫌弃我，不要这么快就忘记故旧之情啊！她还抱着一线希望，希望那男子看在过去的情分上能回心转意。这充满了女子悲哀的诗句，使我们想起《诗经》中另一首名作《氓》，那也是描写弃妇的，其中有这样几句:"于嗟女兮,无与士耽。士之耽兮,犹可说也。女子耽兮,不可说也。"如果说《氓》中的弃妇表现的是一种悲愤情绪,她此时已能较理智地回顾自己失败的爱情生活,《遵大路》中的弃妇则还深深沉浸在悲伤中不能自拔,她还抱着最后一线希望苦苦等待。

后一章与前一章反复杂沓,更增添了缠绵悱恻之诗意,同时在内涵上也有着更进一层的意义。以"手"替"袪",哀求之意更甚,也表现出拉不回、挽不住的情势;而"魗"(嫌弃的意思)字、"好"字,也是对前一章的补充,而非音节上的简单重复了。"不要这样嫌弃我,难道这么快就忘了我们的感情曾有多好!"

此诗尽管很短,但作者极善于选择描写的时机和角度,四句之间,层层递进,由景而人,由人而心;两章之间,往返复沓,给人以丰富的想象余地。从表达效果上看,毫不逊于《诗经》中《氓》《谷风》等同类主题的长诗。

风雨①

风雨凄凄②,鸡鸣喈喈③。
既见君子,云胡不夷!

风雨潇潇,鸡鸣胶胶④。
既见君子,云胡不瘳⑤!

风雨如晦⑥,鸡鸣不已。
既见君子,云胡不喜!

释

①这篇诗写一个女子想念她的爱人,而爱人就回来了的喜悦之情。

②凄凄:天气寒凉的样子。

③喈(jiē)喈:鸡鸣声。

④胶胶:鸡鸣声。

⑤瘳(chōu):病愈。

⑥晦:天黑。

译

风声夹着雨声,更兼报晓鸡鸣。
情人翩然而至,我心顿化晴空。

风声雨声潇潇,雄鸡高唱报晓。
情人忽然来到,我心快乐陶陶。

细风冷雨凄凄,鸡儿鸣叫不已。
既已见到情人,我心如何不喜!

评

清人姚际恒:"'喈'为众声和;初鸣时尚微,但觉其众和耳。再鸣则声渐高,'胶胶'同声高大也。三鸣以后,天将晓,相续不已矣。'如晦',正写其明也。惟其明,故曰'如晦'。惟其'如晦',则'凄凄''潇潇'时尚晦可知。诗意之妙如此,无人领会,可与语而心赏者,如何如何。"(《诗经通论》卷五)

诗中男女相会中"风雨"的环境描写,十分生动。中国古人习惯将自然界的风雨视为阴阳两极的交媾,并将之与人类男女的交合相类比。这样,此诗的"风雨"就不仅有了男女欢爱的具体背景,而且,也使这一背景具有了"意象"的作用,犹如今人描写一些男女性爱场面所使用的隐晦手法。当然,既为意象,也就具有了某种不确定性。后人在"风雨如晦,鸡鸣不已"中,感悟出时代黑暗、士人抗争的多种境界,也就不足为奇了。

子衿①

青青子衿,悠悠我心②。
纵我不往,子宁不嗣音?

青青子佩,悠悠我思。
纵我不往,子宁不来?

挑兮达兮③,在城阙兮。
一日不见,如三月兮!

释

①这首诗写女子在焦灼地等待她的情人来赴约。前两章写女子怪她的情人不来,末章写她在等待时烦乱的心情。子:指女子的情人。衿(jīn):衣领。"青衿"是周代学子的服装。

②悠悠:忧思不已之貌。

③挑达:往来貌。一说指男女姿情欢娱,极尽缠绵之事。

译

你的衣领哟,颜色青青,

青青的衣领哟,

魂萦梦绕着我的心。

唉!纵然我不便去找你,

你为何不鸿雁传音?

你的佩带哟,颜色青青,

青青的佩带哟,

梦绕魂萦着我的心。

唉!纵然我不能去见你,

你为何不把我来寻?

在那幽静的角楼里,

你我情意缠绵共销魂。

一天看不见你哟,

真觉有三个月的光阴。

评

此诗的主题十分明显,是一首爱情诗。不知是一个什么样的机缘,小伙子的形象闯入了女孩的心扉——"青青子衿,悠悠我心",以青色衣领的显著特征代指人物全体,十分形象生动,而以"我心"对之,突现了那种一见钟情的情境。

《诗序》解为:"《子衿》,刺学校废也。乱世,则学校不修焉。"

《郑笺》进一步发挥:"学子而俱在学校之中,己留彼去,故随而思之耳。"则男女之相识在学校,可作一说。

出其东门①

出其东门,有女如云。
虽则如云,匪我思存。
缟衣綦巾,聊乐我员。

出其闉阇②,有女如荼③。
虽则如荼,匪我思且④。
缟衣茹藘⑤,聊可与娱。

释

①此诗咏郑俗春月男女会聚之日,主人公见东门外有女如云,而他却一心专爱自己的意中人。

②闉阇(yīn dū):城门外增筑的半环形城台,用以掩护城门,又名曲城。

③如荼:形容女子众多。

④且:语助词。一说,且即"著"。

⑤茹藘(lú):茜草,其根可作红色染料。

译

步出城东门,美女众多飘如云。
虽然众多飘如云,没有我的心上人。

身穿素绢着绿巾,只有她与我共销魂。

走出外城门,美女如荼朵朵开。
虽然如荼朵朵开,我的爱人她没来。
素绢衣裙红佩巾,我愿与她永恩爱。

评

朱熹《诗集传》解此诗:"人见淫奔之女而作此诗。此为此女虽美且众而非我思之所存,不如己之室家,虽贫且陋,而聊可自乐也。"此说纯属无稽之谈,不值一驳。方玉润驳以"是以'如云''如荼'之女尽属淫奔,亦岂可哉!"(《诗经原始》)此外,男主人公偏要在东门去与"己之室家"约会,亦匪夷所思。

总之,此诗当是为男人去约会或寻找情人而作。与《子衿》之"挑兮达兮,在城阙兮"恰可看作男女之问答。

虽有"美女如云",但皆"匪我思存",而专心于自己心中的"缟衣綦巾",这也是一种对爱情专一的歌咏。

国风·陈风

月出

月出皎兮,佼人僚兮①。
舒窈纠兮,劳心悄兮②。

月出皓兮，佼人懰兮③。
舒忧受兮，劳心慅兮④。

月出照兮，佼人燎兮⑤。
舒夭绍兮，劳心惨兮⑥！

释

①皎：洁白光明。佼人：美人。僚：美丽，美好。

②舒：迟，缓慢，形容女子步履轻盈婀娜。一说为发语词。窈纠：形容女子体态苗条的样子。一说幽远、愁结之意。劳心：忧心，形容思念之苦。悄：深忧的样子。

③皓：光照。懰（liǔ）：妖媚。

④忧受：形容女子走路舒徐婀娜的样子。慅（cǎo）：忧愁不安的样子。

⑤照：形容词，光明。燎：明亮，在此形容姑娘脸上放射着青春的光彩，与银白的月光交相辉映。

⑥夭绍：也是形容女子体态轻盈。惨：同"躁"，忧愁烦躁不安的样子。

译

明月出东山哟，月光何皎皎！
美丽的姑娘哟，圣洁而美好！
姗姗步履轻哟，体态多苗条！
惹我起相思哟，思绪若海潮！

明月出云朵哟,月光何皓皓!
美丽的姑娘哟,妩媚而美好!
袅袅娜娜来哟,去似云娜袅!
惹我起相思哟,将我爱心挑!

明月出中天哟,光芒普天照!
美丽的姑娘哟,与月相辉耀!
袅袅娜娜来哟,去似烟缥缈!
惹我起相思哟,忧愁又烦躁!

评

　　这一篇是月下怀人的诗。但在《毛诗序》说:"《月出》,刺好色也。在位不好德而说美色焉。"(《十三经注疏·毛诗正义》卷七)难以让人信服。朱熹评其题旨:"此亦男女相悦而相念之词。言月出则皎然矣,佼人则燎然矣,安得见之而舒窈纠之情乎?是以为之劳心而悄然矣。"(《诗集传》卷七)清人姚际恒评其手法:"尤妙在三章一韵,此真风之变体,愈出愈奇者。每章四句,又全在第三句使前后句法不排。盖前后三句皆上二字双,下一字单;第三句上一字单,下二字双也。后世作律诗欲求精妙,全讲此法。"(《诗经通论》)均有参考价值。

　　爱恋之人,在月光之下吟咏爱情,坦陈相思之苦,具有一种忧郁的情调。"在形式上它是具有特殊风格的双声叠韵诗",全诗采用复沓式歌谣体形式,每句只更换一两个字,具有回环复沓之美。

屈原

屈原（约公元前340年—公元前278年），名平，战国时期楚国的诗人、政治家，"楚辞"的创立者和代表。曾任仅次于令尹的左徒及管理宗族事务、教育贵族子弟的三闾大夫之职。屈原的政治理想是"美政"，即圣君贤相的政治和民本思想。其理想不得实现，被流放九年。至楚顷襄王即位，更把屈原放逐到溆浦。当他走到湘水附近的汨罗江时就自沉而死。时约在顷襄王二十一年的五月五日。

楚辞是以屈原为代表的楚国人创造的一种介于诗、文之间的文学形式，是先秦时代诗三百和诸子散文演变整合而来的产物，也被称之为辞赋、骚赋，是赋体文学的发端。由于产于楚地，因此被称为楚辞；从汉代开始，《楚辞》又成为屈原等人作品的总集名。东汉王逸的《楚辞章句》，是现存最古、最为完整的《楚辞》注本，收录有屈原、宋玉，以及西汉贾谊直到自己的相关作品。其中屈原的作品有：《离骚》一篇，《九歌》十一篇，《天问》一篇，《九章》九篇，《远游》

一篇,《卜居》一篇,《渔父》一篇,共计25篇。屈原虽然可以说是开创了一种新的文学体裁,但从大的系统而言,仍然不出先秦经学哲学思想体系,与孔墨老庄等先秦诸子没有本质上的区别,只是在具体采用的阐述方式上,对文学史演变产生了更大的影响。

屈原楚辞,从内容到形式都有极大的开拓性、创造性。比之《诗经》,其文甚长,其思甚幻,其旨甚明,其言甚丽;在表现手法上,屈原把赋、比、兴巧妙地糅合成一体,大量运用"香草美人"的比兴手法,把抽象的品德、意识和复杂的现实关系生动形象地表现出来;在语言形式上,屈原的作品突破了《诗经》以四字句为主的格局,每句五、六、七、八、九字不等,句法参差,起伏跌宕。屈原之作,"逸响伟辞,卓绝一世""其影响于后来之文章,乃甚或在'三百篇'之上"(鲁迅《汉文学史纲要》)。

离骚①

帝高阳之苗裔兮②,朕皇考曰伯庸③。
摄提贞于孟陬兮④,惟庚寅吾以降。
皇览揆余初度兮⑤,肇锡余以嘉名⑥;
名余曰正则兮⑦,字余曰灵均⑧。
纷吾既有此内美兮⑨,又重之以修能⑩。
扈江离与辟芷兮⑪,纫秋兰以为佩⑫。
汩余若将不及兮⑬,恐年岁之不吾与⑭。
朝搴阰之木兰兮⑮,夕揽洲之宿莽⑯。
日月忽其不淹兮⑰,春与秋其代序⑱。
惟草木之零落兮⑲,恐美人之迟暮⑳。

不抚壮而弃秽兮㉑,何不改乎此度㉒?
乘骐骥以驰骋兮㉓,来吾道夫先路㉔!

释

①这是屈原最主要的作品,是中国古代长篇的抒情诗。诗中一面尖锐地抨击了当时贵族政治的投机取巧、苟且偷安;一面热烈地渴望着光明,表达了自己对国家和人民的无限忠贞。根据《史记·屈原列传》叙述的次第,并参照《楚世家》所排列的年代,这篇长诗大约成于楚怀王十六年(公元前313年),是屈原因被上官大夫谗毁而离开郢都时所作。"离骚",等于说"牢骚","离""牢"是双声字。

②高阳:远古帝王颛顼的称号。颛顼是楚国的远祖。苗裔:后代子孙。楚之始祖熊绎是颛顼之后,事周成王,封于楚。传国至楚武王熊通,生子瑕,受封于屈,遂以屈为氏,屈原即其后代,所以屈原说自己是颛顼的子孙。

③皇:伟大,光明。皇考:对亡父的敬称。

④摄提:星名。贞:定、安。贞于:定于、安于。孟陬(zōu):正月初春,这个月是寅月。

⑤皇:即上文"皇考"的简称。览:观察。揆:估量。初度:初生的时节。

⑥肇:开始。锡:赐。嘉:美。

⑦正:公正。则:法则。

⑧灵:美,善。均:形容地势均衡平坦。灵均:美好而平坦的地势。

⑨纷:形容盛多。内美:指先天具有美好品质。

⑩重:加上。修能:优越的才能。

⑪扈:披在身上。江离,又写作江蓠,香草名,今名川芎。辟:同"僻"。芷:香草名。辟芷:生在幽僻处的芷草。

⑫纫:本指绳索,这里作动词用,连成串的意思。兰:香草名。秋兰:兰草的一种。佩:指佩在身上的饰物。

⑬汩(yù):形容水流迅疾,这里比喻年光如逝水。

⑭与:待。不吾与:不等待我。

⑮搴(qiān):拔取。陂(pí):大土坡。木兰:香木名,又叫辛夷。

⑯揽:采。宿莽:一种经冬不死的香草。

⑰日月:指时光。忽:倏忽,形容时光迅速。淹:久留。

⑱序:同"谢"。代序:即代谢,轮换、更替的意思。

⑲惟:想到。

⑳美人:比喻国君,可能是指楚怀王。迟暮:指年老。

㉑抚:凭借。壮:指年壮的时候。

㉒度:法度。

㉓骐骥:骏马,喻贤臣。

㉔道:同"导"。先路:前驱。

译

我呀!是高阳古帝的后代子孙,

伯庸是我已故的父亲。

当摄提星指在孟春寅月之时,

恰在庚寅那一天,我幸运地降临。

父亲欣喜地看我的初生,

就赐给了我美好的名字。
我的名啊,叫"正则",
我的字啊,叫"灵均"。

我既有如此多的内在之美,
更加上后天修养的才能。
披着芳香的江离和白芷,
连缀着秋兰作为佩饰。

时光像流水一样消逝,
担心的是我没有多少时日。
清晨时,我去采摘山坡的木兰;
傍晚时,我去采摘水边的宿莽。

太阳与月亮不停地更替,
春天与秋天相互为序。
想到秋天凋落的枯草,
担心美人儿总有一天会衰老。

唉!还不趁着壮年抛弃秽行,
为什么不改变现时的法度?
您应该乘骏马而奔驰啊!
请来,我在前面给你引路。

昔三后之纯粹兮①,固众芳之所在②。
杂申椒与菌桂兮③,岂惟纫夫蕙茝。
彼尧舜之耿介兮④,既遵道而得路⑤;
何桀纣之猖披兮⑥,夫唯捷径以窘步⑦!
惟夫党人之偷乐兮⑧,路幽昧以险隘⑨。
岂余身之惮殃兮⑩,恐皇舆之败绩⑪。
忽奔走以先后兮,及前王之踵武⑫。
荃不查余之中情兮⑬,反信谗而齌怒⑭。
余固知謇謇之为患兮⑮,忍而不能舍也⑯。
指九天以为正兮⑰,夫唯灵修之故也⑱。
曰黄昏以为期兮,羌中道而改路⑲。
初既与余成言兮⑳,后悔遁而有他㉑。
余既不难夫离别兮,伤灵修之数化㉒。

释

①三后:指夏禹、商汤、周文王。纯粹:指德行精美。

②众芳:即下文椒、桂、蕙、茝等香草,比喻群贤。在:集中在一起的意思。

③申:重。菌桂:有人说就是肉桂。

④介:正直。

⑤道:指治国的正确路线。

⑥猖披:穿衣而不系带之貌。

⑦夫:彼。捷径:斜出的小路,比喻不走正路。窘步:困窘失足。

⑧党人:指当时结党营私、垄断政权的贵族集团。偷乐:苟安享乐。

⑨幽昧:昏暗不明。险隘:危险狭隘。

⑩惮:畏惧。殃:灾祸。

⑪皇舆:本是国王的车子,这里比喻国家前途。败绩:本指军队大败,兵车倾覆,这里比喻国家危亡。

⑫及:追及,赶上。前王:指上文的尧、舜和"三后"。踵武:足迹。

⑬荃(quán):义同"荪",香草名,这里比喻楚王。中情:本心。

⑭齌(jì):火上加油的意思。齌怒:燃烧起怒火。

⑮謇(jiǎn)謇:尽忠而直言。

⑯忍而不能舍:想忍耐却止不住。

⑰正:同"证"。

⑱灵修:等于"神明",是对楚王的尊称。

⑲"曰黄昏"句:据宋人洪兴祖的考订,此句是衍文,应该删去。本诗此句未译。

⑳成言:有成约。

㉑悔遁:因反悔而改变心意。

㉒数(shuò)化:屡次改变主意。

译

昔时三王有纯粹的美德,
因而有群芳荟萃。
花椒和肉桂杂种一处,
岂止是白芷和兰蕙?

那尧舜之所以成为光明正直的君王,
是因为他们遵循正路,走上了大道康庄。
那桀纣衣衫不整,行为乱狂,
贪图捷径而走向了灭亡。

群小们只知道营私结党、享乐苟安,
哪儿管道路黑暗、充满危险。
我哪儿是怕遭受祸殃?
我担心的是国家的存亡。

我急急地奔前走后,
要追踪效法前代圣贤的君王。
而您却一点也不理解其中的情况,
反而大发雷霆——相信谗言的谤伤。

我也知道忠贞会带来祸患,
但我宁可忍受祸患而不愿放弃理想。
让洞察万物的上天来作证,
证明我所做的一切都是为了您——我的君王。

您本来已与我有成约在先,
却中道反悔而改变。
我倒不怕被您疏远而离去,
伤心的是国君多次改变诺言。

余既滋兰之九畹兮,又树蕙之百亩①。
畦留夷与揭车兮,杂杜衡与芳芷②。
冀枝叶之峻茂兮③,愿俟时乎吾将刈④。
虽萎绝其亦何伤兮⑤,哀众芳之芜秽⑥。
众皆竞进以贪婪兮⑦,凭不厌乎求索⑧。
羌内恕己以量人兮,各兴心而嫉妒⑨。
忽驰骛以追逐兮⑩,非余心之所急。
老冉冉其将至兮⑪,恐修名之不立⑫。
朝饮木兰之坠露兮,夕餐秋菊之落英⑬。
苟余情其信姱以练要兮⑭,长顑颔亦何伤⑮?
擥木根以结茝兮⑯,贯薜荔之落蕊⑰,
矫菌桂以纫蕙兮⑱,索胡绳之纚纚⑲。
謇吾法夫前修兮⑳,非世俗之所服㉑。
虽不周于今之人兮㉒,愿依彭咸之遗则㉓。

释

①滋、树:都是栽种的意思,这里比喻培养贤人。畹(wǎn),三十亩是一畹。兰、蕙:比喻贤人。

②畦:田垄,这里是动词,指一垄一垄地种植。留夷、揭车、杜衡:都是香草名,比喻贤人。

③冀:希望。峻茂:高大茂盛。峻,同"俊"。

④俟(sì)时:指众芳成长之时。刈(yì):割,这里指收割。

⑤萎绝:枯萎夭折,比喻所培养的人受到排挤迫害。

⑥众芳之芜秽:比喻贤者变节。

⑦众：指群小。竞进：指争先恐后地追逐利禄权势。婪：与贪同义。

⑧凭：满，形容求索之甚。厌：满足。求索：追求勒索。

⑨兴心：起意。

⑩驰骛（wù）：骑着马奔跑。

⑪冉冉：渐渐。

⑫修名：高洁的名誉。

⑬英：花瓣。落英：即落花。

⑭信：果真。姱（kuā），美好。以：同"与"。练要：精诚而坚定。

⑮长：永远。顑颔（kǎn hàn），形容脸色黄瘦，这里比喻因廉洁而贫困。

⑯结：系。茝（chǎi）：又名芷。

⑰薜荔：香草名。

⑱矫：举，拿。

⑲索：作动词用，指把胡绳搓成绳索。胡绳：香草名，叶可作绳。纚（xǐ）纚：形容长长的一串。

⑳謇：楚方言，语助词。法：效法。前修：前代贤人。

㉑服：用。

㉒周：相合，相容。

㉓依：依据。彭咸：旧说是殷时大夫，投水而死。另说彭咸可能就是传说中的彭祖，彭祖名咸。遗则：遗留下的法则。

译

我曾经培植了兰草一片片，

又栽种了蕙草百亩田。

种下了芳香的留夷与揭车,
更有美好的杜衡与芳芷错落其间。

期盼着它们枝繁叶茂,
期盼着收获的季节早日来到。
即使枯萎凋谢也不悲伤,
可叹的是满园芳草竟荒芜污秽。

这些小人一个比一个更贪婪,
私囊已饱却还把名利追逐。
他们原谅自己却把他人猜度,
一个个钩心斗角相互嫉妒。

匆忙忙驰骋追逐,
这不是我心中所想。
一岁岁、一年年眼看老之将至,
怕的是美好的声名未曾树立。

清晨时我饮用木兰花的露水,
黄昏时我餐食秋菊的嫩葩。
我的内心既然的确是一个美好的世界,
面容为之憔悴又有何可怕。

手持木根编制精美的香芷,

屈原

上面串联薜荔的花蕊。
采用肉桂又缠绕蕙草,
用胡绳编织成花绳有多俊美。

哦!我所效法的是古代的先贤,
不可能得到世人的认可。
既然不能与世人相合,
我愿效法那投水而死的彭咸。

长太息以掩涕兮,哀民生之多艰①。
余虽好修姱以鞿羁兮,謇朝谇而夕替②。
既替余以蕙纕兮,又申之以揽茝③。
亦余心之所善兮,虽九死其犹未悔。
怨灵修之浩荡兮,终不察夫民心④。
众女嫉余之蛾眉兮,谣诼谓余以善淫⑤。
固时俗之工巧兮,偭规矩而改错⑥。
背绳墨以追曲兮,竞周容以为度⑦。
忳郁邑余侘傺兮,吾独穷困乎此时也⑧。
宁溘死以流亡兮,余不忍为此态也⑨。
鸷鸟之不群兮,自前世而固然⑩。
何方圜之能周兮,夫孰异道而相安⑪?
屈心而抑志兮,忍尤而攘诟⑫。
伏清白以死直兮,固前圣之所厚⑬。

释

①太息：叹息。掩涕：掩面拭泪。民生：泛指人生。

②羁羁（jī jì）：缰绳和马笼头，在此作动词用，意思是受拘束，被牵制。谇（suì）：责骂。替：衰落，亏损，此谓小人对自己的污损（旧说依东汉王逸注，言"朝谇而夕替"中"谇"为进谏，"替"为被废弃，似与上下文意不甚贯通）。

③蕙纕（xiāng）："纕蕙"的倒文。纕，缠臂袖的带，这里作动词用，佩带。申：重，加上。

④浩荡：原义水大貌，此处引申为放纵自恣、无思无虑、糊里糊涂。民心：人心，指人民的内心，一谓屈原自指。

⑤众女：喻包围在楚王左右的一群小人。蛾眉：蚕蛾须般的眉毛，用以代指美貌。此以众女妒美喻群小嫉贤。诼（zhuó）：污蔑。善淫：善于淫荡，长于诱惑。

⑥工巧：善于取巧。偭（miǎn）：违背。错：通"措"，措施。

⑦绳墨：匠人打线用的墨斗，这里也比喻法度。追曲：追随邪曲。周容：苟合取容。度：行为准则。

⑧忳（tún）：烦闷，忧郁。郁邑：愁苦，不安。侘傺（chà chì）：失意，孤独。

⑨溘（kè）：忽然。流亡：被迫离开故土在外漂流。此态：指苟合取容之态。

⑩鸷（zhì）鸟：指鹰隼一类猛禽。不群：不与凡鸟为伍。

⑪圜：同"圆"。

⑫屈心：使心受委屈。抑志：压抑意志。忍尤：忍受不白之冤。尤，罪过。攘（ráng）：取也，引申为忍受。诟（gòu）：辱骂。

⑬伏：通"服"，保持，怀抱。死直：谓死于正道。厚：看重，重视。

译

长长叹息一声，拭去泪水千行，
为我一生多灾多难而悲伤。
我虽如此酷爱美好德行的培养，
却仍然从早到晚地受到攻击诽谤。

既已毁灭了我美丽的芳蕙佩带，
我便毫不犹豫地以白芷替代。
只要是我心中的理想，
即使是一次次地死去也决不悔改。

怨只怨君王您糊涂荒唐，
到底不能体察我的内心。
那帮女人们嫉妒我的蛾眉貌美，
就造出谣言说我善淫。

那些时俗群小善于投机取巧，
违背规矩而胡作非为，
违背法度而追随邪曲，
一个个竞相以苟合取容为美。

烦闷、失意、压抑而彷徨，

我独独穷困潦倒在这个污浊的地方。
唉!我宁可溘然死去或流亡异乡,
也决不愿意似这帮群小的模样。

雄鹰不屑于与凡鸟同群,
这是自古以来理所当然之事。
方与圆怎样能相互吻合,
不同道路的人怎能彼此相安?

我只能使我的情怀委曲,
忍受着羞辱谴责强抑住意气。
保持着清白而死,
这正为前贤所嘉许!

悔相道之不察兮,延伫乎吾将反①。
回朕车以复路兮,及行迷之未远。
步余马于兰皋兮,驰椒丘且焉止息②。
进不入以离尤兮,退将复修吾初服③。
制芰荷以为衣兮,集芙蓉以为裳④。
不吾知其亦已兮,苟余情其信芳⑤。
高余冠之岌岌兮,长余佩之陆离⑥。
芳与泽其杂糅兮,唯昭质其犹未亏⑦。
忽反顾以游目兮,将往观乎四荒⑧。
佩缤纷其繁饰兮,芳菲菲其弥章⑨。

民生各有所乐兮,余独好修以为常。
虽体解吾犹未变兮,岂余心之可惩⑩?

释

①相道:审视、选择道路。不察:看得不清楚不明白。延伫(zhù):长久站立,一说伸颈跂脚而望,即张望的样子。反:同"返"。

②步:漫步,此指使马徐行。兰皋(gāo):生有兰草的水边高地。皋,泽畔高地。椒丘:生有椒树的山丘。且:暂且。焉:于是,在那里。

③进:进身于楚王前。不入:不被楚王重用。离尤:遭遇罪责。离,同"罹(lí)",遭。初服:从前的服饰,喻固有的品德。

④制:裁制。芰(jì):菱花。集:积聚。芙蓉:即荷花。裳:下衣。

⑤不吾知:即"不知吾",不了解我。已:罢。

⑥岌岌(jí):高貌。陆离:修长的样子。

⑦泽:污垢。糅:掺和。昭:明,光明。

⑧反顾:回看。游目:纵目四望。四荒:四方边远的地方。

⑨缤纷:盛貌。菲菲:香气浓郁。弥章:更加显著。章,同"彰"。

⑩体解:古代的一种酷刑,分裂人的四肢。惩:戒惧。

译

我懊悔当时没能仔细地将道路择选,
现在停下来久久伫立准备回返。
调转车头折回来路,
趁着迷路还未太远。

牵着马儿漫步在长满香兰的泽边山地,
飞驰到长满椒树的山丘暂且休息。
既然不能施展身手反遭罪责,
何不退身重修我当年的服饰?

剪裁菱花荷叶作成上衣,
积聚芙蓉连缀成下装。
世人不理解我也就随他,
只要我的内心洁郁芬芳。

高高呀!我的冠帽高高耸立,
长长呀!我的佩带修长。
芬芳与污浊虽然混在一起,
那洁白的本质尚未被抹去。

蓦然回首,纵目四望,
我要巡视那边远的地方。
我的佩饰是多么繁富,
浓郁的香气四散飞扬。

每个人都有自己的爱好,
我却独以爱好修饰为不渝的理想。
纵然粉身碎骨我的心也不会改变,
我的心胸岂可因惩戒而动荡?

女媭之婵媛兮,申申其詈予①。
曰鲧婞直以亡身兮,终然殀乎羽之野②。
汝何博謇而好修兮,纷独有此姱节③。
薋菉葹以盈室兮,判独离而不服④。
众不可户说兮,孰云察余之中情⑤?
世并举而好朋兮,夫何茕独而不予听⑥。
依前圣以节中兮,喟凭心而历兹⑦。
济沅湘以南征兮,就重华而陈词⑧。
启《九辩》与《九歌》兮,夏康娱以自纵⑨。
不顾难以图后兮,五子用失乎家巷⑩。
羿淫游以佚畋兮,又好射夫封狐⑪。
固乱流其鲜终兮,浞又贪夫厥家⑫。
浇身被服强圉兮,纵欲而不忍⑬。
日康娱以自忘兮,厥首用夫颠陨⑭。
夏桀之常违兮,乃遂焉而逢殃⑮。
后辛之菹醢兮,殷宗用而不长⑯。
汤禹俨而祗敬兮,周论道而莫差⑰,
举贤而授能兮,循绳墨而不颇。
皇天无私阿兮,览民德焉错辅⑱。
夫维圣哲以茂行兮,苟得用此下土⑲。
瞻前而顾后兮,相观民之计极⑳。
夫孰非义而可用兮,孰非善而可服㉑。
阽余身而危死兮,览余初其犹未悔㉒。
不量凿以正枘兮,固前修以菹醢㉓。

曾歔欷余郁邑兮，哀朕时之不当㉔。
揽茹蕙以掩涕兮，沾余襟之浪浪㉕。

释

①女媭：王逸注谓为屈原之姊，似可从。婵媛：感情深切而缠绵的样子。申申：重叠不休。詈（lì）：责备。

②鲧（gǔn）：同"鲧"，禹的父亲。婞（xìng）直：倔强刚直。亡身：忘我，亡同"忘"。殀，早死。羽之野：羽山的郊野。传说帝舜把鲧杀死在羽山。

③博謇：犹言过分直率。博，多；謇，忠贞直谏。纷：众盛貌。姱（kuā）节：美好的节操。

④薋（cí）：草多貌，这里用为动词，把许多草堆积起来。菉（lù）、葹（shī）：皆恶草名。判：分开，离开。服：佩用。

⑤户说：挨家挨户去说明。余：如说"我们""咱们"。

⑥并举：互相吹捧抬举。好朋：热衷于结党营私。茕（qióng）独：孤单。

⑦节中：犹言"取正"，用为判断事物的准则。节，读为"折"。喟（kuì）：叹息。凭心：意为愤懑满怀。凭：懑。

⑧沅湘：沅水、湘水。南征：向南进发。重（chóng）华：舜的别名，传说舜葬于沅湘以南的九嶷山（即苍梧山，在今湖南省宁远县）。

⑨启：夏代帝王，禹的儿子。九辩、九歌：据说是天上的乐章，被启偷了带到人间。康娱：安逸享乐。

⑩顾难：顾及危难。图后：考虑后果。五子：即五观，启之幼子。家巷：发生内乱。据说启的儿子五观曾作乱，后为启平定。

⑪羿：即后羿，夏代部落有穷氏的君长，启的儿子太康当政时代，因夏乱夺取政权。佚畋（tián）：放肆无度地耽于田猎。佚，同"逸"。畋：打猎。封：大。

⑫乱流：犹言"好乱之辈"。浞（zhuó）：即寒浞，相传是羿的相，杀掉羿而强占了羿的妻子。厥：其。家：妻室。

⑬浇：即寒浞与羿之妻所生之子。被服：穿戴，引申为依仗、负恃。强圉（yǔ）：强壮多力。不忍：不能自制。

⑭颠陨：坠落。

⑮常违：即违常，违背常道。遂焉：终究的意思。

⑯后辛：即殷纣王，"辛"是其名。菹醢（zū hǎi）：把人剁成肉酱的酷刑。殷宗：指殷王朝世系。

⑰俨（yǎn）：恭谨庄重。祗（zhǐ）敬：敬畏。

⑱阿：亲近，偏袒。民德：人的德行，此指君主。错辅：给予辅助。错，同"措"。

⑲茂行：黾勉而行。苟得：才可能。用此下土：意思是得以享用这下方世界。"下"是对上天而言。

⑳相观：观察。民之计极：犹言人们（论事）的终极法则。民，人们；计，虑事；极，准则。

㉑服：义同"行"。

㉒阽（diàn）：临近危险的样子。危死：近于死。

㉓凿（zuò）：孔眼。枘（ruì）：榫头。"量凿正枘"是说量好穿孔来削正一个与之相适应的木榫，在此用以比喻进谏必须看准对象。

㉔曾：同"增"，屡次。歔欷（xū xī）：抽噎声。

㉕茹蕙：柔软的蕙草。浪浪：泪流不止的样子。

译

姐姐是那样感情深切,
一次次地对我责备规劝。
她说:"鲧呀!就是因秉性正直而忘我,
被帝舜杀死在羽山。

你又何必过分直率又好修美,
独自保持这些美好的节操?
满堂满室都堆积着菉葹一类的恶草,
你又何必自傲孤高洁身自好?

众人难以一户户地解释劝说,
谁又能理解咱们的真情?
世俗之人都热衷于结党营私互相吹捧,
你却茕单影只对我的话也不肯听?"

我本是以前圣作为行为的准则,
可叹却遭此厄运满怀愁索。
还是渡过沅水湘江往南而行吧!
我要到舜帝前倾诉长歌:

"启从天上偷得《九辩》与《九歌》,
却用来荒淫享乐。
不顾及危险的后果,

导致五观发动了内讧。

后羿浸淫于田猎,
特别爱好射猎那肥大的狐狸。
唉!放荡乱狂之流鲜有善终,
结果让权相寒浞杀掉而强占了美妻。

他的儿子浇自恃强武有力,
荒淫纵欲而不能克制。
每日花天酒地忘乎所以,
也同样落得个人头落地。

夏桀行为乖戾不合常理,
到底落个遭殃的下场。
纣王把忠臣剁成肉酱,
大殷的江山社稷因此而消亡。

大禹商汤恭谨庄重,
周先王以礼治国遵循礼法。
举荐贤人而授权与能者,
遵循律法而丝毫无差。

上天是公正无私的,
要选择有德行的君主辅佐。

唯有圣哲贤才的努力，
才可能享有天下。

思前而顾后呀！纵览今古，
观察一下人们论事的终极法则。
哪有不义之人可得重用呀，
哪有不善之事可得通过。

我的面前虽有死神步步逼近，
回顾当初丝毫无悔恨。
我只是未能比量孔眼制榫，
这也是前贤横遭灾祸的原因。"

我不禁歔欷长叹排遣心中的苦闷，
哀叹我的生不逢时。
揽一支柔软的蕙草揩拭泪水，
那不断的泪水还是打湿了衣襟。

跪敷衽以陈辞兮①，耿吾既得此中正②。
驷玉虬以乘鹥兮③，溘埃风余上征④。
朝发轫于苍梧兮⑤，夕余至乎县圃。
欲少留此灵琐兮⑥，日忽忽其将暮。
吾令羲和弭节兮⑦，望崦嵫而勿迫⑧。
路曼曼其修远兮⑨，吾将上下而求索⑩。

屈原

饮余马于咸池兮⑪,总余辔乎扶桑⑫。
折若木以拂日兮⑬,聊逍遥以相羊⑭。
前望舒使先驱兮⑮,后飞廉使奔属⑯。
鸾皇为余先戒兮⑰,雷师告余以未具⑱。
吾令凤鸟飞腾兮,继之以日夜。
飘风屯其相离兮⑲,帅云霓而来御⑳。
纷总总其离合兮㉑,斑陆离其上下㉒。
吾令帝阍开关兮㉓,倚阊阖而望予㉔。
时暧暧其将罢兮㉕,结幽兰而延伫㉖。
世溷浊而不分兮㉗,好蔽美而嫉妒㉘。

释

①跪敷衽:跪在地上,把衣服的前襟铺开。

②耿:心里亮堂。得此中正:已得到最正确的做人之道。

③驷:用四匹马驾车。虬(qiú),无角的龙。以:同"与"。乘:四的数目,也是驷的意思。鹥(yī):凤凰一类的鸟。

④溘埃风:乘着有尘埃的大风。上征:向天上飞行。

⑤发轫:车将行时,必先撤轫,因此引申为"动身""启程"的意思。

⑥琐:门上雕刻的花纹,这里是门的代称。灵琐,指神人所居的宫门,与上文"县圃"可能同指一地而变其名称。琐,有人认为就是"薮"字。

⑦羲和:相传是驾太阳车的神。弭:按,抑。节:行车的节度。弭节:按节徐行。

⑧崦嵫(yān zī):神话中的山名,相传是日落的地方。迫:迫近。

⑨曼曼：同"漫漫"，形容路远。

⑩上下求索：指寻求理想。

⑪饮余马：给我的马饮水。饮，读去声。咸池：神话中的水名，相传是太阳洗浴的地方。

⑫总：系。扶桑：神话中的树名，相传太阳就从这里升起。

⑬若木：神话中的树名，相传太阳就落到它的下面。拂：王逸认为"蔽也，以若木障蔽日，使不得过也"。

⑭聊：姑且，暂且。逍遥、相羊：都是徘徊逗留的意思。相羊，同"徜徉"。

⑮望舒：相传是驾月车的神。

⑯飞廉：风神的名字。属（zhǔ），跟随的意思。奔属：紧随在后面奔跑。

⑰皇：同"凰"。鸾、皇，都是凰一类的鸟。先戒：在前面作警卫。

⑱雷师：雷神，名叫丰隆。未具：指旅行用具还未备齐。

⑲飘风：方向无定的风，即旋风。离：同"丽"，附着。

⑳帅：同"率"，率领。御：迎接。

㉑总总：簇聚在一起，指云霓之多。离合：指云霓在飘风中聚散不定。

㉒斑：五光十色。陆离：参差错杂，这里指云霓的色彩变化多端。上下：指云霓忽高忽低。

㉓阍（hūn）：看门的人。帝阍：给天帝守门。

㉔望予：望着我，表示袖手不管的意思。

㉕时：指日光。曖曖：逐渐昏暗。将罢：一天将要过完。

㉖结幽兰而延伫：是说手结幽兰，在天门外徘徊逗留。

㉗溷：同"浑"。不分：指美恶不分。
㉘蔽：妨碍。

译

跪在地上，我把衣襟敞开来条陈，
真理的阳光射入了我的心中。
让四匹无角的龙驾车，
让凤凰拉着我的坐乘。

四周顿时卷起了大风，
在风的尘埃里，我的车驾启程。
早晨出发于放国的苍梧，
傍晚时抵达昆仑悬圃。

我想在此处稍做逗留，
忽然发现，时候已近日暮。
我命令太阳的御者羲和，
控制住太阳车行的速度。

只远远地望着崦嵫山，
不要迫近那日落的地方。
路呵！是多么的漫长，
我要上天入地去追求我的理想。

在太阳洗浴的咸池饮饮我的神马,
然后,将马儿系在那神树扶桑。
折一枝若木的枝条来遮蔽太阳,
姑且在此徘徊徜徉。

让月神望舒在前面开路,
让风神飞廉在后面奔走,
前面警戒的
是鸾鸟凤凰。

雷师丰隆向我汇报:
旅行的用具尚未准备周详。
我还是命令先行部队启航,
不分日夜地在天空飞翔。

猛烈的旋风翻转着结聚着,
率领着云霞虹霓来迎接我。
云霞在风中时聚时散,
虹霓的色彩参差杂错,五光十色。

我命令天帝的守门人打开大门,
他却倚着门儿,懒洋洋地看着我。
此时,天渐渐地变暗,
一天的光阴将要过完。

屈原

我手持幽兰,在天门外徘徊踟蹰。
唉!天上的世界也是如此美恶不分,
都嫉妒美好,而将其遮掩。

朝吾将济于白水兮,登阆风而绁马①。
忽反顾以流涕兮,哀高丘之无女②。
溘吾游此春宫兮,折琼枝以继佩③。
及荣华之未落兮,相下女之可诒④。
吾令丰隆乘云兮,求宓妃之所在⑤。
解佩纕以结言兮,吾令蹇修以为理⑥。
纷总总其离合兮,忽纬繣其难迁⑦。
夕归次于穷石兮,朝濯发乎洧盘⑧。
保厥美以骄傲兮,日康娱以淫游⑨。
虽信美而无礼兮,来违弃而改求⑩。
览相观于四极兮,周流乎天余乃下⑪。
望瑶台之偃蹇兮,见有娀之佚女⑫。
吾令鸩为媒兮,鸩告余以不好⑬。
雄鸠之鸣逝兮,余犹恶其佻巧⑭。
心犹豫而狐疑兮,欲自适而不可⑮。
凤皇既受诒兮,恐高辛之先我⑯。
欲远集而无所止兮,聊浮游以逍遥⑰。
及少康之未家兮,留有虞之二姚⑱。
理弱而媒拙兮,恐导言之不固⑲。

世溷浊而嫉贤兮,好蔽美而称恶。
闺中既以邃远兮,哲王又不寤⑳。
怀朕情而不发兮,余焉能忍与此终古㉑!

释

①白水:神话中的水名,据说源出昆仑山。阆(làng)风:神话中昆仑山的一座山峰名。緤(xiè):同"紲",拴系。

②高丘:高山,指"阆风";一说,楚山名。女:指神女。"高丘无女"象征上天求女的失败结局,喻求知音而不得的孤独情状。

③春宫:据说为东方青帝所居之宫。琼枝:玉树的树枝。继:增加。

④荣华:花朵的通称。草本植物开的花叫作"荣",木本植物开的花叫作"华"(古"花"字)。下女:指下文宓妃、简狄、二姚等下界美女,她们也都是神话和传说中的人物,因不住在天上故称"下女"。诒:同"贻",赠送。

⑤宓(fú)妃:传说为伏羲氏之女,溺死在洛水,为洛水神。宓,同"伏"。

⑥佩纕:佩用的丝带。结言:犹言致爱慕之意。蹇修:神话中人物,旧说为伏羲之臣。理:与"行媒"义近。

⑦纷总总:形容宓妃随从之盛。离合:若即若离,指宓妃态度迟疑不定。纬繣(huà):乖违,不相投合。迁:改动。

⑧次:住宿。穷石:山名,传说为后羿的居处。据说宓妃是河伯之妻,常与后羿偷情。濯发:洗头发。洧盘:神话中的水名,发源于崦嵫山。

⑨保:恃,仗。

⑩违弃：离开、放弃，指抛开宓妃。改求：另求他女。

⑪览相观：连用三个同义词，都是看的意思。周流：犹言"周游"，遍行。

⑫瑶台：以美玉砌成的楼台。此用来写妆台之美丽庄严。偃蹇：高貌。有娀（sōng）之佚女：指简狄。传说有娀氏女简狄住在瑶台，后嫁给帝喾，生契（商的祖先）。佚：美。

⑬鸩（zhèn）：恶鸟名，羽毛有毒。比喻小人。不好：言鸩从中破坏，说简狄的坏话。

⑭雄鸠：雄斑鸠鸟。鸣逝：边叫边飞。佻巧：轻佻巧诈。

⑮自适：亲身前往。指不用行媒，亲自去找简狄。不可：指自觉于礼不合。

⑯凤凰：一说即"玄鸟"，就是燕子。受：通"授"。"受诒"指致送聘礼（受帝喾委托）。传说帝喾妃简狄吞食玄鸟的卵而生契。先我：是说凤凰已经送过聘礼，恐怕帝喾已先我而得简狄了。

⑰集：本指鸟栖于木，此喻安居。无所止：无处栖身。止，居处。

⑱少康：夏后相之子，杀死寒浞和浇等，中兴夏朝。未家：未娶妻成家。有虞之二姚：指有虞国君的两个女儿。少康幼时受寒浞迫害，逃到有虞国，国君把两个女儿许配给他。国君姚姓，所以两个女儿称"二姚"。

⑲理弱：指媒人无能。理，与"媒"义同。导言：指媒人从中说合的话。不固：不成。

⑳闺中：女子所居之处。邈远：深远。此句总括求女而不得。哲王：对楚王的尊称。

㉑发：抒发。此：言这种现状。终古：永远，久远。

译

清晨,我渡过昆仑脚下的白水,
登上昆仑阆风,将神马系于峰顶。
猛然回首反顾,不禁痛哭失声,
可悲呵!美丽的高峰处竟无美女相逢。
匆匆地,我游览了东方春帝的神宫,
折几枝玉树琼枝把佩饰添增。
趁着春华尚未凋落,
我要到人间寻求美女馈赠。
我命令雷神丰隆驾起云朵,
去寻找宓妃洛神的居所。
解下佩饰传达我的求爱之意,
令蹇修去做那牵线的媒妁。
洛神前拥后呼似离似合,
忽然间又觉得与我不相投合。
洛神晚上回到情人后羿所在的穷石歇宿,
清晨时在洧盘水中洗濯。
她自矜貌美傲气十足,
每日里花天酒地淫乐无度。
虽然貌美却全无礼仪人品,
我要弃她而另作他图。
我观览眺望于四方八极,
周游了九天又回到大地。
远远望着一座美玉砌成的楼台玉立,

屈原

里面居住着有娀氏之女简狄。
我令鸩鸟为我去做媒,
鸩鸟却谎称那女人不好。
雄斑鸠鸟边飞边叫着,
想托他又嫌他过于轻佻。
我的心犹豫而狐疑,
想亲身拜会又恐怕于礼不合。
凤凰既已送过聘礼,
恐怕高辛已先我而得到了简狄。
想要安居却又无处安身,
就姑且四处飘游逍遥。
还是趁着少康未娶之时,
我娶下有虞氏的二姚吧!
那些媒人也实在笨拙,
让他们去也难以说合。
世人都是嫉贤妒能一片混浊,
都喜欢掩人美善而扬人丑恶。
佳丽深闺之事既然渺远难寻,
贤哲圣王又长睡不醒。
满腹的话儿无人倾诉,
我又怎能永远忍受这种孤独!

索藑茅以筳篿兮,命灵氛为余占之①。
曰两美其必合兮,孰信修而慕之②?

思九州之博大兮，岂唯是其有女③？
曰勉远逝而无狐疑兮，孰求美而释女④？
何所独无芳草兮，尔何怀乎故宇⑤？
世幽昧以眩曜兮，孰云察余之善恶⑥？
民好恶其不同兮，惟此党人其独异。
户服艾以盈要兮，谓幽兰其不可佩⑦。
览察草木其犹未得兮，岂珵美之能当⑧？
苏粪壤以充帏兮，谓申椒其不芳⑨。
欲从灵氛之吉占兮，心犹豫而狐疑。
巫咸将夕降兮，怀椒糈而要之⑩。
百神翳其备降兮，九疑缤其并迎⑪。
皇剡剡其扬灵兮，告余以吉故⑫。
曰勉升降以上下兮，求榘矱之所同⑬。
汤禹严而求合兮，挚咎繇而能调⑭。
苟中情其好修兮，又何必用夫行媒？
说操筑于傅岩兮，武丁用而不疑⑮。
吕望之鼓刀兮，遭周文而得举⑯。
宁戚之讴歌兮，齐桓闻以该辅⑰。
及年岁之未晏兮，时亦犹其未央⑱。
恐鹈鴂之先鸣兮，使夫百草为之不芳⑲。
何琼佩之偃蹇兮，众薆然而蔽之⑳？
惟此党人之不谅兮，恐嫉妒而折之㉑。
时缤纷其变易兮，又何可以淹留㉒？
兰芷变而不芳兮，荃蕙化而为茅。

何昔日之芳草兮，今直为此萧艾也㉓。
岂其有他故兮，莫好修之害也。
余以兰为可恃兮，羌无实而容长㉔。
委厥美以从俗兮，苟得列乎众芳㉕。
椒专佞以慢慆兮，榝又欲充夫佩帏㉖。
既干进而务入兮，又何芳之能祗㉗。
固时俗之流从兮，又孰能无变化㉘？
览椒兰其若兹兮，又况揭车与江离。
惟兹佩之可贵兮，委厥美而历兹㉙。
芳菲菲而难亏兮，芬至今犹未沫㉚。
和调度以自娱兮，聊浮游而求女㉛。
及余饰之方壮兮，周流观乎上下㉜。

释

①藑（qióng）茅：占卜用的一种草。筳篿（tíng zhuān）：卜卦用的小竹片。灵氛：传说中古代的神巫，"氛"是其名。楚人称巫为灵。

②"曰"字下至"谓申椒其不芳"十八句乃灵氛所说。两美：男女两美，即美男美女，喻贤者两美或君臣两美。合：投合。慕：与上下文义矛盾，可能是"莫念"二字连写之误（从闻一多说）。

③九州：泛指天下。是：此，此地。女：可追求之女。

④曰：古书中同一个人说的话，中间往往再用"曰"字（俞樾说）。勉：奋勉。狐疑：义同"犹豫、容与。"释：放过，丢下。女：汝。

⑤故宇：旧居，故土。

⑥眩曜（xuàn yào）：纷乱迷惑貌。云：语助词。余：犹言"咱们"，

是一种表示亲密的称谓。

⑦户：同"扈"，披。艾：普通不香的草。要：古"腰"字。

⑧得：谓得出正确的评价。珵（chéng）：美玉。当：犹言"估价"。

⑨苏：借作"叔"，取。粪壤：粪土。帏：佩在身上的香囊。

⑩巫咸：据说是殷代神巫，"咸"是其名。夕降：于傍晚降神。古代巫被视为人神间的桥梁，可以其虔诚使神降临附体，传达神的旨意。糈（xǔ）：祭神用的精米。要（yāo）：同"邀"，迎候。

⑪翳（yī）：遮蔽，遮天蔽日，形容神之多。备：全，都。九疑：指九嶷山诸神。缤：多的状态。

⑫皇剡剡（yǎn）：明亮发光的状态。皇，同"煌"；剡剡，同"炎炎"。扬灵：显示神异。此句当指巫咸降神附体后的一种状貌。吉故：吉善的往事。

⑬曰：此"曰"字以下至"使夫百草为之不芳"为巫咸转述的百神之语。勉：王注："强也"。升降以上下：犹言俯仰浮沉，意谓等待时机，求得与己相合的贤君。榘矱（jǔ yuē）：犹言法度。榘，同"矩"；矱，尺度。

⑭严：同"俨"，恭敬庄重。求合：访求志同道合的人。挚：商汤贤相伊尹的名字。咎繇（yáo）：即皋陶（yáo），禹的贤臣。调：和合。

⑮说（yuè）：即傅说，殷高宗武丁的贤臣，据说本是傅岩地方筑土墙的奴隶，武丁梦到他，画了像到处寻访，举为国相。筑：打土墙用的木杵。

⑯吕望：又称吕尚，俗称姜太公。姜姓，吕是其氏。传说曾在朝歌当屠夫，遇文王而被重用。鼓刀：敲刀发声，以招揽生意。

⑰宁戚：春秋时卫国人，喂牛时敲着牛角唱歌，抒发怀抱，被齐桓

公听到,带去列为客卿。该:预备。辅:辅佐大臣。

⑱晏:晚。央:终,尽。"犹其未央"即"其犹未央"。

⑲鹈鴂(tí jué):鸟名,又名伯劳,秋天鸣。

⑳菱(ài)然:掩蔽使其不明的样子。

㉑谅:信实。折:损害。

㉒缤纷:这里是形容纷杂而混乱的状态。变易:变化无常。淹留:久留。

㉓直:简直,一种痛惜的语气。萧艾:皆恶草名。

㉔兰:旧说是暗射楚令尹子兰,恐未必。此"兰"当是"余既滋兰之九畹兮"之"兰",后来"兰芷变而不芳",故有此种悲叹。羌:发语词。容:外表。长:义同"修",美好。

㉕委:弃。苟得:苟且而得。

㉖椒:旧说是暗射楚大夫子椒,恐也未必,似当属于"委厥美以从俗"之流。专佞:专横而谗佞。慢慆(tāo):傲慢,自高自大。樧(shā):木名,不香。

㉗干进、务入:皆钻营求取进身升迁之意。祗:敬重。

㉘流从:随波逐流,趋炎附势。

㉙兹佩:自身之玉佩,喻自己的品德。委:疑是"秉"的错字(高亨说),抱持。历兹:至今。

㉚沫(mò):消散、终止。

㉛和调度:谓步履和着玉佩的节奏使心绪平静、和缓下来。和:指节奏和谐。调:指玉佩叮咚有节。度:指步履疾徐有节。

㉜壮:盛。

译

　　索取来蓍草和竹片，
　　命灵氛为我占卜，
　　他说："美男美女必定相投，
　　哪个真正的美人不被倾慕？

　　天下博大无际，
　　岂止此地有美女？"
　　又说："你就远走高飞不必迟疑，
　　谁求美而会将你丢弃？

　　何处没有美丽的芳草，
　　你何必苦苦恋着故土旧居？
　　世上一片幽昧黑暗难分是非，
　　谁又能分清咱们的丑美？

　　世人的爱好固然有所不同，
　　而那些朋党小人也实在独特奇怪。
　　自己肩披腰挂着恶草蒿艾，
　　却反说幽兰不可佩戴。

　　草木都不能分辨，
　　对精金美玉又怎能鉴赏？
　　取来粪土填充香囊，

又反说申椒味道不香。"

我想听从灵氛的吉占,
心里又有些犹豫彷徨。
巫咸夕暮时降临,
敬奉精米我迎候在路旁。

百神遮天蔽日飘然降临,
九嶷山的诸神纷纷前往欢迎。
那巫咸光闪闪地扬灵显异,
讲了许多前代吉祥之事给我听。

他说:"你要奋力俯仰浮沉,
求得情意相投的同仁。
商汤夏禹访求贤者庄重而诚心,
得皋陶伊尹君臣相合。

如果你确实喜爱修美,
又何必四处求人托媒?
傅说在傅岩打夯筑墙,
被武丁举为国相车载而回。

吕尚在朝歌做敲刀屠夫,
遭遇周文王而得举拔重用;

宁戚喂牛时唱歌抒情,
齐桓公听到带回列为客卿。

要趁着年岁还不算太晚,
趁着时间的指针未走到终点。
我深恐伯劳鸟提前鸣叫,
使那百草失去芳艳。"

为什么琼佩美丽修长,
众人却要遮蔽它的光芒?
不可轻信那些小人朋党,
他们会因嫉妒而将你毁亡。

世事如缤纷的落花般变化无常,
我又怎能在此久留徜徉。
香兰白芷可以变幻失去芬芳,
荃草蕙草也能变化成茅草一样。

那昔日美丽的芳草呵,
怎能够成为这丑恶的野艾荒萧!
这也没有什么别的缘故,
只因为他们不能洁身自好。

我本以为兰儿可以依恃,

谁知他也是华而无实徒有虚表。
委弃那美的本质从俗随流,
又怎能列于众芳香草!

椒专佞谄媚而又傲慢,
榝也要充塞于佩帏。
钻营投巧志在必得,
又怎能给芳草留出地位!

世俗习于随波逐流,
谁又能不变化终始如一?
看那椒、兰莫不如此,
又何况揭车与江离?

只有我的这只玉佩难能可贵,
保持着美德直到今天。
芬芳馥郁的香气丝毫未损,
馥郁芬芳袅袅不散。

协调步履和着玉佩的节奏以自娱,
姑且浮游四方再求美女。
趁着我的装饰正值壮盛,
我要周游天下观览四宇。

灵氛既告余以吉占兮,历吉日乎吾将行①。
折琼枝以为羞兮,精琼爢以为粻②。
为余驾飞龙兮,杂瑶象以为车③。
何离心之可同兮,吾将远逝以自疏。
邅吾道夫昆仑兮,路修远以周流④。
扬云霓之晻蔼兮,鸣玉鸾之啾啾⑤。
朝发轫于天津兮,夕余至乎西极⑥。
凤皇翼其承旂兮,高翱翔之翼翼⑦。
忽吾行此流沙兮,遵赤水而容与⑧。
麾蛟龙使梁津兮,诏西皇使涉予⑨。
路修远以多艰兮,腾众车使径待⑩。
路不周以左转兮,指西海以为期⑪。
屯余车其千乘兮,齐玉轪而并驰⑫。
驾八龙之婉婉兮,载云旗之委蛇⑬。
抑志而弭节兮,神高驰之邈邈⑭。
奏《九歌》而舞《韶》兮,聊假日以媮乐⑮。
陟升皇之赫戏兮,忽临睨夫旧乡⑯。
仆夫悲余马怀兮,蜷局顾而不行⑰。

释

①此句以下写诗人打算听取灵氛的劝告而远行。历:同"遴"(lín),选择。

②羞:脯,即干肉,这里泛指美好的菜肴。精:捣碎。爢(mí):碎屑细末。粻(zhāng):食粮。

③象：指象牙。

④邅（zhān）：转，转道。

⑤云霓：指旌旗。晻（ǎn）蔼：形容旗帜遮蔽住太阳的状态。玉鸾（luán）：玉制车铃，形如鸾鸟。啾啾：铃声。

⑥天津：天河的渡口，传说在箕、斗二星之间。津，渡口。西极：西天的尽头。

⑦翼：展翅。承：举，擎。旂（qí）：旌旗的共名。翼翼：整齐之状。

⑧流沙：西北沙漠地带。遵：沿着。赤水：神话中发源于昆仑山的水名。容与：从容缓行貌。

⑨麾（huī）：指挥。梁：桥梁，此处用作动词，架桥。诏：命令。西皇：西方天帝少皞。涉予：帮助我渡河。

⑩腾：传语。径待：当作"径侍"，在路两旁侍卫。

⑪路：路径。不周：山名，在昆仑山西北。西海：神话中的海，在最西方。期：目的地，极限。

⑫屯：聚集。轪（dài）：车轮的别名。

⑬婉婉：龙身弯曲的状态。委蛇（yí）：即"逶迤"，舒卷蜿蜒貌。

⑭抑志：即"抑帜"，收下旗子。神：精神、心绪。邈（miǎo）邈：遥远的状态。

⑮韶：虞舜的舞乐名。假日：借此时光。

⑯陟（zhì）升：上升。陟，登。皇：皇天的省文。赫戏：光明灿烂貌。戏，同"曦"。临睨（nì）：俯视。睨，斜视。

⑰怀：思念，怀恋。蜷局：蜷曲不伸的样子。顾：回头看。

译

灵氛既然告我占卜吉祥,
选择吉日我将远行启航。
折断玉枝以作美肴,
切碎精琼以作食粮。

为我驾车的是那飞龙,
杂列着象牙美玉装饰车篷。
人心分离而怎能同处,
我要远逝以自疏。

突然转道我要驶向昆仑,
道路修远呵,我仍要四方周游。
扬起云霓之旗帜遮住太阳,
鸣着龙车玉铃。

早晨自天河的渡口出发,
夕暮时即已抵达了西天的尽头。
凤凰展开彩翼旌旗高扬,
排列着整齐的队形翱翔。

忽然之间我已来到流沙,
沿着赤水河缓缓而行。
麾令蛟龙在河上架桥,

诏命西皇帮我渡河涉津。

路途修远而多艰难,
传语车驾侍卫在路边。
途经不周山向左转弯,
遥指西海,那是我飞行的终点。

聚集起我的随车千乘,
并驾玉轮一齐驰行。
驾车的八龙逶迤舒卷,
飘动的云旗随风蜿蜒。

收下旗帜控制住前行的节奏,
我的神魂却高驰遥远更遥远。
奏起《九歌》和美妙的韶乐,
借此时光销魂缱绻。

飞升!飞升!向着皇天的灿烂,
忽然间俯瞰到了故土家园。
仆夫悲伤,我的马儿也在思恋,
蜷曲身体频频回首再也不肯向前。

乱曰:已矣哉[①]!

国无人兮莫我知兮,又何怀乎故都②?
既莫足与为美政兮,吾将从彭咸之所居③!

释

①乱:尾声的意思。已:止。

②莫我知:即"莫知我",无人了解我。

③美政:指理想的政治。彭咸之所居:含有效法彭咸品德、遵从彭咸选择的道路之意。

译

尾声:唉,算了吧!
国中既然没人理解我,
我又何必怀念故乡。
既然不能为之推行美政,
我就学彭咸投水以殉理想。

评

"离骚"之义,解者甚多,要者有二:

司马迁:"离骚者,犹离忧也。"(《屈平贾生列传》)以忧释骚。班固进一步发挥此说:"离,犹遭也;骚,忧也。明己遭忧作辞也。"(《离骚赞序》)以"离"为"罹",因解作"遭"。此为一说。

王逸:"离,别也;骚,愁也。"(《楚辞章句》)此说最为平朴简洁,当更近乎诗人原意。

后人大抵从此二说。如朱熹从前说,清人蒋骥从后说。也有释为"牢骚"之通转,也有释为古乐曲之总名"劳商"(如游国恩),也有牢骚之意。

所作之年代,大多认为是在怀王末期,诗人四十岁左右"见疏于怀王之时"。

司马迁:"屈平疾王听之不聪也,谗谄之蔽明也,邪曲之害公也,方正之不容也,故忧愁幽思而作《离骚》。""信而见疑,忠而被谤,能无怨乎?屈平之作《离骚》,盖自怨生也。"(《史记·屈平贾生列传》)

《离骚》为屈原之代表作,也是中国古代篇幅最长、内容最丰富的抒情诗作之一。它的内涵丰富而深沉,集中表现了诗人忧国忧民、"美政"理想不能实现的苦闷,并带有很强的自传性质,描绘了诗人高洁、不肯与世浮沉的内心世界。有人将《离骚》所表现的诗人的复杂思想性格,概括为爱国思想、法制精神和修士观点这样三个要素。

这种内心世界的表现,一方面有直接的倾诉,一方面又大量地使用比兴手法、意象方式。其意象可分三群:自然意象群(花草禽鸟)、社会意象群(古今人事)、神话意象群(神话传说)。而诗人之自我形象则在此意象三界中自由出入,时而香草美人,时而上天入地,时而现实政坛,时而浪漫无垠。

诗人跌宕的情感融化在一种既汹涌澎湃而又回环往复的抒情节奏中,某种执着的情绪在类似的句组中反复出现。诗人反复述说着自我的高洁,反复申斥着群小的嫉贤妒能,似一个慈祥老者,在娓娓讲述着一个古老而又动人的故事,既缠绵悱恻,又惊心动魄(参用陈伯海说)。

全诗370余句,2478字,是我国古代最长的抒情诗作,可视为由"述怀""追求""幻灭"三大部分组成。

诗篇开头至"岂余心之可惩"为第一大段,主题是"往事的回顾""生平的回顾",可简言之"述怀"。

第一节前24句,总叙身世怀抱,追溯祖系,生辰吉祥,名字嘉美。

其中起首8句,为考据有关屈原生平之最为可信的资料:

帝高阳之苗裔兮,朕皇考曰伯庸。

高阳生地相传在昆仑一带,故屈子常以西方昆仑为之寄托:"登昆仑兮食玉英。"

"首溯与楚同源共本,世为宗臣,便有不能传舍其国,行路于君之急。"(清·张德纯《离骚节解》)"死国之志,已定于此。"(清·马其昶《屈赋微》)与结尾"从彭咸之所居"呼应。

摄提贞于孟陬兮,惟庚寅吾以降。

如从王逸说,则屈原诞生于寅年寅月寅时。

屈原之生卒,一般从近人浦江清之推算,即楚威王元年(公元前339年)正月十四日,至顷襄王二十一年(公元前278年)自沉汨罗。

以下表述自己的后天修养:

纷吾既有此内美兮,又重之以修能。

扈江离与辟芷兮，纫秋兰以为佩。

诗人深恐年岁不与、事业无成，故而：

朝搴阰之木兰兮，夕揽洲之宿莽。

而那岁月的脚步，依然是那样匆匆来去：

日月忽其不淹兮，春与秋其代序。

诗人再一次重申深恐草木零落、美人迟暮的主题：

惟草木之零落兮，恐美人之迟暮。

"爱美"之心为本节主旨，"爱美"则必不甘心于"美人迟暮"。

第二小节自"昔三后之纯粹兮"，至"愿依彭咸之遗则"。本节是对自己的政治理想和遭遇进行具体的陈述。

先写致君尧舜的理想。

以"尧舜耿介"所以"遵道得路""桀纣猖披"以致"捷径窘步"相对比；以"党人偷乐"以致"路幽昧险隘"，与"岂余身之惮殃"，心中所念者惟"恐皇舆之败绩"，进行第二层次的对比；以自己"忽奔走以先后""及前王之踵武"与楚王"荃不察余之中情""反信谗而齌怒"进行第三层次对比；从正反两方面申述自己的理想，再从正面指天发誓：

指九天以为正兮,夫唯灵修之故也。

再写自己曾致力于人才的培养,以推行改革的事业,但却遭到失败,这些人纷纷堕落变节,贪婪竞进,一片众芳芜秽,而自己仍坚持操守,以死殉志:

忽驰骛以追逐兮,非余心之所急。
老冉冉其将至兮,恐修名之不立。

第三小节,自"长太息以掩泣兮"以下,写政治斗争失败后的心情。

第一个层次至"固前圣之所厚",表白自己不能与恶浊环境相妥协的操守。

亦余心之所善兮,虽九死其犹未悔。
众女嫉余之蛾眉兮,谣诼谓余以善淫。
……
宁溘死以流亡兮,余不忍为此态也!

第二个层次:"悔相道之不察兮"到"岂余心之可惩"。从另一角度揭示自己"进取"与"归隐"的矛盾,诗人设想一种独善其身的道路:

进不入以离尤兮,退将复修吾初服。
制芰荷以为衣兮,集芙蓉以为裳。

> ……
> 虽体解吾犹未变兮，岂余心之可惩？

第二大部分可视为：追求。

自"女媭之婵媛兮，申申其詈予"至"怀朕情而不发兮，余焉能忍而与此终古！"

由写实转入虚拟，由现实转入浪漫的世界。诗人上下求索，现实的世界使诗人"沾余襟之浪浪"，就将目光转向天界：

> 朝发轫于苍梧兮，夕余至乎县圃。
> ……
> 吾令帝阍开关兮，倚阊阖而望予。

诗人幻想的翅膀一旦展翼，就如同巨大的宇宙飞船启动一般，卷起了巨大的风浪，早晨启行而夕阳时则已抵达西方昆仑山的悬圃。诗人命令驾驶太阳车之神羲和放慢前进的速度，在太阳洗浴的咸池饮马，系马于太阳升起的扶桑。诗人潇洒地折一枝若木的枝条拂拭太阳，在此徘徊徜徉。月神望舒在前开路，风神飞廉在后奔走，鸾鸟凤凰为其警戒，雷师丰隆随其左右，诗人统帅的大军何等威风！诗人行至天帝的门前，令守天门者打开大门，而帝阍却懒洋洋地倚着天门无动于衷地望着诗人！这是何等强烈的反差、对比！诗人从理想的天国跌入严酷的现实："'不意天门之下，亦复如此'，于是去而他适也。（朱熹语）"

诗人转而求女："忽反顾以流涕兮，哀高丘之无女。"高丘无女，于是追求宓（伏）妃（洛神）、有娀之佚女、有虞之二姚。

但,"理弱而媒拙",又以失败告终。

总之,诗人之求女,或由于美女本人"美而无礼",或受媒人作梗,皆未获成功。"闺中既已邃远兮,哲王又不寤。"于是有"怀朕情而不发兮,余焉能忍而与此终古"!

此部分写诗人叩天阍、求下女,极写己之不容于君,不获知于世。

第三大部分:幻灭。

自"索藑茅以筳篿兮,命灵氛为余占之"至"仆夫悲余马怀兮,蜷局顾而不行"。

此段同样以虚拟手法揭示远游自疏与眷恋故国之情的对立,亦可题为"远游的彷徨"。

向灵氛占卜,灵氛劝他"远逝而无狐疑",又请巫咸降神,巫咸也劝他周游求合,于是,决计远游。"何离心之可同兮,吾将远逝以自疏。"此行威风八面,浩浩荡荡:"为余驾飞龙兮,杂瑶象以为车","驾八龙之婉婉兮,载云旗之委蛇"。但在高潮时戛然而止:

陟升皇之赫戏兮,忽临睨夫旧乡。
仆夫悲余马怀兮,蜷局顾而不行。

以上,写欲去国而终不忍之矛盾心境,在高潮中跌落,手法与"吾令帝阍开关兮,倚阊阖而望予"手法呼应。

最后,诗人以"乱"作结,为全诗之尾声:

乱曰:已矣哉!

屈原

国无人莫我知兮，又何怀乎故都？
既莫足与为美政兮，吾将从彭咸之所居！

重申自己的美政理想及为之献身的决心。

九歌

湘君

君不行兮夷犹，蹇谁留兮中洲①？
美要眇兮宜修，沛吾乘兮桂舟②。
令沅湘兮无波，使江水兮安流！
望夫君兮未来，吹参差兮谁思③！

驾飞龙兮北征，邅吾道兮洞庭④。
薜荔柏兮蕙绸，荪桡兮兰旌⑤。
望涔阳兮极浦，横大江兮扬灵⑥。
扬灵兮未极，女婵媛兮为余太息⑦。
横流涕兮潺湲，隐思君兮陫侧⑧。

桂棹兮兰枻，斲冰兮积雪⑨。
采薜荔兮水中，搴芙蓉兮木末⑩。
心不同兮媒劳，恩不甚兮轻绝！

石濑兮浅浅,飞龙兮翩翩⑪。
交不忠兮怨长,期不信兮告余以不闲。
鼂驰骛兮江皋,夕弭节兮北渚⑫。

鸟次兮屋上,水周兮堂下⑬。
捐余玦兮江中,遗余佩兮醴浦。
采芳洲兮杜若,将以遗兮下女⑭。
时不可兮再得,聊逍遥兮容与!

释

①夷犹:犹豫不定。蹇(jiǎn):作语助词。

②要眇:美目流盼的意思。修:笑字因双声误作修。沛:水流很快的样子。

③夫君:此处指湘君。参差:指洞箫。

④邅(zhān):回还的意思。

⑤柏:当作拍,古人又称作搏壁,就是用席贴挂壁上者。绸:韬子,也是草制的饰物。桡(ráo):船上的小楫。

⑥浦:水涯。扬:飞扬,舟行甚速。灵:"舲"的借字,船上有窗者为舲。

⑦女:指湘夫人身边的侍女。婵媛:柔媚婉转。

⑧隐:痛。陫侧:陫应作"厞",幽隐的意思;侧是"笮"的借字,指室中的西北角隅,因此陫侧一词指"西北角幽隐之地"。

⑨棹(zhào):船桨。枻(yì):指船舷。斵(zhuó):"斫"的异体字,义为砍。

⑩搴：采摘。芙蓉：指水芙蓉，即荷花。薜荔草是缘木而生的植物却去水中摘取，荷花是水中的花却去木梢上摘取，两句的意思是采摘非其地，徒劳无益！

⑪濑：水流沙上为濑。浅浅：水流急貌。翩翩：急飞貌。

⑫鼌：古代常作"朝"的借字。骋：奔驰。江皋：江边。弭节：停船。

⑬次：宿息的意思。周：周流。

⑭遗下女：留下从芳洲采来的香草用以谢谢湘夫人的侍女。

译

湘君呵！你为何久久不至，徘徊犹豫？
湘君呵！你为谁久久不来，徘徊水洲？
美目流盼呵，我的容貌美丽，
飞快开动呵，我的桂木兰舟。
我令沅水、湘水风平浪静，
我令滚滚长江静静地流。
望着你呵，湘君未来，
吹洞箫呵，排我心忧。

驾起飞龙呵，迤逦北行，
却又转道回车洞庭。
薜荔蕙草绕缠着旗杆，
洁美的兰荪缠绕着旌旗。
远远地向着涔阳浦眺望，

横渡大江呵！光辉闪烁在天空。
光辉虽然闪烁在天空，却终未来到呵！
身边的侍女也为之叹息同情。
泪水如泉呵，潺湲涌动，
思念湘君呵，心中隐隐作痛。

船桨美丽呵，船板芳洁，
凿破坚冰呵，冲开积雪。
在水中采集山上的薜荔呵，
在树梢采摘芙蓉的花叶。
两心不同呵，媒人徒劳，
两情不深呵，轻易相绝。

石滩上的急流呵，水流湍湍，
云天上的飞龙呵，翔舞翩翩。
相交不以忠心呵，令我多怨，
约会不守信用呵，反告我说无闲。

早晨在江边驰骛奔走，
傍晚在北岸弥节逗留。
鸟儿呵！在屋上栖息，
水儿呵！在堂下环流。
我把有缺口的美玉呵，丢入江水，
我把身上的玉佩呵，丢入江流。

采集杜若呵,在芳洲,
送给侍女呵,托我愁。
时机难再有呵!
我就——
暂作逍遥游。

评

　　本诗是《九歌》中的一篇,是祭祀湘水神之作。与《湘夫人》配对,描写湘水的一对配偶的恋爱故事。旧说或谓湘君即舜,湘夫人即舜之二妃娥皇女英,因舜死于苍梧而有此传说。本篇是描写湘夫人等待湘君不至而感到怨慕悲伤的诗篇。清人陈本礼:"开首便见是恍惚之词,中洲句下应接望夫君二语,乃先插入美要眇四语,横空隔断以见巫之姣舟之美,主人祭祀之诚,君之不行而夷犹者胡为邪!既怪之,又疑之,使下文望字乃耀然而出,章法之妙独有千古。"(《屈辞精义》)

湘夫人

帝子降兮北渚,目眇眇兮愁予①。
袅袅兮秋风,洞庭波兮木叶下。

登白薠兮骋望,与佳期兮夕张。
鸟何萃兮蘋中,罾何为兮木上②。

沅有茝兮醴有兰,思公子兮未敢言③。

荒忽兮远望,观流水兮潺湲。

麋何食兮庭中?蛟何为兮水裔④?
朝驰余马兮江皋,夕济兮西澨⑤。
闻佳人兮召予,将腾驾兮偕逝。

筑室兮水中,葺之兮荷盖⑥。
荪壁兮紫坛,匊芳椒兮成堂⑦。
桂栋兮兰橑,辛夷楣兮药房⑧。
罔薜荔兮为帷,擗蕙櫋兮既张⑨。
白玉兮为镇,疏石兰兮为芳⑩。
芷葺兮荷屋,缭之兮杜衡。

合百草兮实庭,建芳馨兮庑门⑪。
九嶷缤兮并迎,灵之来兮如云。

捐余袂兮江中,遗余褋兮醴浦⑫。
搴汀洲兮杜若,将以遗兮远者。
时不可兮骤得,聊逍遥兮容与。

释

①帝子:传说中帝尧的两个女儿娥皇、女英,同嫁帝舜,舜死葬苍梧不返,二女投湘水死,遂为湘夫人。愁予:予是"忬"的借字,是愁怨的意思。

②苹（cuì）：集合的意思。罾（zēng）：渔网。

③茝（chǎi）：即白芷。公子：即帝子，指湘夫人。

④水裔：水边。

⑤澨（shì）：水岸。

⑥葺之：当是"茝茝"之误，茝，一种香草，葺是盖的意思。

⑦紫：紫贝。坛：这里指中庭。匊，即"播"字的本字，这里解释为敷布，引申为粉饰，古人用芳椒和在泥中涂饰墙壁，认为可以除恶气、增温暖。

⑧楣：古人的堂室，南北五架，正中曰栋，次栋曰楣。药：即《本草纲目》所载的白芷。药房就是用白芷来涂房，药，作动词用。

⑨罔："网"本字，此处作动词用，意为编结。櫋：屋的边檐。

⑩芳："方"字之误，"方"即古"匚"字，"匚"即今"匡"字，匡本为盛物器，而借为匡床。

⑪庑（wǔ）：类似现代建筑的走廊。

⑫袂：衣袖。褋（dié）：内衣，衬衣。

译

夫人你呵！降临水的北岸，

望眼欲穿呵，使我愁怨。

袅袅吹动的秋风呵，

吹起了洞庭湖的万顷波澜。

吹落了洞庭湖畔的树叶。

踏在白蘋上呵，我骋目远望，

与佳人有约呵,在暮色夕阳。
鸟儿呵!为何集于草中;
渔网呵!为何落在树上!

沅水有茝呵,醴边有兰,
我思念夫人你呵,却未敢坦言。
渺渺茫茫呵,我极目远望,
茫茫渺渺呵,只见流水潺湲。

山林的麋鹿呵,为何食草在庭中?
水中的蛟龙呵,为何卧在水滨?
清晨呵,我驰马于江边,
黄昏呵,我渡河在西岸。
听说美人呵,召我前往,
我要驾车呵,与你同行。

修筑屋室呵,在水之中,
使用荷叶呵,修建屋顶。
荪草饰墙呵,紫贝砌坛,
播散芳椒呵,粉刷屋壁。
桂木做屋栋呵,兰木做屋椽,
卧室用白芷呵,门楣用玉兰。
结织薜荔呵,做帷幔,
析开蕙草呵,做隔扇。

白玉为玉镇以压席呵,
陈列石兰以芳鲜。
前有荷花盖屋呵,后有芳芷,
美丽的杜衡呵,萦绕四周。

汇合百草呵,庭内缤纷,
芬芳香气呵,弥漫廊门。
迎迓缤纷呵,九嶷众神,
众神之来呵,飘飘如云。

我把外衣呵,丢入江水,
我把内衣呵,丢入江流。
采集杜若呵,在芳洲,
送给远来人呵,寄我情愁。
时机难再有呵!
我就——
暂作逍遥游。

评

此篇写湘夫人迎湘君而不能实现的场面,凄美动人。"目眇眇兮愁予",极见女子秋波闪动而内心痛苦,"袅袅兮秋风,洞庭波兮木叶下",更是千古写景名句,杜甫的"无边落木萧萧下"与黄庭坚的"落木千山天远大"皆本于此。

清人林云铭:"是篇与前篇同一迎祭湘水之神而行文落想迥

别。""开篇袅袅秋风二句,是写景之妙,沅有茝二句是写情之妙,其中皆有情景相生,意中会得,口中说不得之妙!楚骚开后人无数奇句,岂可轻易读过。"(《楚辞灯》卷二)

清人陈本礼:"与前湘君词若重复,意实迥别,一篇水月镜花文字,使后世读者从何摸索。"(《屈辞精义》)

东君①

暾将出兮东方②,照吾槛兮扶桑③。
抚余马兮安驱,夜皎皎兮既明④。

驾龙辀兮乘雷⑤,载云旗兮委蛇。
长太息兮将上,心低徊兮顾怀⑥。
羌声色兮娱人,观者憺兮忘归⑦。
緪瑟兮交鼓⑧,箫钟兮瑶簴⑨。
鸣篪兮吹竽⑩,思灵保兮贤姱⑪。
翾飞兮翠曾⑫,展诗兮会舞⑬。
应律兮合节⑭,灵之来兮蔽日。

青云衣兮白霓裳,举长矢兮射天狼⑮。
操余弧兮反沦降⑯,援北斗兮酌桂浆⑰。
撰余辔兮高驰翔⑱,杳冥冥兮以东行⑲。

释

①本篇是祭祀日神的诗。"东君",即日神。篇中由领唱的巫扮日神,

中间有众巫饰观者伴唱。

②暾(tūn)：温暖而明朗的阳光。

③吾槛：即指扶桑，神以扶桑为舍槛。槛：栏杆。扶桑：传说中的神树。

④安：安详。皎皎：指天色明亮。

⑤辀(zhōu)：车辕，这里是车的代称。龙辀：以龙为车。雷：指以雷为车轮，所以说是乘雷。

⑥上：升起。低徊：迟疑不进。顾怀：眷恋。

⑦憺(dàn)：指心情泰然。以上是巫扮日神东升时的唱辞。

⑧緪(gēng)：急促地弹奏。交：对击。交鼓：指彼此鼓声交相应和。

⑨箫：击。箫钟：用力撞钟。瑶：震动。虡(jù)：悬钟磬的架。摇虡：指钟响而虡也共鸣。

⑩篪：(chí)，古代的管乐器。

⑪灵保：指祭祀时扮神的巫。姱(kuā)：美好。

⑫翾(xuān)：小飞。翾飞：轻轻地飞扬。翠：翠鸟。曾(zēng)：同"翻"。

⑬诗：指配合舞蹈的曲词。展诗：展开诗章来唱。会舞：指众巫合舞。

⑭应律：指歌协音律。合节：指舞合节拍。

⑮矢：箭。天狼：即天狼星，相传是主侵掠之兆的恶星，其分野正当秦国地面。因此旧说以为这里的天狼是比喻虎狼般的秦国，而希望神能为人类除害。

⑯弧：木制的弓，这里指弧矢星，共有九星，形似弓箭，位于天狼

星的东南。反：指返身西向。沦降：沉落。

⑰桂浆：桂花酿的酒。

⑱撰：控捉。

⑲杳：幽深。冥冥：黑暗。

译

要出来了，要出来了！

东方已透出一线温柔的光，

光线照着

太阳栖息的神树扶桑。

太阳神乘马驾车缓缓

前进，神态是如此安详。

漫漫的长夜就要结束，

东方已经变得明亮。

呵！她的车儿原来是龙，

她的车轮发出雷鸣轰响。

逶迤的云旗呵！

飘舞高扬！

长叹息一声，

将要喷薄而上，

却又迟疑徘徊，

回首故乡。

呵！太阳！

你东升的美好形象，
使所有的观众
击节叹赏。
弹起来吧！欢快的琴瑟，
将伴奏的鼓点擂响！
撞起来吧！编钟，
连钟架也随着欢唱！
吹起来吧！笙竽，
加入这节奏的疯狂！
呵！看那巫女出来了，
打扮得真漂亮，
足尖点地，舞步急促，
像快乐的鸟儿飞翔。
伴舞者翩翩起舞，
伴唱者唱起了美丽的诗章。
歌协音律，舞合节拍，
在众神的簇拥下，
升起了东君太阳！

那太阳神以云霓为衣裳，
举起神箭，一箭就射中恶星天狼！
手持那九星组成的弧矢星，
返身向着西方沉降。
拿来北斗七星做酒杯，

酌来芳香的美酒桂浆。
在无边的夜色里,
神不停地由西向东,高翔。
在黑沉沉的夜色里,
等待着,
新的启航。

评

《东君》是《九歌》中的一篇,描绘巫师祭祀日神的场面,并融进楚人祭神时祈求福佑的心理。太阳神冉冉升起的状态被歌唱得惟妙惟肖:"暾将出兮东方,照吾槛兮扶桑。""暾"字极得太阳升起之神韵。客体的描绘,被赋予了人的品格:"长太息兮将上,心低徊兮顾怀",最为被人传唱。

河伯①

与女游兮九河②,冲风起兮横波。
乘水车兮荷盖③,驾两龙兮骖螭④。

登昆仑兮四望,心飞扬兮浩荡。
日将暮兮怅忘归,惟极浦兮寤怀⑤。
鱼鳞屋兮龙堂⑥,紫贝阙兮朱宫⑦,
灵何为兮水中?

乘白鼋兮逐文鱼。

屈原

与女游兮河之渚,流澌纷兮将来下⑧。

子交手兮东行⑨,送美人兮南浦⑩。
波滔滔兮来迎⑪,鱼鳞鳞兮媵予⑫。

释

①本篇是祭黄河之神的诗。

②女:同"汝",指女巫。九河:相传禹分黄河为九道,叫作徒骇、太史、马颊、覆釜、胡苏、简、洁、钩盘、鬲津等。

③水车:能在水上行走的车。荷盖:以荷叶为车盖。

④螭(chī):无角的龙。骖螭:以两螭为两旁的骖马。加上两龙,正是四马。

⑤惟:思念。寤怀:一下子触景生情,思念不止。

⑥鱼鳞屋:以鱼鳞为屋。龙堂:以龙鳞为堂,鳞字因上文而省略。

⑦阙:宫室的门楼。朱:一作珠。朱宫:以珍珠为宫室。灵:指河伯。

⑧流澌:即流水。将:伴随着。下:流下。

⑨子:亲昵的第二人称,指河伯,即下文的美人。交手:执手,古人分离时执手话别。

⑩浦:水口。

⑪滔滔:形容波浪接连不断。

⑫鳞鳞:形容鱼贯成行,紧密地排列。媵(yìng),本来指陪嫁的女子,这里作动词用,陪侍、伴随的意思。予:巫自称。

译

我和你同游九曲黄河,

一阵风卷过,

中流横起

一道道浪波,

你呀!河伯,

乘的是

能在水面行走的水车,

车儿的车盖呀,

是散着香气的芳荷。

前面是两匹青龙驾辕,

旁边由两匹无角龙拉车。

登上黄河源头昆仑山呵,

四处眺望,

顿时神思飞扬,

视野宽广。

日色渐渐将暮,我却怅然忘归,

唯有遥远的河岸

令我忽生思念怀想。

那鱼鳞制作的屋呵,

那龙鳞制作的堂。

那紫贝制作的门楼,

那珍珠制作的宫墙。

河伯君呵,你为什么
爱生活在水上?

乘着大白龟呵,在水中行,
追着花纹鱼呵,在浪里走。
我和你呵,小岛同游,
黄河水呵,荡着波儿流。

你和我呵,话别执手,
我送君东行呵,在南边的浦口。
波涛滚滚呵,前来迎接,
鱼儿成列呵,一路伴游。

评

此诗写黄河,但却未写"黄河之水天上来"的豪放,而是构思了诗人与河伯周游黄河之事。

清人林云铭:"初吾求之而不遇,继吾遇之而不留。不遇而远望,何等艰阻,何等羡慕;不留而南归,何等寂寞,何等怏怏。虽有许多层折,总是不得于人而求合于神,不得于境内而求合于境外。一片苦衷,惓惓不释,以河为四渎之长,必能默鉴也。"(《楚辞灯》卷二)

山鬼

若有人兮山之阿,被薜荔兮带女萝。
既含睇兮又宜笑①,子慕予兮善窈窕②。

乘赤豹兮从文狸③,辛夷车兮结桂旗④。
被石兰兮带杜衡,折芳馨兮遗所思⑤。

余处幽篁兮终不见天⑥,路险难兮独后来⑦。
表独立兮山之上⑧,云容容兮而在下⑨。
杳冥冥兮羌昼晦⑩,东风飘兮神灵雨⑪。
留灵修兮憺忘归,岁既晏兮孰华予⑫。

采三秀兮於山间⑬,石磊磊兮葛蔓蔓⑭。
怨公子兮怅忘归,君思我兮不得闲。
山中人兮芳杜若⑮,饮石泉兮荫松柏⑯。
君思我兮然疑作⑰,雷填填兮雨冥冥⑱,
猨啾啾兮狖夜鸣⑲。
风飒飒兮木萧萧⑳,思公子兮徒离忧㉑。

释

①含睇:念情而视。睇(dì),微视。宜笑:笑得很美。

②子:与下文的灵修、公子、君都是指山鬼所思念的人。慕:爱慕。善:美好,是形容窈窕的副词。

③赤豹:皮毛呈赤褐色的豹。狸:狐一类的兽。文狸:毛色有花纹的狸。

④辛夷车:以辛夷木为车。结:编结。桂旗:以桂为旗。

⑤芳馨:指香花或香草。遗所思:赠给所思念的人。

⑥篁(huáng):竹的通称。幽篁:竹林深处。

屈原

⑦险难：艰险难行。后来：来迟了。

⑧表：突出地。

⑨容容：同"溶溶"，形容云像流水似的慢慢移动。

⑩昼晦：白天而光线昏暗。

⑪飘：急风回旋地吹。神灵雨：指雨神指挥着下雨。

⑫晏：晚。岁既晏：等于说年华老大。华予：以我为美。孰华予：谁还把我当成美丽年轻的人呢。

⑬三秀：即灵芝。相传灵芝一年开三次花。秀：开花的意思。於：古音 wū，与"巫"通。於山：即巫山。

⑭磊磊：形容众石攒聚。葛：蔓生植物，纤维可织布。蔓蔓：形容纠缠纷乱。

⑮山中人：山鬼自指。芳杜若：像杜若那样芳洁。

⑯石泉：山石中流出的泉水。荫：住在树下。

⑰然：也可理解为肯定的意思。

⑱填填：雷声。雨冥冥：阴暗的雨天。

⑲啾啾：猿的叫声。狖（yòu）：即长尾猿。

⑳飒飒：风声。萧萧：落叶声。

㉑徒：徒然。离忧：牢愁，忧伤。

译

仿佛有一个人影，
在山中深曲之处出没。
身上披着藤荔香草，
腰上系着蔓生的女萝。

眼神似是多情的凝望,
嘴角似有美美的笑窝。
你爱我哦!窈窕的身材,袅袅娜娜。
坐乘着赤褐色的豹哦,
跟随着带有花纹的狸,
用辛夷树制作成我的车,
车上飘着桂花编织的香旗。
披挂着石兰的花朵,
散发着杜衡的芳馨。
我要折下那芳香的花朵,
赠送我心中之所思。

住在那幽僻的竹林深处哦,
竹林幽幽难见天日。
你若问我何以来迟哦,
路途遥遥哦,征程险难。
独自伫立在万山之巅
云朵也飘动在下面。
黑沉沉的云哦,
使明亮的白昼黑暗;
掌管风雨的神哦,
驾着东风飘舞回旋。
思念你哦,
沉溺在爱河里迷途忘返;

屈原

岁月流逝,
谁能再给我少女的容颜。

采摘灵芝哦巫山间,
山石磊磊哦藤蔓相连。
怨恨公子你哦,惆怅忘归还。
公子你即使要将我思念哦,
恐怕也难得空闲。
我这山中人哦,芬芳如杜若:
口渴就饮山泉,
体乏就休憩于松柏间。
公子你对我哦,
内心里却依然充满疑惑。
此时,雷声大作,大雨瓢泼;
猿猱凄厉地鸣叫
在无边的夜色。
飒飒的寒风吹过,
树叶萧萧地飘落。
唉!我对公子的千种柔情,万般思念,
都不过是对自己白白的折磨。

评

楚国神话中有巫山神女的传说,本篇所描写的可能就是早期流传的神女的形象。她只能在夜间出现,没有神的威仪,和《九歌》中所祀的其他神灵不同。全篇都是巫扮山鬼的自白。如姜亮夫:"以本篇细绎之,则山鬼乃女神。而其所言,则思念公子灵修之事。灵修者,楚人以称其大君之谓也,则山鬼岂亦襄王所梦巫山神女也耶?《高唐赋》托之于梦,此则托之于祠,故《高唐》可极言男女匹合之事,而此则但歌相思之意。则山鬼为神女之庄严面,而神女为文士笔底之山鬼浪漫面矣。"

朱熹认为此诗主旨十分明确,是"托意君臣之间者而言之":"此篇文义最为明白,而说者自汩之,今既章解而句释之矣。又以其托意君臣之间者而言之;则言其被服之芳者,自明其志行之洁也;言其容色之美者,自见其才能之高也;子慕予之善窈窕者,言怀王之始珍己也;折芳馨而遗所思者,言持善道而效之君也;处幽篁而不见天,路险艰又昼晦者,言见弃远而遭障蔽也;欲留灵修而卒不至者,言未有以致君之寤而俗之改也;知公子之思我而然疑作者,又知君之初未忘我而卒困于谗也。至于思公子而徒离忧,则穷极愁怨。而终不能忘君臣之义也。以是读之,则其它之碎义曲说,无足言矣。"

是否有君臣托寄,恐怕只有屈原自己能回答了,"山鬼"作为一位具有独立审美意义的失恋女性,其半鬼半人、半仙半鬼的形象,使千百年来的读者无不为之倾倒。她以芳草为衣,以豹狸为骑,含睇而又宜笑,却只有"风飒飒兮木萧萧,思公子兮徒离忧"的失落。

国殇①

操吴戈兮被犀甲②,车错毂兮短兵接③。
旌蔽日兮敌若云,矢交坠兮士争先。
凌余阵兮躐余行④,左骖殪兮右刃伤⑤。

霾两轮兮絷四马⑥,援玉枹兮击鸣鼓⑦。
天时怼兮威灵怒⑧,严杀尽兮弃原野⑨。
出不入兮往不反,平原忽兮路超远⑩。
带长剑兮挟秦弓⑪,首虽离兮心不惩。
诚既勇兮又以武⑫,终刚强兮不可凌⑬。
身既死兮神以灵,魂魄毅兮为鬼雄。

释

①本篇是追悼阵亡士卒的挽诗。国殇:指为国捐躯的人。

②戈:平头戟。吴戈:吴国所制的戈,当时这种戈最锋利。被:同"披"。犀甲:犀牛皮制的甲。

③错:交错。毂(gǔ):车的轮轴。车错毂:指双方战车交错在一起。短兵:指刀剑一类的兵器。

④凌:侵犯。阵:阵地。躐(liè):践踏。行(háng):队伍的行列。

⑤殪(yì):毙。右:指右侧的骖马。右刃伤:右骖也被兵刃杀伤。

⑥霾:同"埋",指车轮陷入泥中。絷四马:驾车的马被绊住。絷(zhí):拴缚马足。

⑦援:拿起。枹(fú):同"桴",鼓槌。鸣鼓:声音很响的鼓。

⑧天时:天象。怼(duì):怨。威灵:指神。

⑨严:壮烈地。杀尽:指战士死光。

⑩忽:渺茫而萧索。超远:即遥远。

⑪带:佩在身上。挟:夹在腋下。

⑫诚:果然是。勇:指精神勇敢。武:指武力强大。

⑬终:到底。不可凌:指志不可夺。

译

身披坚韧的犀甲,

手持锋利的吴戈,

这是短兵相接的白刃战,

无数战车的车轴犬牙相错。

旌旗漫卷,遮蔽了太阳,

敌军就像天上的乌云,人数众多,

勇猛的战士呵,争先冲杀,

流矢在阵地上,纷纷坠落。

敌军冲过来了,冲过了我军的阵地,

疯狂的铁蹄,践踏着我军的行列。

一匹战车的左马已死,

右马也被刀刃刺伤。

两只车轮深陷土地,

四匹战马已绊绕在一起。

拿起鼓槌呵,将战鼓擂响,

天昏地暗呵,日月无光。

伏尸遍野呵,全军阵亡。

壮士从军呵,一去不复还,

渺茫的原野呵,路遥远。

手执秦弓呵,佩长剑,

首身分离呵,心未变。

英雄骁勇呵,又善战,

刚强始终呵,不可欺凌。

肉身虽已死呵,精神可显灵,
魂魄坚毅呵,死也为鬼雄。

评

　　王逸评此诗"谓死于国事者",并引《小尔雅》曰:"无主之鬼谓之殇。"(《楚辞章句》卷二)清人蒋骥与林云铭解释了具体背景,蒋骥:"怀襄之世,任谗弃德,背约忘亲,以至天怒神怨,国蹙兵亡。徒使壮士横尸膏野,以快敌人之意。原盖深悲而极痛之。其曰'天时怼兮威灵怒',著衄兵之非偶然也。呜呼!其旨微矣。"(《山带阁注楚辞》卷二)林云铭:"怀王时,秦败屈匄,复败唐昧,又杀景缺,大约战士多死于秦。其中亦未必悉由力斗。然《檀弓》谓死而不吊者三,畏居一焉。《庄子》曰:战而死者,葬不以翣。皆以无勇为耻也。故三闾先叙其方战而勇,既死而武,死后而毅。极力描写,不但以慰死魂,亦以作士气、张国威也。"(《楚辞灯》卷二)

　　此诗充满男性勇武的阳刚之气,与屈子香草美人的风格不同。结尾处几句:"首身离兮心不惩""终刚强兮不可凌""魂魄毅兮为鬼雄",皆可视为苏辛之先声。

九章

涉江①

余幼好此奇服兮,年既老而不衰②。
带长铗之陆离兮,冠切云之崔嵬③。

被明月兮佩宝璐④。
世溷浊而莫余知兮,吾方高驰而不顾⑤。
驾青虬兮骖白螭⑥,吾与重华游兮瑶之圃⑦。
登昆仑兮食玉英⑧,与天地兮比寿,
与日月兮齐光。
哀南夷之莫吾知兮,旦余济乎江湘⑨。

乘鄂渚而反顾兮,欸秋冬之绪风⑩。
步余马兮山皋,邸余车兮方林⑪。
乘舲船余上沅兮,齐吴榜以击汰⑫。
船容与而不进兮,淹回水而凝滞⑬。
朝发枉陼兮,夕宿辰阳⑭。
苟余心之端直兮,虽僻远其何伤⑮!

入溆浦余儃佪兮,迷不知吾所如⑯。
深林杳以冥冥兮,乃猿狖之所居。
山峻高以蔽日兮,下幽晦以多雨。
霰雪纷其无垠兮,云霏霏而承宇⑰。
哀吾生之无乐兮,幽独处乎山中。
吾不能变心而从俗兮,固将愁苦而终穷。

接舆髡首兮,桑扈臝行⑱。
忠不必用兮,贤不必以⑲。
伍子逢殃兮,比干菹醢⑳。

与前世而皆然兮，吾又何怨乎今之人㉑！
余将董道而不豫兮，固将重昏而终身㉒！

乱曰：鸾鸟凤皇，日以远兮㉓。
燕雀乌鹊，巢堂坛兮㉔。
露申辛夷，死林薄兮㉕。
腥臊并御，芳不得薄兮㉖。
阴阳易位，时不当兮㉗。
怀信侘傺，忽乎吾将行兮㉘！

释

①本篇大约作于楚顷襄王三年（公元前296年）春初，这时屈原从鄂渚又被放逐到溆浦。

②奇服：不平凡的服饰，指下文长铗、切云冠等。不衰：爱好一直不衰减。

③铗（jiá）：剑柄，这里指剑。切云：上触云霄的意思，指一种高形的冠。崔嵬：高耸的样子。

④被：同"披"。明月：夜光珠。璐：玉名。

⑤溷：同"浑"。溷浊：污秽。高驰：远远地走开。

⑥青、白：指虬、螭的颜色。

⑦重华：即舜。瑶：美玉名。瑶之圃：即下句的昆仑。相传昆仑山产玉，是上帝的花园。

⑧玉英：玉的花。

⑨济：渡过。

⑩欸（āi）：悲叹。绪风：余风，春初所吹正是秋冬时余寒未尽的风。

⑪邸：舍，停车的意思。方林：靠近树林。方：同"傍"。

⑫舲（líng）船：有窗的小船。上：逆流而上。汰：水波。

⑬淹：停留。回水：曲折的流水。

⑭枉陼、辰阳：地名。

⑮端：正。端直：正直。

⑯僤佪：旋转在曲折的路上。如：往。

⑰垠：边际。霏霏：形容浓云密布。承宇：弥漫天空。

⑱接舆：春秋时楚国的隐士，当时被称为狂者。髡（kūn）：剃发。髡首：剃掉头发，是古代的一种刑法。桑扈：古代隐士。

⑲忠、贤：即指下句的伍子胥和比干。以：和"用"同义，指被任用。

⑳伍子：即伍子胥，楚人。因报父仇投吴，为吴王阖庐所信任。后因谏吴王夫差，不听，被杀。菹醢：剁成肉酱。

㉑与：举。前世：指从古以来。

㉒董：正。董道：守正道。不豫：不犹疑。重昏：遭到重重障蔽。昏：暗。

㉓鸾鸟、凤皇：都是鸟中之王，这里比喻贤人。

㉔燕、雀、乌、鹊：都是平凡的鸟，这里比喻小人。巢：栖息，盘踞。堂：殿堂。坛：祭坛。堂、坛：比喻朝廷。

㉕露：露水。申：重。露申：露加浓，即白露为霜的意思。辛夷：比喻清高的贤士。林薄：草木交错的丛林。

㉖腥臊：指恶臭之物，这里比喻小人。御：进，指被国君任用。芳：芳香之物，比喻君子。薄：迫，指接近国君。

屈原　　　　　　　　　　　　　　　　　　　　·203·

㉗阴：指夜。阳：指昼。阴阳易位：昼夜颠倒，象征一切混乱。
㉘将行：身将远行。

译

我从小就对奇装异服特别喜好，
到如今年岁已老，兴趣却毫不减少。
腰挎长长的陆离宝剑，头戴高高的切云冠帽。
佩戴着明亮的夜光珠和珍贵的美玉，
这个混浊污秽的世界，没人能理解我的清高，
我要远远地离开这个世界的喧闹。
让有角的青龙驾辕，无角的白龙拉套。
我将和大舜同游美玉的园圃。
登上崔嵬的昆仑，品尝玉花的佳肴。
我要与天地比寿，我将如日月星辰一样将万物照耀。
可叹楚国这些不开化的人，对此却全不知道。
哦！我就要渡过湘江，告别故土——
就在明日的清早。

登上鄂渚的山岗，蓦然回首，慨然惆怅：
唉！那冬末的残风萧瑟作响。
解开我的马儿，让它漫步山岗；
停下我的车儿，让它在芳林待航。
乘坐美丽的小船，沿着沅江溯流而上。
船夫们齐力举起双桨。

船儿啊！徘徊不进，在回旋的涡流里徜徉。
清晨时我从枉渚出发，傍晚时我落宿于辰阳。
只要我的心端正坦荡，再偏远些又有何妨？

抵达溆浦，我徘徊在旋转的山岗。
迷惘——不知应走向何方。
幽深的森林，昏暗无光。
这里是猿猱出没之地，高峻奇险的山峰，
将太阳的光彩遮蔽。
山下阴森森的，时时笼罩着烟雨。
细微的小雪珠纷飞而下，无际无垠。
浓云密布，一直上达天宇。
唉！我的一生正如眼前的景色，
笼罩在阴霾里而缺少欢乐。
然而我不能改变我的初衷，
所以命运注定，愁苦将伴随我的一生。

想那前代的隐士接舆曾自己剃发，
那贤明的隐士桑扈也曾裸体而行。
忠诚者不一定能得到重用，
贤达者不一定能得到敬重。
你看那忠心耿耿的伍子胥，
还不是遭受祸殃；
那贤达忠诚的比干，

最后竟被剁成肉酱。
今天与历史一模一样,
我又何必怨恨当今的君王。

尾声:那神鸟鸾与凤凰,
一天天地飞远;
那小麻雀黑乌鸦,
却占据了殿宇祭坛。
香美的露申、辛夷,
死在草木交错的丛林;
腥臊恶臭的气味,
弥漫在神圣的殿堂。
芳香美好的花草,
却没有立足的地方。
阴与阳、明与暗都换了位置,
我生不逢时,而被流放。
我心中满怀着忠诚,
却郁闷失意,难以实现理想。
哦哦!我要走了走了,
走向远方。

评

《涉江》是屈原《九章》中的一篇名作。关于《九章》,朱熹以为是后人所辑"得其九章,合为一卷,非必出于一时之言也"(《楚辞集注》);

王逸则解释说:"屈原放于江南之野,思君念国,忧心罔极,故复作《九章》,章者,著也,明也,言已所陈忠信之道甚著明也。"(《楚辞章句》)朱熹解释得虽更为贴近,然王逸所释的大背景,亦足为之参考。

《涉江》一诗,千百年来一直深受人们喜爱,它与《离骚》上下求索的浪漫精神一致,又因描述的是一次具体的流放过程和心情,因此,更易于得到读者的理解和欣赏,被称之为"小离骚"。

"余幼好此奇服兮,年既老而不衰"一句是总括性的概述,揭示了自己不同凡俗的志趣,而且是贯穿一生,至今无悔。这与《离骚》"帝高阳之苗裔兮"的起句相似,都是从表白自己的为人说起。"带长铗"以下为自己的肖像描写,诗人遍写自己衣冠服饰之美,从外在形貌衬托自己的志高行洁、独立危行;"驾青虬"以下为诗人的内在品性,或说是精神追求的描写,诗人以浪漫的笔法,写自己驾着有角的青龙与无角的白龙,与上古的大帝舜一起周游美玉的园圃、登上昆仑山品尝玉树之花。"与天地兮比寿,与日月兮齐光",不仅是吃了玉树之花的结果,而且是诗人外在形貌与内在品格结合在一起的写照。后人评价屈原及其作品"虽与日月争光,可也"(司马迁语)正是此意。此一段从外貌到内心,从人间到天上,色彩斑斓、情思浪漫。然后,将节奏引至"世溷浊而莫余知兮,吾方高驰而不顾"和"哀南夷之莫吾知兮,旦余济乎江湘",从而点出了"涉江"的背景和主题。

第二部分写流放途中的情景。屈原写景,不同于汉大赋的错采镂金、铺陈排列,屈子笔下之景,是带有强烈主观感受之景,可谓情中景、景中情、情景交融,并且画面的布局十分精到。"乘鄂渚"二句,"反顾"一词,首先出现了诗人自我的侧影,而"鄂渚""秋冬"等,则点明地点和时令,中间缀一"欸"字,则进一步使主体与客体融为一体,无限的哀伤、缕缕的哀思,飘漾而出。

"步余马兮"以下四句进一步描写旅程情景。诗人描写了山皋下的马行、方林前的停车以及溯流而上的舲船等,与上二句合在一起,一句一个镜头,组成了具有动态性质的蒙太奇。诗人的笔触深入到细节,并且融进诗人的情感:"船容与而不进兮,淹回水而凝滞","容与不进"的船成了眷念故土、不肯离去的诗人自我的象征,它在水涡漩流中徘徊不已,时时发出深沉的叹息。

然而,"船容与而不进"毕竟是诗人主观幻觉的外化,事实上,船还是在前进,而且是"朝发枉陼兮,夕宿辰阳",这是又从另一个角度写诗人的感受,他觉得船行得太快太远了,这使诗人感到一种莫名的惆怅袭上心头。然而,这莫名的惆怅与远离故国的哀思却不能丝毫动摇诗人的信仰和信念:"苟余心之端直兮,虽僻远其何伤"。这是全诗的主旋律,它上承"高驰而不顾"、独立危行的精神,下启"吾不能变心而从俗兮"和"余将董道而不豫兮,固将重昏而终身"的呼喊,从而构成了《涉江》的主题。

第三部分写到达流放地溆浦的情景,并进一步重申自己坚定不移的理想。溆浦之地,高山蔽日,深林猿啼,诗人一到此地,便"僧佪""迷不知吾所如",无垠的霰雪、连绵的淫雨、密布的乌云,一齐向他袭来,这就是自己以后要独自生活的地方吗?在"深林杳以冥冥兮,云霏霏而承宇"的描绘中,毫无疑问,我们可以听到诗人内心深处的哀叹,可以感受到诗人独居猿狖之地的悲哀。诗人自己也不隐讳这一点,所以说:"哀吾生之无乐兮,幽独处乎山中"。然而,幽山独处、终生无乐也还是不能摇动诗人的志向:"吾不能变心而从俗兮,固将愁苦而终穷。"

前两部分诗人分别以远离故乡的哀愁和流放地的哀景归结到理想不能动摇的主题，其情愈哀、其景愈愁则愈见诗人志之坚、心之洁，可谓加一倍之手法。第四部分再进一层以历史之反思，论辩诗人之志："伍子逢殃""比干菹醢"是儒家忠君道路的悲惨命运：伍子胥忠心耿耿，却头悬楚门；比干诤谏，却被纣王剁为肉酱；"接舆髡首""桑扈臝行"是庄子一派的抗争方式，是对"忠不必用兮，贤不必以"的混沌现实的戏谑！反思历史，俯查现实，诗人认识到了古今一体："与前世而皆然兮，吾又何怨乎今之人！"伍子、比干忠君的结局是悲惨的，但诗人的理想志向却仍然坚不可摇："余将董道而不豫兮"（我将守正道而不犹豫）。一篇之中，可谓三致志焉！

第五部分乱辞，是全诗的总结。诗人以比兴手法揭示自己郁郁不平之气，也揭露了阴阳易位的黑暗现实，在这个时代里，美丽的鸾鸟凤凰，日益为人所疏远，而那可恶的"燕雀乌鹊"，却占满了高堂暖巢；美丽的"露申"花和辛夷树，死在了草木交错之地，这是一个什么样的时代呵！诗人怀着抑郁之心，要上路了，要踏上自己的征程了——尽管前面等待着他的，是苦难和死亡。

宋人欧阳修曾说："屈原《离骚》读之使人气闷，然摘三句反复味之，与《风》《雅》无异。"（《陈辅之诗话》）《涉江》有如《离骚》之"三句"，它典型、生动地体现了屈骚的浪漫精神而无冗长之累，这是这首诗篇深受人们喜爱的主要原因。

哀郢

皇天之不纯命兮①，何百姓之震愆②？
民离散而相失兮，方仲春而东迁③。

屈原

去故乡而就远兮，遵江夏以流亡[4]。
出国门而轸怀兮[5]，甲之朝吾以行[6]。
发郢都而去闾兮[7]，怊荒忽其焉极[8]？
楫齐扬以容与兮[9]，哀见君而不再得。
望长楸而太息兮[10]，涕淫淫其若霰[11]。
过夏首而西浮兮[12]，顾龙门而不见[13]。
心婵媛而伤怀兮[14]，眇不知其所蹠[15]。
顺风波以从流兮[16]，焉洋洋而为客[17]。
凌阳侯之泛滥兮[18]，忽翱翔之焉薄[19]。
心絓结而不解兮[20]，思蹇产而不释[21]。

将运舟而下浮兮[22]，上洞庭而下江[23]。
去终古之所居兮[24]，今逍遥而来东[25]。

羌灵魂之欲归兮[26]，何须臾而忘返[27]？
背夏浦而西思兮[28]，哀故都之日远[29]。
登大坟以远望兮[30]，聊以舒吾忧心[31]。
哀州土之平乐兮[32]，悲江介之遗风[33]。

当陵阳之焉至兮[34]？淼南渡之焉如[35]？
曾不知夏之为丘兮[36]，孰两东门之可芜[37]？
心不怡之长久兮[38]，忧与愁其相接。
惟郢路之辽远兮[39]，江与夏之不可涉。
忽若去不信兮[40]，至今九年而不复[41]。

惨郁郁而不通兮㊷，蹇侘傺而含戚㊸。

外承欢之汋约兮㊹，谌荏弱而难持㊺。
忠湛湛而愿进兮㊻，妒被离而鄣之㊼。
彼尧舜之抗行兮㊽，了杳杳而薄天㊾。
众谗人之嫉妒兮，被以不慈之伪名㊿。
憎愠惀之修美兮(51)，好夫人之慷慨(52)。
众踥蹀而日进兮(53)，美超远而逾迈(54)。

乱曰(55)：
曼余目以流观兮(56)，冀壹反之何时(57)？
鸟飞反故乡兮，狐死必首丘(58)。
信非吾罪而弃逐兮，何日夜而忘之？

释

①皇天：等于说老天爷。不纯命：不专一其命，指天失其常道。这是双关语，兼指楚王。

②震：动荡不得安宁。愆（qiān）：罪，这里指遭罪，受苦。

③方：正在。仲春：旧历二月。东迁：向东迁徙。郢都失陷后，楚迁都于陈，陈在楚东，所以说东迁。

④遵：沿着走。夏：夏水，今名长夏河，在今湖北省境内，水已改道。因江夏相距很近，所以楚辞中江夏常并称。

⑤国：指国都郢。轸：悲痛。怀：怀念。

⑥甲：甲日那一天。朝：早晨。

⑦发郢都:从郢都出发。闾(lú):里巷之门,这里指故居。

⑧怊(chāo):远的样子。荒忽:也是远的样子,"怊荒忽"是三字状语,结构是形容词加连绵字。

⑨楫(jí):船桨。扬:举起。容与:犹豫,指船徘徊不进的样子。

⑩楸(qiū):梓树。太息:叹息。

⑪涕:泪。淫淫:泪落纷纷的样子。霰(xiàn):细雪粒。

⑫夏首:夏水流入长江之处。西浮:向西浮行。舟行之曲处,路有向西者(依蒋骥说)。

⑬龙门:郢都的东门。

⑭婵媛:有所牵挂的样子。

⑮眇:同"渺",遥远的样子。蹠(zhí):脚踏地。

⑯从流:顺着水流。

⑰焉:于是。洋洋:漂流无所归宿的样子。客:旅客,流浪者。

⑱凌:乘。阳侯,波神名。相传阳侯是古代陵阳国的诸侯,溺水而死,成为波神。这里用"阳侯"代表流浪。

⑲薄:止,停下来。

⑳絓:悬挂。絓结:比喻心中郁结。

㉑蹇产:连绵字,屈曲的样子。释:放开,放下。

㉒运舟:行舟。

㉓上、下:指南北。古代以南为上。这里说"上洞庭",因洞庭湖在南边。

㉔终古:等于说自很古的时候起。

㉕逍遥:这里是漂泊的意思。

㉖羌:语气词。

㉗须臾：片刻。

㉘西思：向西方望，指怀念郢都。

㉙故都：指郢都。

㉚坟：水旁高堤。

㉛聊：姑且。

㉜州土：指楚国的土地。平：土地广阔。乐：人民生活安乐。

㉝江介：江边，指沿江两岸的地方。遗风：古代遗留下来的美好的风俗习惯。

㉞当：面对着。陵阳：古地名，未详。

㉟淼（miǎo）：大水茫茫望不到边际的样子。如：到，去。

㊱夏：同"厦"，高大的房屋。丘：废墟。

㊲孰：何（依王引之说）。两东门：指郢都的两个东门。

㊳怡：快乐。

㊴惟：语气词。

㊵忽若：恍惚地。去：离开，这里指被放逐。不信：不被信任。

㊶不复：不能回去。

㊷郁郁：郁结的样子。不通：指心情不顺畅。

㊸蹇：困苦。侘傺（chà chì）：失意的样子。戚：悲伤。

㊹外：表面上。承欢：指承君王的欢心。汋（zhuó）约：美好的样子，这里指媚态。

㊺谌：同"诚"，实际上。荏（rěn）：与"弱"同义。荏弱：等于说软弱，脆弱。难持：难以自持，指不能有坚定的操守。

㊻湛（zhàn）湛：忠厚的样子。进：被进用。

㊼妒：这里指妒忌的人。被（pī）：离，分散的样子。鄣：同"障"，

挡住。

㊽抗行：高尚的行为。

㊾了杳杳：高远的样子。薄：迫近。

㊿被：加上。

(51)愠惀（yùn lǔn）：心里有所蕴积而不善表露。修：在这里与美同义。

(52)夫人：指那些小人们。慷慨：这里指口头上能说会道，善于做出激昂慷慨的样子。

(53)众：指小人们。踥蹀（qiè dié）：连绵字，小步走的样子。这里指奔走钻营的状态。

(54)美：指好人。超远：这里是疏远的意思。逾：同“愈”。迈：远。

(55)乱：音乐的末章。楚辞里面的乱，实际上是全篇的结束语。

(56)曼：引。曼目：举目。流观：周流观览，指随着景物的流动而观览。

(57)冀：希望。壹：同“一”。壹反：回去一次。

(58)首丘：头向着土丘。

译

天呵！天呵！

你为什么如此多变？

让无辜的黎民百姓，

遭受这无法忍受的苦难！

你看：

他们洒泪抛弃了家园，

生离死别，骨肉离散。
正当二月仲春的季节，
一批批的流民东迁。

我也离别故国，去到那远方，
沿着江夏河水流亡。
走出国都郢城大门的时候，
我的心呀，肝肠寸断。
甲日那一天的清晨，
我那远行的船儿终于启航。
从郢都出发，哀别了故乡，
唉！我的船儿驶向何方？
只觉得前程恍惚渺茫。
船夫们已齐力举起船桨，
船儿哟，却依旧徘徊彷徨。
楚王呵，我今生再也见不到你了！
我的心头充满了凄凉。
国都的梓树呵，令我凝望，
我的眼泪呵，像纷纷而落的雪珠一样。
过了夏口，我的船儿向西漂浮，
回首郢都的东门，已消失于远处的苍莽。
思绪绵绵呵，似乎永无边际，
我不知何处，有我立足的地方。
暂且顺着水流，顺着风儿飘荡，

波神呵，忽而鼓起汹涌的波涛，
船儿呵，一会儿被飞快地卷入浪底，
一会儿停在浪尖，像鸟儿在翱翔。
我的心呵，似有重砣悬挂，
排解不开，无限的悲伤。

船儿将要转向东南，
漫游洞庭、长江。
离开世世代代居处——生活的祖国，
今天，到这东边的偏远之地
流浪！

我的灵魂呵，想要飞回，
不曾有片刻休止的时光。
离开夏浦时我思念西边的郢都，
哀叹一天比一天远的故乡。
登上水边的高丘我回首远望，
姑且舒解我心中的忧伤。
唉！映入眼帘的是土地的宽广，
和沿江两岸那些古老的风俗，
这些，更勾起了我的哀伤。

面对陵阳，我不知将向何处去，
——刚刚渡过浩渺的大江。

怎能使那雄伟的宫殿变成废墟?
怎能使那国都的大门变成野荒?
我的心呵,长时间地痛苦,
忧思与愁绪相接壤。
回郢都的路程已经十分遥远,
回渡长江和夏水已无指望。
我怎么就突然失去信任而遭放逐?
至今已九年不能回到故乡。
悲惨的心呵,不能通畅!
困苦失意呵,满含悲伤!

外表上节操坚定,
妩媚可爱的模样,
骨子里却是脆弱,
卑劣无耻的淫荡!
忠诚的人,
满怀被重用的渴望,
却被群小嫉妒、阻挡。
想那尧舜行为的高尚,
是以树立高大伟岸的形象,
却遭到群小的嫉妒,
无端地将"不慈"的伪名加之身上。
憎恶忠诚者内心的美好品质,
却偏爱奸佞者的能说会道慷慨激昂。

小人们奔走钻营，日益得势，
贤者忠心耿耿，却日渐疏放。

尾声：
举目随着逝去的景色远空，
心中充满了能回去一次的渴望。
鸟儿不论飞到何处，还是要飞回故乡，
狐狸死时，将头朝着生养之地的方向。
不是因为我有罪而被放逐，
哪一日哪一夜我能将她遗忘？

评

关于郢城，朱熹曰："楚文王自丹阳涉江陵，谓之郢。后九世，平王城之。又后十世，为秦所拔，而楚徙东郢。"（《楚辞辩证下·九章》）关于此诗的背景，朱熹云："屈原被放时，适遇凶荒，人民离散，而原亦在行中，闵其流离，因以自伤，无所归咎，而叹皇天之不纯其命，不能福善祸淫，相协民居，使之当此和乐之时，而遭离散之苦也。"（《楚辞集注·九章第四》）郭沫若认为："此篇（《哀郢》）王船山以为所纪者乃楚顷襄王二十一年（公元前278年）秦将白起攻破郢都，楚东北保于陈时事，极是。"（《屈原赋今译·九章·哀郢》）今人姜亮夫认为："为什么以'哀郢'为题？大概是南游九年后，在悲哀中追想自己当年是如何离开郢都的情形。近人有的说《哀郢》是郢都被秦兵攻破，百姓震怒，屈原哀之而作。此说从题目表面讲也通，但并非事实。因为屈原被放逐江南后，从未回过郢都，秦兵入郢之事他并未看见。秦兵入郢是件亡国惨事,如果屈原亲身经历了此事,那他一定会在自己的作品里描写的。但《哀郢》中一句话也没提国破家亡。"(《楚辞今绎讲录·九章新论》)刘永济则认为"《哀郢》不是哀郢已亡,而是哀其将亡。"(《屈赋音注详解·九章·哀郢》)

看来越来越多的学者趋向于认为写在秦将白起破郢即顷襄王二十一年(公元前278年)之前。

吕晴飞也认为,司马迁读此篇而悲其志,可谓知音。至于顷襄王二十一年秦将白起攻陷郢都一事,屈原是不可能亲身经历的,因为他放逐江南后,从未回过郢都;如果亲身经历了这件事情,他会描写。但篇中写的是他被"弃逐"而离开郢都的情况;他之欲返而不能返,思见君而不可得,也是因为被"弃逐",而不是因为郢都已经陷落,这在"乱辞"中写得尤其明确。

全诗反复申诉自己热恋故土、欲返不得的心境:"鸟飞反故乡兮,狐死必首丘","何日夜而忘之",可谓一篇之中,三致志焉。

梁鸿

梁鸿（生卒年不详），字伯鸾，东汉时扶风平陵（今陕西咸阳西北）人。家贫好学，为当时名士。因写《五噫歌》为汉章帝所不满，遂改名换姓，隐居著书，死于吴。今传诗三首。《后汉书》有传。

五噫歌①

陟彼北芒兮②，噫！
顾瞻帝京兮，噫！
宫阙崔嵬兮③，噫！
民之劬劳兮④，噫！
辽辽未央兮⑤，噫！

释

①本篇是梁鸿过洛阳时所作。洛阳是当时的京城,贵族统治阶级非常奢侈,而人民却过着无尽期的劳苦生活。诗人对这种现状表示了不满。噫:悲愤的叹息声。

②陟:登。北芒:又作北邙,山名,在今洛阳城北。汉代的王侯死后大都葬在这里。

③崔嵬:高大。

④民:即人。劬(qú):辛勤。

⑤未央:无尽。

译

登上那高高的北芒山,唉!

回首瞻望那南面的京城,唉!

京城的宫殿高入云天,唉!

那黎民百姓的苦难,唉!

那苦难遥遥没有边,唉!

评

梁鸿生平有二事最为后人传诵,一是与妻孟光举案齐眉的故事,另一个就是这首《五噫歌》了。

此诗似是诗人信口而发,不经意之作。诗人登上了高高的山顶,不禁叹息了一声;远远地望见了那巍峨耸立的京城,不禁又叹了一声;那宫殿高耸入云,恢宏崔嵬,诗人想到了这一土一木,都是百姓的尸骨堆成,就不禁再叹。不仅如此,统治者的欲望是难填的沟壑,大众的苦难也就永无止境,诗人的思绪似江河,浩瀚而无边际,诗人三叹:"噫!"诗的创作就是这样,有时刻意经营,却仍不是诗,有时随意的几声叹息,却由于触到了时代、社会最敏感的神经,而成为千古传唱的佳作。这首《五噫歌》,庶几可堪担当之!

清人陈祚明:"五句中不可断,间以噫字,随时发叹,悲感更深。《日重光》《上留田》与此调同。"(《采菽堂古诗选》卷四)

清人张玉谷:"《五噫》《四愁》,皆得风、骚遗意,故读者只觉缠绵,不嫌排复。徒求形肖,失之转赊。"(《古诗赏析》)

汉乐府

乐府本是官署的名称，后来才把乐府所采的诗叫作乐府，或乐府诗。据《史记·乐书》和《汉书·礼乐志》载，乐府的设置最迟不晚于汉惠帝二年（公元前193年），但担任搜集民歌俗曲的任务则始于汉武帝时。宋人郭茂倩编《乐府诗集》，搜罗最为完备。

一向将汉乐府诗视为民间所作的民歌，这是对乐府诗极大的误读。如前所述，"乐府"的本意，是专门管理宫廷音乐的机构，并非一般贵族家庭所可享用，何况民间乐府？乐府既然在两汉时期就是宫廷管理音乐的官署，何以就能出现民间的乐府诗？所谓"民间乐府"，古人并无这一说法，民间可以有民谣，民谣不应等同于乐府，称之为歌谣、民歌等皆可。

有学者说："汉乐府诗依存于歌、乐、舞、戏诸因素相结合的综合性的艺术系统中，文人拟乐府则是脱离其他艺术形式的纯粹的诗体。"民间并不具备汉乐府诗所依存的歌乐舞戏的诸多条件，包括场所条件、音乐素质条件、社会文化风俗等诸多条件,民间文艺的兴起,大抵要到中唐之后才开始盛行。至少迄今为止,我们还没有看到在唐代以前有脱离了宫廷官方的民间歌乐舞戏表演的记载。

所谓"民间乐府"的说法,可能是来自乐府的采诗。萧涤非先生所论的两汉民间乐府,也是引用《汉书·艺文志》:"自汉武帝立乐府而采歌谣,于是有赵、代之讴,秦、楚之风","此汉民间乐府诗所由来也"。诚然,民谚、歌谣等即兴之作,自古有之,远古时代的"日出而作,日入而息",历朝历代,绵延不息,所谓"历世已来,歌讴杂出",如同郭茂倩《乐府诗集·杂歌谣辞》中所说:

> 若斯之类,并徒歌也。《尔雅》曰:"徒歌谓之谣。"《广雅》曰:"声比于琴瑟曰歌。"《韩诗章句》曰:"有章曲曰歌,无章曲曰谣。"……汉世有相和歌,本出于街陌讴谣。而吴歌杂曲,始亦徒歌,复有但歌四曲,亦出自汉世,无弦节作伎,最先一人唱,三人和,魏武帝尤好之。……宁戚以困而歌,项籍以穷而歌,屈原以愁而歌,卞和以怨而歌,虽所遇不同,至于发乎其情则一也。历世已来,歌讴杂出。[1]

可以看到,郭茂倩所论的产生于乐府机构采摭之前的歌、谣形态,与进入到宫廷乐府机构的乐府诗不同:首先,"徒歌谓之谣","声比于琴瑟曰歌",谣无器乐伴奏,歌有琴瑟之比;其次,"有章曲曰歌,无章曲曰谣",则歌繁复,故有章曲,反复歌咏。谣则简单,三言两

---

[1] [宋]郭茂倩:《乐府诗集》,中华书局1979年版,第1164页。

语，又无表演之需要，是故多无章曲。因此，民谣属于原材料，乐府则是经过宫廷专门音乐机构加以改造，具有一定艺术性的作品。萧涤非先生列入"两汉民间乐府"的《陌上桑》，既非徒歌，其题下标注"相和曲"，又非"无章曲"之谣，而是由"三解"组成的长篇乐府诗，又根据其叙事的精彩情节，可以推断出其作应为当时"依存于歌、乐、舞、戏诸因素相结合的综合性的艺术系统中"的乐府诗作。

有所思①

有所思②，乃在大海南。

何用问遗君③？

双珠玳瑁簪④，用玉绍缭之。

闻君有他心⑤，拉杂摧烧之。

摧烧之，当风扬其灰⑥。

从今以往，勿复相思！

相思与君绝？

鸡鸣狗吠⑦，兄嫂当知之。

妃呼豨⑧！

秋风肃肃晨风飔⑨，东方须臾高知之。

释

①本篇为"铙歌十八曲"之一，是描写女子和不忠实的男子断绝关系的恋歌。

②有所思：有一个我思念的人。

③何用：拿什么。问遗（wèi）：赠送。君：指所思的人。

④玳瑁（dài mào）：龟类动物，其甲光滑，可以做簪。

⑤他心：二心，异心。

⑥当风：迎风。

⑦鸡鸣狗吠：指男女幽会。

⑧妃呼狶（xī）：象声词，是女子的叹息声。

⑨肃肃：风声。晨风：鸟名，即鹞。

译

我思念的人——

在那遥远的大海之南。

若问送给他什么信物，

是玳瑁精制的玉簪。

美丽的宝珠系在两端，

再用深情的碧玉绕缠。

忽然听说他有了新欢，

我摔碎了玳瑁，折断了玉簪。

点一把火，玉簪、宝珠都成灰烬。

扬一把灰，情儿、意儿随风飘散。

从今而后，我不再思念，不再思念。

与君永绝相思？

回想当年幽会，也曾惊起鸡鸣狗吠，

哥哥嫂嫂不会不知。

唉哟哟！窗外秋风肃肃，

静夜里一只雉鸟悲鸣疾驰。

不觉里东方泛白，

唉！等天亮再定此事。

评

此诗是女子相思之词，全诗皆为自述口吻，刻画了一位一往情深而又肩负重荷的女子形象。

起首开门见山，直入主题，写女子思念之深。爱之深，故无暇他顾也。所思之人，在遥远的大海之南，既无法相见，只好以物寄心。此一层有思有簪，以簪承思。簪在此一层及下一层都是重要的道具。先以双珠系于两端，再以玉环缠绕，见其爱之深切、情之缠绵。

第二个层次是顺承，以簪承"何用问遗君"；第三个层次则是逆转，以烧簪之外在引动表达内心的感受："闻君有他心，拉杂摧烧之。""闻君"句，风波突起，先之以"拉杂"，再之以"摧烧"。第四层紧承三层，排比而下，重复"摧烧"以强调，并由上句之宾转此句之主，复之以"扬其灰"。"拉杂""摧烧""扬其灰"，此三个动作排比与第二层的情意缠绵的几个排比动作形成强烈对比。"望之深"，故而"怨之切"，爱之愈深则恨之愈切，此人情千古相同之处也。此二层，以"从今以往，勿复相思"之决绝语作结。

第五层仍重复四层之于三层的手法，将前层之结论作为问题提出，现出事情发展脉络之绵延。"相思与君绝"，当为问号，表现了由爱而恨而至一种更加曲折矛盾的心境。"鸡鸣狗吠"，指此时天渐放明，兄嫂当会知道此事；亦可解为对前事之推测。"当"，推测也，兄嫂既已知我与情人之关系，何能决绝？

"妃呼豨"，旧解为"本自亡（无），但补乐中之音"（如今日歌唱

汉乐府

中之"呵"),亦通。今多认为是叹息之声,二解正相通也。"秋风肃肃"为风声,"晨风",鸟名,即鵻,鵻常朝鸣以求偶。"飔"为"思"的讹字,指鵻鸟求偶而悲鸣。也有解为"急风也,晨风加紧,相思也更切"(余冠英语)。此解将晨风即作早晨之风的本意解,似更自然。"高"字一般解作为"皓",皓日,东方之太阳,而余冠英仍解为"高高升起",并参用清人陈本礼之解:"少待须臾,似东方高则知之矣。"(参见拙编《古代诗歌精萃鉴赏辞典》)

上邪①

上邪!我欲与君相知,长命无绝衰:
山无陵②,江水为竭,冬雷震震,
夏雨雪③,天地合,
乃敢与君绝!

释

①本篇为铙歌十八曲之一,是女子对所爱的男子表示坚贞的誓言。
②山无陵:是说高山成为平地。
③震震:雷声。雨(yù):降落的意思。

译

天啊!我要与君相爱,永不绝衰:
除非高山没有了山峰,
除非滔滔的江水枯竭,
除非三九隆冬雷震震,

除非六月炎夏飞白雪,
除非天与地合为一体,
那时才能与君恩爱永绝!

评

有人曾提出此篇与《有所思》同是男女问答之辞,应合为一篇,闻一多激赏其说,称为"妙悟",但纠正为:"细玩两篇,不见问答之意,反之,以为皆女子之辞,弥觉曲折反复,声情顽艳。"余冠英也认为两诗"合之则双美,离之则两伤"。

前三句直抒胸臆,冲决而出,以下则以五种不可能发生之事,排比连喻,气势如虹。如近人王先谦评:"五者皆必无之事,则我之不能绝君明矣。"

此种写法,在文人诗词中不多见,但在同为民间作品的敦煌词《菩萨蛮》中得以发扬光大:

> 枕前发尽千般愿,要休且待青山烂。水面上秤锤浮,直待黄河彻底枯。
>
> 白日参辰现,北斗回南面。休即未能休,且待三更见日头。

其夸口更甚于《上邪》,以青山烂、锤浮水、黄河枯等顿挫之后,加以"三更见日",然其枕前发愿,信誓旦旦,似乎更多了一些轻浮,颇似嫖客语,而少了《上邪》的质朴天真。

此类诗更似西方诗笔法,如英国诗人彭斯的 *A Red Red Rose*,参照而读,更生趣味。

《有所思》与《上邪》，此两首汉乐府诗，一向未敢与曹植、甄后故事连接，但六朝人认为，此两首也与其他采莲、蘼芜等同源共体。如萧纲诗作《有所思》："掩闺泣团扇，罗幌咏蘼芜。"团扇、蘼芜与"有所思"三位一体；《咏中妇织流黄》："浮云西北起，孔雀东南飞。"《采菊篇》："东方千骑从骊驹，更不下山逢故夫。"陈后主《有所思三首》："荡子好兰期，留人独自思。……不言千里别，复是三春时。"《舞媚娘三首》："淇水变新台，春垆当夏开。玉面含羞出，金鞍排夜来。"

　　熟读古诗十九首和曹植诗作的读者，不难读出其中所用的故事：荡子，《青青河畔草》："荡子行不归，空床难独守"，指的是曹植在建安二十四年岁末离别邺城，离别甄氏，一走就是三个年头。两者临行之际，约定不过是三个月即可返还，结果，两人离别千里之远，曹植先后去洛阳看望病中的父亲曹操，随后为父亲送葬守灵，然后，直接去了故乡谯城，一直经历了三个年头而不回还。到了黄初二年初夏之际，离别了三个年头的曹植，终于返回邺城，与甄氏重新欢会。

　　《七夕宴重咏牛女各为五韵诗》："明月照高台，仙驾忽徘徊。"暗用曹植（实际上为甄氏所作）的《七哀诗》"明月照高楼，流光正徘徊"，这里指的是两人久别之后的一次短暂的重逢，大抵在黄初元年秋季。

　　可知，陈叔宝几首诗作，同样将《有所思》与"荡子好兰期，留人独自思"等联系起来。如果此两首诗作真如六朝人所说，则大体在此一时期之作。《有所思》中所谓大海南，大江南之意。两者之间在此一时间段发生矛盾，甄氏怀疑曹植在江南采莲。六朝人认为此两首皆为曹植甄后恋情诗作，则其具体时间，为这个时间段最为适合。

先是甄氏发出了绝交信息："有所思,乃在大海南",意思是说,我原本一直思恋的情人,远在南国的长江赤岸,我也曾采用"双珠玳瑁簪,用玉绍缭之",精心制作了这样的礼物准备馈赠给远在南国的心上人,但偏偏就在此时,"闻君有他心,拉杂摧烧之"。为此,作诗者长夜未眠,发出了从此不再相思,一了百了的信息："从今以往,勿复相思,相思与君绝"。所谓"鸡鸣狗吠,兄嫂当知之",这正是对曹植临行之前两者暗中约会的担忧和回顾。兄嫂,偏义于兄,单独指的是兄长曹丕。曹植来到长江边,是否与江南美女有艳遇,不得而知,但曹植于建安十七年岁末,已经是二十一二岁的热血青年,男大当婚,即便是有美貌异性的吸引,也是正常的事情。但无论如何,"上邪,我欲与君相知:长命无绝衰。山无陵,江水为竭,冬雷震震,夏雨雪,天地合,乃敢与君绝!"这应该是曹植的回复和决心。

《有所思》与《上邪》是当下最后残留在乐府诗中的一组诗作。如果此两首也在这一故事系统之中,则两汉乐府诗就完成了最后的阐释,全部的抒情诗、爱情诗,都不是民间之作,也都不是两汉之作,却是如有学者所说,这些诗作连同其他所谓文人五言诗,都是后人对两汉慷慨的赐予。

上山采蘼芜[①]

上山采蘼芜,下山逢故夫。
长跪问故夫[②],新人复何如?
新人虽言好,未若故人姝[③]。
颜色类相似,手爪不相如。
新人从门入,故人从阁去[④]。

新人工织缣,故人工织素⑤。
织缣日一匹⑥,织素五丈余。
将缣来比素,新人不如故⑦。

释

①蘼芜:香草名,一名江蓠。

②长跪:伸直了腰跪着。古人席地而坐,两膝着地,以臀部着足跟,耸起上身为跪,上身越是直耸,越表示恭敬。

③姝:美好。

④閤:小门,旁门。

⑤缣:黄色的绢。素:白色的绢。缣比素价值低一些。

⑥一匹:四丈。

⑦新人不如故:此句本于《古艳歌》:"茕茕白兔,东走西顾。衣不如新,人不如故。"

译

一位女子上山去采摘蘼芜,
下山时却巧遇了自己的前夫。
很恭敬地长跪相问:
"您的新妇如何?"
"唉!新妇虽说挺好,
到底不如故人美妙。
若说相貌各有千秋,
只是针线手脚相差不少。"

"是呵！新人从正门迎娶，
故人当然要从旁门离去。"
"新人擅长织黄绢，
故人擅长织白绢，
黄绢每天能织一匹，
白绢每天能织五丈多。
从黄绢、白绢的情况来看，
新人还是不如旧人能干活。"

评

本篇最早见于《玉台新咏》，题为"古诗"。《太平御览》引此诗作"古乐府"，可知乐府诗和古诗在最初是很难划分清楚的。

这是一首有名的弃妇诗。同是写男女恋情，它不似古诗十九首的《青青河畔草》那样，以写景抒情取胜。古诗初期，与汉乐府风格近似，它们更重于叙事写人，重在表现诗中主人公丰富复杂的内心世界，这在古代以情景交融为正宗的审美潮流中，当属一个特殊的现象。唯其如此，方是其宝贵之所在吧！

此诗虽云叙事，情节却极为简洁，它不似《孔雀东南飞》那样鸿篇巨制，将矛盾的发端、发展、高潮、结局娓娓诉出，而是截取了生活中的一个画面，似乎是冷漠客观地记录了一对离异夫妇的对话，然而，却将"故夫"、"故妇"及未出场的"新妇"的生活境遇、性格、本领以及这个小家庭（社会、时代的一个侧面）的悲剧，生动而又含蓄地表现了出来。其中，诗人虽未有一句评价、抒情，没作一句道白，却使人觉其哀情恨意无所不在，从而，使诗人笔下的人物血肉饱满、真实感人,并且是"形象大于思想"。

诗中的弃妇是一个勤劳而又美丽的女性,不知什么原因,被丈夫休弃了,她赶不走心头的阴影,她摆不脱痛苦的回忆。这一天当她在山上采完香草下山时,遇到了"故夫",她吞下泪水,长跪着,叩问新人何如。这就是这首小诗前三句为我们揭示的画面,更确切地说,是一场独幕话剧帷幕拉开时的情景。这一开场,看似简单、平直,却已进入了人物形象的刻画之中:"上山采蘼芜"与下面"故夫"的"手爪不相如"等叙述呼应,和谐统一,意在揭示其勤劳的一面(这一点,也反映了诗人以勤劳为美的审美观念);"长跪问故夫"一方面推进矛盾,引出对话;一方面,揭示了弃妇在男人面前的地位,也透露了女主人公遭弃后仍然眷恋往昔的心情。"长跪"二字极好。

对话是全诗的主体,其中弃妇只有短短的两处三句。她先问:"新人复何如?"仅一句,但恰到好处,不仅起到推动情节发展的作用,而且进一步揭示了这个不幸女人的内心世界。她不问前夫如何,也不问及其他,近乎是抑制不住地泄露出了心中最关心的事——新人何如?那是对丈夫关心体慰的"表现",还是一缕情思、一丝希冀?更兼以"复"字,增添了其内涵,如云:这一次又怎么样?(这也许只是许多次悲剧中的一次吧?)

"新人从门入,故人从阁去"二句,余冠英认为也是弃妇之言。他说:"'新人从门入'两句必须作为弃妇的话才有味,因为故夫说新不如故,是含有念旧的感情的、使她听了立刻觉得要诉诉当初的委屈,同时她不能即刻相信故夫的话是真话,她还要试探试探。这两句话等于说:你说新人不如故人,我还不信呢,要真是这样,你就不会那样对待我了。"(《乐府诗选》)这一分析无疑是精彩的,本文亦从是说。说"新人从正门堂而皇之地进来,故人只好暗中从旁门离开了",神情黯淡,语含讥刺,也确乎合于弃妇口吻,并起到进一步刻画弃妇形象的作用。

全诗用于弃妇的笔墨不多,但毫无疑问,她是全诗的主人公。诗中的另外两个人物——"故夫"和"新人",无疑都服务于弃妇形象的刻画。"故夫"的大段比较,使弃妇形象渐趋鲜明,这是自不待言的,就是那个未出场的"新人"的命运,也似乎是在暗示着悲剧的延续——今日之弃妇,昔日何尝不是新人?而今日之新人,他日未必不是弃妇!这样就加深了全诗悲剧意义的深度和广度。

此诗一向被视为两汉乐府民歌代表作之一,最早载于《玉台新咏》,为其卷一之开篇之作,列为《古诗八首》其一[1]。可知,此诗原本也是所谓"古诗"之作。这一首诗作读起来令人感到有许多惊奇之处:在那个时代的女性,如果被丈夫一纸休书休妻,是何等的耻辱?而这一首诗作,一点也读不出来被休女性的羞辱感,反倒是那个休妻的丈夫显得被动、尴尬,对前妻心存依恋。

此诗的作者显然是诗中的女主人公自己。我说:"新妇一切可好?"(前妻邂逅前夫,好不尴尬,问候新妇好吗?问候的新妇什么方面好还是不好?夫妻之间,还能问什么?显然是问夫妻之间才关心的床笫之欢。)

前夫回复说:新人还好,说是好,但不如故人你好。你们的美貌相似,但她不如你的手爪。(手爪是什么意思?一个要行长跪大礼家族的男人,难道还缺少织妇女?)

---

[1] [南朝] 徐陵编:《玉台新咏》,世界书局1971年版,明赵寒山复刻宋陈玉父本,第2页。

我说："啊，新人从大门进来，故人从旁门出去，打个比方来说，不过是新人擅长织缣，故人擅长织素。"（言外之意，您很快就会适应的，各有口味不同而已）

前夫叹气说："新人织布为缣，每日一匹，你织素却能五丈。织缣的不如织素的，新人不如故人好。"（新人还是不如故人好，但为何还要休妻？）

——我能说什么呢？写诗人无言以对。

谁是织素人？素，白色生绢。《玉台新咏·古诗为焦仲卿妻作》："十三能织素，十四学裁衣。"南朝陈·徐陵《鸳鸯赋》："炎皇之季女，织素之佳人。"南朝梁·刘孝威《都县遇见人织率尔寄妇》："妖姬含怨情，织素起秋声。度梭琼玉动，踏蹑佩珠鸣。……百城交问遗，五马共踟蹰。直为闺中人，守故不要新。梦啼渍花枕，觉泪湿罗巾。独眠真自难，重衾犹觉寒。愈忆凝脂暖，弥想横陈欢。"一篇之中将"织素"之织女，调戏罗敷的使君"五马共踟蹰"，以及"守故不要新"的"独眠真自难"之曹丕联系一体，已经可以读出，织素人正是甄氏的代称。

谁又是织缣人？南朝梁·鲍泉《落日看还诗》："谁家荡舟妾，何处织缣人。"互文，织缣人是荡舟妾。缣的本义，双经双纬的粗厚织物之古称。《释名·释采帛》："缣，兼也，其丝细致，数兼于绢，染兼五色，细致不漏水也。"缣就是双丝的缯，汉以后，多用作赏赠酬谢之物，或作货币。唐制布帛四丈为匹，亦谓"匹"为"缣"。这样就明白了，缣是粗厚的织物，可以用作赏赐酬谢之用，或用作书写的丝帛，或用作货币。显然，缣是功利的、功用的。吻合于后来者能说会道的郭女王。其中很多疑点值得玩味：

首先，此诗见于《艺文类聚》三十二，列于《闺情》《青青河畔草》篇后，原文："古诗曰：'青青河畔草……'，又曰：'上山采蘼芜，下山逢故夫。长跪问故夫，新人复何如？新人虽云好，未若故人姝。颜色类相似，手爪不相如。新人从门入，故人从閤去。新人工织缣，故人工织素。织缣日一匹，织素五丈余，持缣来比素，新人不如故。'"其中"言"为"云"，"颜色"一句作"其色似相类"，"将缣来比"句作"持缣来比素"[1]。以后的《乐府诗集》未见收之，逯钦立列为《古诗五首》其一[2]，将此诗说成是乐府者，《合璧事类》卷二十八，作"古乐府"。综上所述，此诗并非乐府诗，汉魏宫廷也没有演奏过此诗，将其说成是汉乐府民歌，更是没有根据的。

其次，蘼芜是一种香草，传说利于女人怀孕。《艺文类聚》记载，"《广志》曰：蘼芜，香草，魏武帝以藏衣中。"[3]因为相信蘼芜利于女子怀孕，更多繁衍子孙，魏武帝"以藏衣中"，多么有趣的事情！我们说这首诗和甄后、曹丕有关，诗中的重要物品"蘼芜"，就分明记载了和魏武帝曹操有关，而且是唯一提及曹操，巧合吗？

再次，此诗女主人公是离异者，为何还要"上山采蘼芜"？还要企盼怀孕？

其四，为何要"长跪问故夫"？礼不下庶人，这是人所皆知的。长跪，这是何等尊严的礼节？

其五，"新人从门入，故人从閤去"，又是门，又是閤，这又是什么样的建筑规模？又有谁能住在这样的豪宅？閤有两意：一是大门旁

---

[1] [唐]欧阳询等：《艺文类聚》，台湾新兴书局1963年版，第871页。
[2] 逯钦立辑校：《先秦汉魏晋南北朝诗》，木铎出版社1982年版，第334页。
[3] [唐]欧阳询等：《艺文类聚》，台湾新兴书局1963年版，第2086页。

的小门，二是宫中的小门。（参见《汉典》）"汉宫中谓之禁中。谓宫中门阁有禁。"[1] 阁（同閤），非民间之所有。怎么会是汉乐府的诗作？

《元河南志》在《魏城阙宫殿古迹》之下列有：金光阁、清阳阁、朱明阁、承休阁、安乐阁等十四阁，崇阳闼、延明闼等十一闼[2]。陆机《洛阳记》记载："洛阳十二门，门门有阁。"[3] 至少在魏晋之际，阁闼之属，均为宫廷之专有建筑名称，与民间建筑无关。则此诗所写的故夫，其身份地位之尊崇可知。此诗排除民间贩夫走卒之作，必从有名姓之汉魏诗人中遴选，吻合者则非甄氏莫属。

许学夷云："十九首固本乎情兴而出于天成，其外如《上山采蘼芜》等，虽有优劣，要亦非用意为之也。"[4] 正与其他古诗写法类似，而"非用意为之"，正吻合甄后之类非正式（颇类业余）诗人之身份。此诗应为甄后建安十八年左右之作。从建安十八年岁末，曹丕和甄后离居，不久，曹丕迎娶了年长自己三岁的郭女王。应该是翌年春夏之际，甄后上山采蘼芜，下山时候，遇到了故夫曹丕，遂有了这首著名的诗篇。

后来甄后之死，是由郭后诋毁所致，而郭后对于曹操之决定立嗣的问题，起着关键性的作用。《魏书·后妃传第五》记载郭后其人极有谋略："太祖为魏公时，得入东宫。后有智术，时时有所献纳。

---

[1] 张阆声校：《校正三辅黄图》，杨家骆主编：《中国学术名著第六辑》，世界书局1974年版，第54页。
[2] 元人撰，不著姓名。清人徐松辑：《元河南志四卷》，杨家骆主编：《中国学术名著第六辑》，世界书局1974年版，见《晋城阙宫殿古迹》分类之后第2页。
[3] 元人撰，不著姓名。清人徐松辑：《元河南志四卷》，杨家骆主编：《中国学术名著第六辑》，世界书局1974年版，见《晋城阙宫殿古迹》分类之后第1页第1行。
[4] 许学夷：《诗缘辨体》，人民文学出版社1987年版，第58页。

文帝定为嗣，后有谋焉。太子即王位，后为夫人，及践祚，为贵嫔。甄后之死，由后之宠也。"[1]

　　诗中人物熟悉织绩，有人以此作为民间作品的标志。其实，宫廷中有织绩，东汉的马皇后就在宫中设有专门"织室"，见于《元河南志》所附的《后汉东都城图》，在图中西侧有"濯龙园"中有"马皇后织室"字样，又见于《东观汉记》卷六《明德马皇后》"太后置织室蚕室濯龙中"[2]。到曹魏政权，后妃织绩乃为寻常，织绩同时也是甄后喜爱的业余生活之一，所以，才有古诗中和曹植诗中的许多"织妇"之类的记载。

---

[1] [晋]陈寿撰，[宋]裴松之注：《三国志·魏书·后妃传》，中华书局1982年版，第164页。
[2] 姚之骃辑：《东观汉记》，鼎文书局印行，1978年版，第47页。

辛延年

辛延年（生卒年不详），传为东汉人。

羽林郎

昔有霍家奴，姓冯名子都①。
依倚将军势，调笑酒家胡②。
胡姬年十五，春日独当垆③。
长裙连理带，广袖合欢襦④。
头上蓝田玉，耳后大秦珠⑤。
两鬟何窈窕⑥，一世良所无。
一鬟五百万，两鬟千万余。
不意金吾子⑦，娉婷过我庐。
银鞍何煜爚，翠盖空踟蹰⑧。
就我求清酒，丝绳提玉壶。

就我求珍肴,金盘脍鲤鱼⑨。
贻我青铜镜,结我红罗裾。
不惜红罗裂,何论轻贱躯。
男儿爱后妇,女子重前夫。
人生有新故,贵贱不相逾。
多谢金吾子,私爱徒区区⑩。

释

①霍家:指霍光(西汉大将军)家。奴:一作姝,本指美女,这里指美貌的男子。刘克庄《后村诗话》"姝"作"奴"。冯子都:霍光手下奴才头子,极得霍光宠幸。

②酒家胡:胡为贾胡,即做生意(诗中指开酒店)的少数民族,"酒家胡"据诗意系指一卖酒的少数民族姑娘。

③当垆:即卖酒。

④连理带:用以连接两侧衣襟的两根带子。合欢襦:绣有合欢图案的短袄。

⑤蓝田:山名,位于陕西省蓝田县,其山产玉。大秦:指古代西域大秦国。

⑥鬟:环形发髻。

⑦金吾:即执金吾,京都羽林军中的武官。

⑧煜爚(yù yuè):光亮闪烁的样子。翠盖:饰有翠鸟羽毛的车盖。

⑨脍:细切的肉。

⑩多谢:郑重告诉。私爱:私心相爱。区区:思念,爱慕。

译

从前有个霍府的家奴,姓冯名子都。

倚仗主子有势力,将一个来自胡地的酒家姑娘欺侮。

她当年芳龄正十五。

那是一个和煦的春日,她独自卖酒。

她长长的衣襟,飘曳着长带子,

在有合欢花纹的短袄上,宽肥的衣袖起舞。

头发上有蓝田美玉的玉簪,耳后缀着来自大秦国的宝珠。

两个发髻多么秀美,整个世界也怕难将第二个找出。

她的一个发髻就值五百万,两个发髻就超过一千万!

谁也不会想到就在这一天,

那豪奴冯子都装模作样地来到胡姬酒店。

在春光下,他座下的银鞍闪闪发光,

华丽的车盖,不知该停向哪一边。

悠悠闲闲地就来饮酒,

让胡姬提着丝绳玉壶伺候。

又要珍美的菜肴,

胡姬便用金盘烹好鲤鱼还将汁儿浇。

他要送胡姬一面青铜镜,还要给她系在腰上,

又要摆弄她的红罗衣,动手又动脚!

就是撕裂红罗衣,胡姬也不足惜,

"若要侮辱我,我宁可一死!

男人呀！都喜新厌旧，
女人却将初恋珍惜！
人生有新有旧，何况贵贱有别，难以越逾！
高贵的冯子都，你的这种爱，
不过是自作多情而已。"

评

这是一首男性倚仗权势欺凌漂亮女性，女性以其机智保护了自己的诗。这个主题在东汉末期时，十分流行。与另一首著名的《陌上桑》，堪称姐妹篇。大概在礼崩乐坏的时代，这种现象较为严重，故有所反映。

清人朱乾从此诗的具体背景分析，疑为窦景而作："后汉和帝永元元年（公元89年），以窦宪为大将军。窦氏兄弟骄纵，而执金吾景尤甚；奴客缇骑，强夺财货，篡取罪人妻，略妇女，商贾闭塞，奴避寇仇。此诗疑为窦景而作，盖托往事以讽今也。"(《乐府正义》)

《陌》诗主题之"使君自有妇，罗敷自有夫"与此诗之"人生有新故，贵贱不相逾"相若，写作手法都是衬托法："行者见罗敷，下担捋髭须。少年见罗敷，脱帽著帩头。耕者忘其犁，锄者忘其锄。来归相怨怒，但坐观罗敷。"《羽》诗则除了以"长裙连理带，广袖合欢襦。头上蓝田玉，耳后大秦珠。两鬟何窈窕，一世良所无"的外形描绘外，笔墨重在冯子都在此女身上如何下功夫，自"不意金吾子，娉婷过我庐"（该诗写男性有女性化倾向，如此处之"娉婷"，前文之"姝"皆是）而下，至"结我红罗裾"等十句都可见证。冯子都是高官而又为美男子，如此追求之女性，自当是美女。这是另一种衬托法。

进一步解读。此诗意在写作一个有权势者对一个弱女子胡姬的调戏,可能是甄后为宫廷歌舞表演写作的脚本,其中具有一定的叙事因素,也具有舞台表演的基本因素。诗中的男主人公冯子都,有两个出处。一个是真实的冯子都,是汉霍光的家奴,霍光妻子霍显品行不端、不守妇德。霍家的家奴冯子都在霍光生前很受霍光宠信,没想到霍光一死,霍显竟与他私通淫乱。这是本诗采用这个名字作为男主人公的一个出处。

另一个出处为《诗经·山有扶苏》:"山有扶苏,隰有荷华。不见子都,乃见狂且。山有乔松,隰有游龙。不见子充,乃见狡童。"诗中说:山上有桑树,湿地有荷花。未能见到漂亮的子都,却看见这个狂童。山上有高松,湿地有水红。没有见到漂亮的子充,却看见那个狡童。

诗三百中接续的一篇为《狡童》:"彼狡童兮,不与我言兮。维子之故,使我不能餐兮。彼狡童兮,不与我食兮。维子之故,使我不能息兮。"诗中说,就是这个狡童呀,他不同我言谈。就是因为他的缘故,令我茶饭不思。正是那个狡童呀,他不同我共餐,就是他的缘故,令我不能安眠。此一首分明就是前一首《山有扶苏》的续篇,同样是两章八句,同样是每句四字,同样是重复手法,同样具有抒情性和精炼性,同样是写一位痴情女性对于一位狡童的单恋。只不过,前一首的狡童是被这位女性所嘲弄,而此一首狡童已经成了她的暗恋对象。此外,在两章结尾处,分别增添了"兮"字,更为增添了抒情性。

在诗三百中,有两个男性主人公,一个是子都,另一个是狡童,而女主人公呢? 一开始喜欢子都,说自己"不见子都,乃见狂且",

狂且，就是那个狡童，那个可气的傻小子。一开始喜欢子都，但偏偏看到了狂且，后来发展到怎样呢？发展到对这个一开始看不上眼的狡童坠入情网，以至于这个傻小子不和自己说话，就会使得自己丢魂落魄，食不甘味，寝不安席。

多么有趣呀！这个故事不就是甄后一开始选择曹丕，以后痴情爱恋曹植故事的另一个版本么？诗中无意识的一个主人公名字，暴露出来诗作者多少自己内心世界的信息。而作为霍光家奴的冯子都，与其主母通奸，曹丕在曹操死后，占有了曹操原有的嫔妃，又是多么相像。由此来看，《羽林郎》应该是黄初元年，曹丕登基之后的作品，当时，曹丕不断用各种方法威胁利诱甄后重新回到他的怀抱，去参加皇后主持的长信宫典礼，遭到了甄后的严词拒绝。

以下故事的发展，"不意金吾子，娉婷过我庐。"金吾子，权势者，掌握着京城的实权，这里的原型为曹丕，十分清晰。

"娉婷过我庐"，形容这位权势熏天的金吾子，来到我家的威风凛凛的样子。此时，应该是延康元年的六月，曹丕此时虽然还是魏王身份，但就要离别邺城，前往许昌，举行皇帝登基的禅让大典。临行之前，曹丕作为前夫来向甄后辞行，也是合于情理的。摆足了帝王的架子和威风给甄后看，也是必需的：他要做最后的一次努力，让甄后就范，主持长信宫皇后登基的典礼。用"娉婷"两字，来形容冯子都的无耻，实在是太形象、太尖刻了。通俗来说，就是：你看这个冯子都，像个女人似的，扭扭捏捏、一摇一摆地走进我的房间；装模作样、拿腔拿调地走进了我的家门。

"银鞍何煜爚，翠盖空踟蹰。就我求清酒，丝绳提玉壶。就我求珍肴，金盘脍鲤鱼。贻我青铜镜，结我红罗裾"，极写这位冯子都的威风凛凛,到了我这里,恬不知耻,让我准备清酒,要我烹脍鲤鱼,也要赏赐我青铜镜,赏赐我红罗裙。甄后的态度如何呢?总应该给一点面子吧?结果是否定的,这些都不过是这位冯子都的一厢情愿。

结尾一个段落,点明内幕。诗中女主人公严词拒绝:"不惜红罗裂,何论轻贱躯。"也就是宁可玉碎,不能瓦全。拒绝的理由是:"男儿爱后妇,女子重前夫。人生有新旧,贵贱不相逾。"这几句诗具体怎样解释反倒不太重要,重要的是,这个女子和冯子都之间的关系,是"后妇""前夫"的关系。

这样再来看此诗的开头,介绍诗中女主人公的身份"胡姬年十五,春日独当垆",就知道,本诗讲述的故事,不是历史上的家奴冯子都欺负一个女孩的故事,这个女孩也不是芳龄十五的胡姬卖酒女孩,而是两者之间原本是前夫前妻的故事。诗作者已经打破了前代诗人六经皆史,以诗歌记载真实历史的写作方式,而是学会了以故事说真实,或说是,一个高于生活的艺术真实。年十五的胡姬为假,"男儿爱后妇,女子重前夫。人生有新旧,贵贱不相逾"方为真。

曹丕原本是甄后的前夫,但后来甄后改嫁为曹植之妇,甄后是在为曹丕这个前夫守节。作为曹丕来说,就应该"男儿爱后妇",去好好爱他后来的新欢郭女王。曹丕登基为帝,大富大贵,但甄后说,"人生有新旧,贵贱不相逾",两者之间不要再发生关联。这实在是甄后所作的铁证。辛延年这个名字,不应该是甄后自己的署名,而应该是魏明帝封杀曹植甄后恋情作品之际,愤怒赐名的,意味是新的左延年。这一首诗,把曹丕说成是家奴冯子都,是一个和主母私通的家奴,这是戳中曹丕最为锋利的匕首。后来甄后被赐死,应该是由监国谒者灌均拿到了这些诗作的证据,郭女王乘机枕头风,以此诗激怒曹丕。

古诗十九首

梁代萧统《文选》中"杂诗"类的一个标题,包括汉代无名氏所作的十九首五言诗。它们不是一人一时之作,也不是一个有机构成的组诗。"古诗"的原意是古代人所作的诗。梁、陈以后,"古诗"形成一个具有特定含义的专类名称。它与两汉乐府并称,专指汉代无名氏所作的五言诗,并且发展为泛指具有"古诗"艺术特点的一种诗体。《古诗十九首》,标志着五言诗歌从以叙事为主的乐府民歌发展到以抒情为主的文人创作已经成熟。

行行重行行

行行重行行,与君生别离。
相去万余里,各在天一涯。
道路阻且长,会面安可知?
胡马依北风,越鸟巢南枝①。

相去日已远,衣带日已缓②。
浮云蔽白日,游子不顾反。
思君令人老,岁月忽已晚③。
弃捐勿复道,努力加餐饭。

释

①胡马:产于北方的马。越鸟:来自南方的鸟。

②已:同"以"。缓:宽松。

③忽:迅速。

译

走了,走了,你的背影越来越远,

与你生别死离,譬如刀剪。

此一去,就是天各一方。

道路呵,漫长而艰阻,

谁又知,今生是否还能会面?

塞北的骏马呵,依恋着北风。

江南的飞鸟呵,巢窝也一定朝南。

别离的日子,一天天地过去,

憔悴人儿的腰带,一天天地松缓。

是浮云遮蔽了太阳的光辉?

还是游子乐不思还?

思念你呵,令我衰老了红颜,

眼看一年又要过完。

唉！这些烦恼不要再谈。

只希望你呵，努力加餐，身体康健。

评

此诗写女性对浪迹天涯之游子的思念，由景及情，环环相扣，总体结构完整精妙。如金圣叹所体会："一路先景次情，将以后十九首语意包蕴在内。渐说渐迫，势如泻瓶矣，忽用一句截住，缩笔灵妙；又忽用一句掉尾，添笔更灵妙。意其说，却忽然止；意其止，又忽然说，蜿蜒夭矫至此。"（《唱经堂古诗解》）清人张玉谷评："此思妇之诗。首二追叙初别，即为通章总提，语古而韵。相去六句，申言路远会难，忽用马、鸟两喻，醒出莫往莫来之形，最为奇宕。日远六句，承上转落念远相思、蹉跎岁月之苦，浮云蔽日，喻有所感；游不顾反，点出负心，略露怨意。末六，掣笔兜转，以不恨己之弃捐，惟愿彼之强饭收住，何等忠厚。"（《古诗赏析》卷四）

其中最有名，为后世影响最深的诗句有三处，一是"胡马依北风，越鸟巢南枝"，以自然界依恋故土的情形喻人；二是"相去日已远，衣带日已缓"，以一具体的、局部的情形，突出"相去日已远"的抽象的心境，"缓"字极妙；三是"浮云蔽白日，游子不顾反"，以浮云蔽日比兴游子之不返，亦为寓抽象于形象的妙句。

青青河畔草[①]

青青河畔草，郁郁园中柳[②]。
盈盈楼上女[③]，皎皎当窗牖[④]。
娥娥红粉妆[⑤]，纤纤出素手。

昔为倡家女⑥,今为荡子妇⑦。
荡子行不归,空床难独守。

释

①这是首少妇春日怀人的诗,诗人对女主人公是十分同情的。

②郁郁:浓密茂盛。"柳"和"留"声音相近,因此古人有折柳送别的风俗。女子看到浓密的柳树,自然会想起当年分别时依依留恋的情景。

③盈盈:形容女子仪态美好。

④皎皎:指女子肤色洁白。牖(yǒu):古建筑中室与堂之间的窗子。

⑤娥娥:形容装饰娇艳。红粉妆:用脂粉盛妆。

⑥倡家女:即女乐,以歌舞为业的女子,不同于后来的娼妓。

⑦荡子:即游子,指漂泊异乡的人,不同于不务正业的浪子。

译

碧绿的青草,沿着无边的河畔蔓延,似乎永无尽头。

葱郁的杨柳,迎着婆娑的春风曼舞,轻拂园中小楼。

那小楼上美妙的女子,正在皎洁明亮的窗口。

那脸颊的红装好动人,肤色洁白站在明媚阳光下的窗口。

唉!想当年做歌舞妓的时候

——往事真是不堪回首;

今天她成了游子的妇人,

走上了这幽深孤独的小楼。

游子一去不回头,

这漫漫长夜，令她怎生独守！

评

此诗被公推为十九首之代表作，在整个中国诗史上，也应该说是一流的作品。

首句言明为春光明媚时节。春光最易唤人春思，故当"河畔草"与"园中柳"之变化成"青青""郁郁"，投入思妇眼帘，就使她久久留于窗牖，并引发她无穷之感慨。

前二句为荡子妇眼光之所见，"盈盈"而下为诗人见"荡子妇"，角度由远而近、由粗而细，定格特写于手。

"昔为"两句，叙出主人公之身份身世。

由"倡家女"而"荡子妇"，由热闹而寂寞，更见其难堪，故有结句。

诗写思妇，景物、人物、情感三者都表现得很好。先写景，这是一个春景，是万物苏醒、生机勃发的季节。诗人以他的高超的手法，由远及近，由蔓延天际的河畔青草，到郁郁园中嫩柳，再至楼上之女，摇出人物镜头，由全楼概貌渐至明亮的窗牖，"皎皎"二字，如同摇出一轮美丽皎洁的月亮，美人先给人一个夺目的总体感受。镜头再进一步展现"娥娥红粉妆"的面孔局部，最后定格在"纤纤出素手"的一双细长白皙的手上。层次之清晰、分明，令读之者不由得不与诗人同入境界。

其中景物、人物描写的内涵十分丰富。自然界选写青草郁柳，《诗经》："昔我往矣，杨柳依依"暗寓当年送别之场景，而今柳又再生，人何以堪？青草再生、万物苏醒而人独寂寞，情何以堪？后来王昌龄之"忽见陌头杨柳色,悔叫夫婿觅封侯",正由此处开出法门来。而诗中女主人公的红妆盛抹,见出女性心中之希望。《诗经》早有:"自伯之东,首如飞蓬,岂无膏沐,谁适为容"的名句,可知此女是满怀希望登楼远望的。读至此,你方知前面之景物,均为此女子眼中胸中之景物,而非作者笔下客观描述之景也!景中早已有情了!这一笔法,影响了后人多少诗作词作。如温飞卿的"梳洗罢,独倚望江楼"。

更有高妙处,是诗人连用了六个叠字,自然得令人难以觉查。你只觉得如水到渠成,自然生成一般。这一点,大概还是顾炎武首先给予系统总结:"诗用叠字最难。《卫风·硕人》:'河水洋洋,北流活活。施罛濊濊,鳣鲔发发。葭菼揭揭,庶姜孽孽。'连用六叠字,可谓复而不厌,赜而不乱矣。《古诗》'青青河畔草,郁郁园中柳。盈盈楼上女,皎皎当窗牖。娥娥红粉妆,纤纤出素手',连用六叠字,亦极自然。下此即无人可继。"(《日知录》卷二十一)

后两句道出思妇心理上的、生理上的感受,也是很了不起的。

今日良宴会

今日良宴会,欢乐难具陈。
弹筝奋逸响,新声妙入神。
令德唱高言,识曲听其真。
齐心同所愿,含意俱未申。
人生寄一世,奄忽若飙尘[①]。
何不策高足,先据要路津[②]。
无为守穷贱,轗轲长苦辛[③]。

释

①飙：暴风。

②策：马鞭。高足：快马。津：渡口。此处以"要路津"借指重要的职位。

③轗轲（kǎn kē）：车行不利，引申为人不得志。

译

今日的宴会呵，美妙绝伦，

欢乐的场景呵，难于一一述陈。

你听那古筝弹得逸响如飘云，

新制的乐曲出神入化。

知音识曲的能人在高谈畅论，

欣赏乐曲要懂得其中深含的内蕴。

他道出了众人心中的感慨，

只是平时大家没能表述而深含在心：

人生寄托在这庸碌的世界，

短暂快速如同飘忽的一粒浮尘。

大家何不甩开大步，

先去占据那权势的要津？

为什么要自守穷贱，

坎坷失意一辈子苦辛？

评

如果说，上一首表现的是生理上的感受，这一首则表现了人的社会欲望，权力欲望。

这大概是一个高歌狂舞的酒宴，与会者大都已喝得酩酊大醉。当时的时代，就像是这个酒气熏天的盛宴，人们坐在即将爆发的火山口上狂欢，等待着世界末日的到来！既然举世皆醉，你我何必要独醒，"何不餔其糟而啜其醨？"举世一片混沌，你我何必要洁身自好，"何不混其泥而扬其波？"被屈原摒弃了的人生态度此时正可以高扬！同样被屈原所鄙视抨击的"忽驰骛以追逐兮，众皆竞进以贪婪兮，凭不厌乎求索"，恰恰是诗人此时悟出的人生道理：

> 人生寄一世，奄忽若飙尘。
> 何不策高足，先据要路津。
> 无为守贫贱，轗轲长苦辛。

感悟到人生短暂，是传统文化的重要命题，但在这里，却既不是屈原所着急的"恐修名之不立"，也不是如后人如曹操的"周公吐哺，天下归心"的建功立业的壮志雄心，而是赤裸裸地表现要"权"要"利"的欲望。这也不能不说是对传统文化的一种冲决，而传统文化允许了这一反叛，也见出了其"有容乃大"的胸襟气魄。

赵幼文《曹植集校注·附录一·逸文》中摘引"弹筝奋逸响，新声妙入神"两句，并《诠评》说：《书抄》引为植作，当别有据。"[1]但仍然将其视为可能是曹植的"逸文"，因此，"姑附录以广异闻"。缪钺先生也说："'弹筝奋逸响，新声妙入神'二句，在《古诗

---

[1] 赵幼文校注：《曹植集校注》，人民文学出版社1984年版，第544页。

十九首》'今日良宴会'篇中,《北堂书钞·乐部·筝》中引为曹植作,当别有所据。故《古诗》中是否杂有曹植之作,虽难一一确考,然就上引两事观之,可见昔人视曹植诗与《古诗》极近似,盖二人(指曹植与十九首作者)撰作之途径与态度相同也。"[1]再到胡怀琛认为:古诗十九首为"子建、仲宣作,不肯自承。所以他人不知"[2]。但学术界已经先入为主,接受了东汉无名氏所作之说,出现了这样重大的资料,却未受到应有的重视。此前,笔者读到这段资料,也同样先入为主,受到赵幼文将其归并到"逸文"类的影响,误读为曹植的"逸文",既然是逸文,那就有可能在失而复得的过程之中有所篡改,不作为凭。综合各方面情况来看,此"逸文"并非"逸文",而确实是曹植所作,否则,不会有这么多方面的一致性。

西北有高楼

西北有高楼,上与浮云齐。
交疏结绮窗,阿阁三重阶①。
上有弦歌声,音响一何悲。
谁能为此曲,无乃杞梁妻②。
清商随风发③,中曲正徘徊。
一弹再三叹④,慷慨有余哀。
不惜歌者苦,但伤知音稀。
愿为双鸿鹄,奋翅起高飞。

---

[1] 缪钺:《缪钺全集·曹植与五言诗体》,《缪钺全集》,河北教育出版社2004年版,第31页。
[2] 胡怀琛:《古诗十九首志疑》,《学术世界》1935年第4期。

释

①交疏结绮：描写窗格的镂刻，如丝织品的花纹，精巧玲珑。阿（ē）阁：四面有檐的楼阁。

②无乃：大概。杞梁妻：事迹见于《孟子》《列文传》《古今注》《琴操》等书，所记不尽相同。大意为：杞梁死于城下，其妻抚尸而哭，哭声极其悲绝惨痛。

③清商：汉代流行的乐曲的名称。

④叹：歌曲中的和声。

译

西北方有一座高楼，

高高耸立直入云霄。

罗绮楼窗上有精美的花纹交错，

三层的台阶，直上楼阁，

四面有流檐。

楼上飘来弹琴唱歌声，

声音是何等的悲悲戚戚。

谁人能唱出这样的琴曲？

莫非是那痛哭夫死而自杀的杞梁之妻？

那悲哀的曲调随风而来，

乐曲奏到中段，反复似哀者的徘徊。

弹奏了一段，又再三咏叹，

发泄着心中的慷慨和无尽的悲哀。

令人痛惜的，还不是歌者的痛苦，

而是这歌者知音的稀疏。
愿我们化作一对鸿鹄，
奋翅高飞在人生的旅途。

评

这是一首由闻曲赏乐而引发知音难求感叹的诗篇。与前两首"空床独难守"和"先据要路津"的味道大异其趣，露出了士大夫壮志高飞、胸襟高雅的本来形象。

虽写音乐，起首却用四句重笔渲染音乐弹奏的环境，写楼与"浮云齐"的高，写绮窗阿阁的富丽，为全诗奠定了崇高、庄严、静穆的基调。中间八句写赏乐者的种种感受，"音响一何悲"，"中曲正徘徊"，"慷慨有余哀"，其曲调悲壮之美，感发了闻者的情怀。结尾句一方面感叹知音难遇的主题，一方面说"愿为双鸿鹄，奋翅起高飞"，视点再一次回到"上与浮云齐"的高楼，不仅首尾呼应，而且卒章显志。

清人金圣叹："先叙声，次叙曲，次叙叹。琐细处，用笔俱有位置。伯牙常有，而子期不常有。古今每抱此痛，此诗人一片胸襟也。"（《唱经堂古诗解》）

清人方东树："此言知音难遇，而造境创言，虚者实证之，意象、笔势、文法极奇，可谓精深华妙。一起无端，妙极；五、六句叙歌声，七、八句硬指实之，以为色泽波澜，是为不测之妙；'清商'四句顿挫，于实中又实之，更奇；'不惜'二句，乃是本意交代，而反似从上文生出溢意，其妙如此。收句深致慨叹，即韩公《双鸟》《调张籍》'乞君飞霞佩'二句意也。此等文法，从《庄子》来。不过言

知者之难遇，而造语、造象，奇妙如此。"(《昭昧詹言》卷二)

如果将古诗十九首中的《西北有高楼》与曹植的《七哀诗》对比，会是一个十分有趣的命题，先分列两诗如下，《西北有高楼》：

> 西北有高楼，上与浮云齐。交疏结绮窗，阿阁三重阶。
> 上有弦歌声，音响一何悲。谁能为此曲，无乃杞梁妻。
> 清商随风发，中曲正徘徊。一弹再三叹，慷慨有余哀。
> 不惜歌者苦，但伤知音稀。愿为双鸿鹄，奋翅起高飞。

曹植《七哀诗》：

> 明月照高楼，流光正徘徊。上有愁思妇，悲叹有余哀。
> 借问叹者谁？言是宕子妻。君行逾十年，孤妾常独栖。
> 君若清路尘，妾若浊水泥。浮沉各异势，会合何时谐？
> 愿为西南风，长逝入君怀。君怀良不开，贱妾当何依？

两者之间，何其相似！或说这是曹植诗与古诗十九首的巧合，又或说是曹植效法古诗十九首。

涉江采芙蓉

涉江采芙蓉，兰泽多芳草①。
采之欲遗谁②？所思在远道。
还顾望旧乡，长路漫浩浩。
同心而离居，忧伤以终老。

释

①芙蓉：莲花。泽：低湿之地。

②遗（wèi）：赠送。

译

渡过深深的江水，将美丽的莲花采到。

江边低湿的地方，处处有美丽的芳草。

可这些花儿能送给谁呢？

我所思念的人儿，在那绵绵的远道。

回首眺望我的故乡，路漫漫呵，长空浩渺！

唉！两个相爱的人儿却分隔两地，

只能伴着绵长无尽的相思，一直到老。

评

　　这是一个古老而又动人的爱情场景。一位美丽的女子寻觅到了自己的知心人，两人相亲相爱，却又不能朝暮厮守。她（他）终日思念心上人，百无聊赖中，渡过浩漫的江水，去采集芳美的芙蓉。也许当她和他在一起时，每天都有采摘芙蓉互赠的习惯，今天当她（他）下意识地又去采摘时，猛然醒悟道，对方不在眼前，"采之欲遗谁"呢？"所思在远道"呀！

　　"同心而离居，忧伤以终老"，最为警策，具有高度的概括力，非伤心人难以道出，并且在不觉中已呼应了全诗。如金圣叹所评："同心，双结思与望；离居，双结远与长。一解中，忽用半解收拾前文，用笔极整齐，又极错落，非汉魏以下人所能也。"（《唱经堂古

诗解》)

以此诗对比曹植《离友诗》：

> 凉风肃兮白雾滋，木感气兮条叶辞。临漯水兮登崇基，折秋华兮采灵芝。
>
> 寻永归兮赠所思，感隔离兮会无期。伊郁悒兮情不怡！

《武帝纪》记载，曹操于建安十七年十月征讨孙权，曹植从征："臣昔从先武皇帝南极赤岸，东临沧海，西望玉门，北出玄塞。"[1] 此两首诗应该都写于这次从征，南方气候炎热，是故虽为冬十月，却仍是深秋景色。曹魏时代，盛行一个题材采用多种文学体裁写作的方式。这首《涉江采芙蓉》，应是曹植在建安十七年十月之际写作于长江边上的思念甄氏之作，是曹植骚体《离友诗》的五言诗表达。

两诗都是在水中采撷，不过曹植采撷的是灵芝，而十九首所采撷的是芙蓉，其实，芙蓉就是水中灵芝的美号而已。芙蓉，是南方之花，其花八九月始开，耐霜，因此也被称之为拒霜花。苏轼也曾使用这一说法，如其《和陈述古拒霜花》："千株扫作一番黄，只有芙蓉独自芳。""冬十月，公征孙权"，曹植从征，正是芙蓉花盛开的时候。

另，"涉江采芙蓉"之"江"，指狭义的长江，而整个汉魏时期，长江两岸还没有出现写五言诗的记载，这种状况一直延续到陆机去洛阳写作了五言诗。

两者的采撷者，都在思念远处的人："临漯水兮登崇基，折秋华

---

[1] [晋]陈寿撰，[宋]裴松之注:《三国志》，中华书局1982年版，第567页。

兮采灵芝",就是"涉江采芙蓉"的意思;"寻永归兮赠所思",就是"采之欲遗谁?所思在远道"的意思[1],"感隔离兮会无期。伊郁悒兮情不怡",就是"还顾望旧乡,长路漫浩浩。同心而离居,忧伤以终老"的意思。诗中"还顾望旧乡"句正说明写诗的人并非本地人,而是远方来客。

曹植此时身在长江之畔,而旧乡却在数千里之外的邺城,故曰:"还顾望旧乡,长路漫浩浩",但这千里、万里,还仅仅是空间的阻隔,叔嫂的世俗身份,却是比这空间阻隔更为遥远难越的障碍,因此,才有"同心而离居,忧伤以终老"的喟叹。他们之间,注定是一辈子都不能恩爱同居的。

灵芝、芙蓉就是甄后的象征,曹植文集中写作的一个中心语汇就是芙蓉、灵芝,他的《洛神赋》《芙蓉赋》《九咏赋》等凡是涉及曹植个人自传性质的佳篇名作中,不难看到灵芝和芙蓉的倩影。南朝陈·顾野王《艳歌行三首》:"岂知洛渚罗尘步,讵减天河秋夕渡。""莲花藻井推芰荷,采菱妙曲胜阳阿。""轻风飘落蕊,乳燕巢兰室。"可知,洛神与天河秋夕渡之织女及涉江采芙蓉、兰室等均为一体,六朝人对此了若指掌。隋代辛德源《芙蓉花》:"洛神挺凝素……涉江良自远,托意在无穷。"[2]"涉江采芙蓉"与洛神在一起,开篇即用洛神以咏芙蓉花,结尾点题涉江。

---

[1] 曹植《远游篇》:"夜光明珠,下隐金沙。采之遗谁?汉女湘娥。"曹丕相似诗句,同样写给甄氏的《秋胡行》:"朝与佳人期,日夕殊不来……采之遗谁?所思在庭。"大体可以知道,甄氏有对芙蓉、芳草的喜爱,曹丕、曹植兄弟,都曾有过采遗馈赠的求爱行为,"采之遗谁",首先应是曹丕所写,随后,为曹植所用的一个习惯句法。
[2]《玉台新咏》,世界书局1935年影印本,第481页。

冉冉孤生竹

冉冉孤生竹,结根泰山阿①。
与君为新婚,菟丝附女萝②。
菟丝生有时,夫妇会有宜③。
千里远结婚,悠悠隔山陂。
思君令人老,轩车来何迟④。
伤彼蕙兰花,含英扬光辉⑤。
过时而不采,将随秋草萎。
君亮执高节,贱妾亦何为?

释

①阿:山曲。

②菟丝、女萝:皆为柔弱的蔓生植物。

③宜:适宜,意指及时。

④轩车:有屏障的车子。古代大夫以上者方乘轩车。

⑤英:植物开花而不结实叫作英。

译

孤独呵,孤独生长的小竹,
扎根在泰山的弯曲处。
我与你结为新婚,
就像柔弱的菟丝女萝将树干依附。
菟丝女萝有规律地开花生长,
夫妻的相会也应有美好的时光。

我不远千里来到你的身旁,
你却飘然而去,与我隔着山岗。
思念你呵,令我容颜憔悴,
到底见不到呵,你的轩车来会。
可叹那美丽的兰蕙,
盛开的花儿放射着绚丽的光辉。
花儿在盛开时不被采撷,
很快就要伴着秋草枯谢。
唉!夫君自有高风亮节在怀抱,
我又何苦自寻烦恼?

评

这是一首"自伤婚迟之诗",因自屈骚开创香草美人的比兴传统以来,人们很容易将此一类诗理解为托讽君臣际遇,故"作不遇者之寓言亦可"(清人张玉谷《古诗赏析》卷四)。

"过时而不采,将随秋草萎"乃为一篇之中心所在,充满了对生命的珍惜,对青春易逝、盛年难再的婉叹,以后曹丕等人多有此类作品。

此诗的比兴手法也对后世有影响。如杜甫的《新婚别》"菟丝引蓬麻,引蔓故不长"即从此诗"菟丝附女萝"处生发而来。

此诗在《文选》中为《古诗十九首》之八,应为甄后于邺城写给曹植之作。"冉冉孤生竹,结根泰山阿",曹植此刻在山东鄄城,故曰"泰山阿"。

曹植诗作中出现的"泰山",并非假想,而是实境。曹植《驱车篇》:"驱车掸驽马,东到奉高城。神哉彼太山,五岳专其名。"奉高,即为"泰山郡"。而曹植的封地东阿、鄄城,皆在奉高西侧不远的地方,在曹魏时代同属兖州境内[1]。而"孤生竹",正是曹植孑然一身,与自己离别,独居于泰山之下的形象比喻。这是从孤竹典故而引发的竹的比喻:

伯夷、叔齐,孤竹君之二子也。父欲立叔齐,及父卒,叔齐让伯夷。伯夷曰:"父命也。"遂逃去。叔齐亦不肯立而逃之。国人立其中子。于是伯夷、叔齐闻西伯昌善养老,盍往归焉。及至,西伯卒,武王载木主,号为文王,东伐纣。伯夷、叔齐叩马而谏曰:"父死不葬,爰及干戈,可谓孝乎?以臣弑君,可谓仁乎?"左右欲兵之。太公曰:"此义人也。"扶而去之。武王已平殷乱,天下宗周,而伯夷、叔齐耻之,义不食周粟,隐于首阳山,采薇而食之。

曹植让国于兄曹丕,以孤竹君之二子伯夷叔齐来比拟曹植兄弟关系,是再合适不过的。从"孤竹"的字音字义,生发出孤独的竹子,借代曹植,也是非常吻合的。

竹子的比喻,可能来源于后文所说"菟丝""女萝"的依附:"与君为新婚,菟丝附女萝",两者已经私自结为夫妇,现在,自己日日期望能与心上人正式新婚,就像是那纤细柔弱的菟丝,就像是不得不攀附于"孤生竹"枝干的女萝。

菟丝、女萝,或说是一物,《经典释文》:"在田曰兔丝,在水曰女萝。"吴仁杰《离骚草木疏》:"《尔雅》以女萝兔丝为一物,《本草》以为二物。"《艺文类聚》《女萝》条下:"广雅曰:女萝,松萝也,菟

---

[1] 谭其骧主编:《中国历史地图集》第二册,中国地图出版社1982年版,第7—8页。

丝也。"《菟丝》条下云:"《淮南子》曰:菟丝无根而生,茯苓抽兔丝死。"[1] 无论为一物或是两物,此诗分写菟丝女萝,既为用韵的缘故,同时,以重复的手法强调了作者作为女性柔弱无所依傍的心境。同时,吻合于曹植甄后之间,原本为同一家人,却又不是一家人的情况。方廷珪指出,"此为新婚,只是媒妁成言之始,非嫁时也"[2],正看出全诗的语气,当是盼望新婚之作。

以下六句,延续着菟丝的比喻,叙说自己对所爱者企盼的心境:"菟丝生有时,夫妇会有宜",那依附枝干的菟丝,其生也有时序,长也有季节,何况人生苦短的夫妇呢?现在,你我之间,虽然两情相悦,却隔着千山万水(两人分在邺城和鄄城):"千里远结婚,悠悠隔山陂"。我因思君念君而红颜憔悴,却久久不见君的轩车到来:"思君令人老,轩车来何迟?"

以下四句,接续前六句的思念之情,更进一步叙说自己盛颜易逝的心曲,劝说对方及时归来,以免发生过时不采,兰蕙枯萎的悲剧:"伤彼蕙兰花,含英扬光辉。过时而不采,将随秋草萎。"此四句,前两句极写自己当下盛颜之美,说是"伤彼",实则写我,我是兰蕙花,蕙字为衬字,实则就是兰。甄后名字是甄兰,再次得到坐实。

后两句则说,我这一朵兰花,若是不能及时采摘,则年华流逝,盛颜难再。此年甄后将近四十了,爱情的滋养使她"颜色转盛",有了更为美丽的风韵,但毕竟是生命最后的光辉,因此,对于时间的流逝,也就分外的敏感。

---

[1] [唐]欧阳询:《艺文类聚》,台湾新兴书局1963年版,第2071—2072页。
[2] 隋树森编著:《古诗十九首集释》,中华书局1957年版,第30页。

结尾两句,单为一个独立的单元:"君亮执高节,贱妾亦何为?"句意是说,君不归来,诚然是对于乃兄皇帝之高节,但我的心已经归属于你,你又将我置于何地?言说自己已经三次拒绝曹丕的诏书,明确提出请他另立新后,而曹植却迟迟不归,我这菟丝女萝一般柔弱无依的女子,此生又将何所托付呢?

生年不满百

生年不满百,常怀千岁忧。
昼短苦夜长,何不秉烛游?
为乐当及时,何能待来兹①?
愚者爱惜费,但为后世嗤。
仙人王子乔,难可与等期②。

释

①兹:年。

②王子乔:古代著名的仙人。据西汉刘向《列仙传》,他本是周灵王的太子,被浮丘公接上嵩山而成仙。后被视为凡人成仙的范例。

译

人生一世不满百年,
却常常怀有千万年后的烦忧。
常常遗憾黑夜太长和太短的白昼,
为什么不能手持灯烛夜游?
人生呀,就是要行乐及时,

怎能寄希望于来日？
愚蠢的人呀！舍不得钱财消费，
只能被后人嗤笑讽刺。
想要学那仙人王子乔，
又渺茫难以等到。

评

  此诗最有名的句子是"昼短苦夜长，何不秉烛游"。秉烛夜游，以延长生命，目的无他，仅在于"为乐当及时，何能待来兹"，更多地享用生命。为了证明这一人生观念、方式的正确，起首处首先批判了"生年不满百，常怀千岁忧"的那些所谓建功立业，博取生前身后之名的人生，结尾处又否定了虚无缥缈的神仙道路："仙人王子乔，难可与等期。"赤裸裸地要求及时兑现人生的种种欲望、享乐，东汉末年的文人思想也许可以在近现代的思想中得到回响？

  清人吴琪："此诗重一'时'字，通篇只就'时'上写来。年不满百，人岂不知？忧及千岁者，为子孙作马牛耳。'爱惜费'乃忧之效。'后世'正指子孙曰：'田舍翁得此已足矣。'乃是后世嗤也。'昼短'二句最警策。人生既不满百年，夜且去其半矣，以夜继昼，将以行吾生年也。"（《六朝选诗定论》）

  清人方东树："万古名言，即前《驱车》篇意，而皆重在饮酒，及时行乐，是其志在旷达。汉魏时人无明儒理者，故极其高志，止此而已。君子为善，惟日不足，一息不懈，死而后已，固不可以是绳之耳。起四句，奇情奇想，笔势峥嵘飞动；收句逆接，倒卷反掉，另换气、换势、换笔。"（《昭昧詹言》卷二）

凛凛岁云暮①

凛凛岁云暮，蝼蛄夕鸣悲。
凉风率已厉②，游子寒无衣。
锦衾遗洛浦，同袍与我违③。
独宿累长夜，梦想见容辉。
良人惟古欢，枉驾惠前绥④。
愿得常巧笑，携手同车归。
既来不须臾，又不处重闱。
亮无晨风翼⑤，焉能凌风飞。
眄睐以适意⑥，引领遥相睎。
徙倚怀感伤，垂涕沾双扉。

释

①云：语助词。

②率：通"飒"，形容风声。

③洛浦：洛水之滨，借指洛水女神宓妃。袍：古代军士白日以袍为衣，夜间以袍为被。此处以"同袍"代同衾，指夫妻。

④惟：思。惠：授。绥：古人用手拉着登车的绳索。

⑤亮：确实。

⑥眄睐（miǎn lài）：斜视。睎：望。

译

凛凛寒气，又是一年岁暮时光。
蝼蛄鸣叫着，伴着夕阳的昏黄。

晚风已经十分寒凉,我那游子呵,
身上一定没有御寒的衣裳。
你的锦衾冬装呵,可是送给洛神美娘?
你与我,已经许久没有同被共床。
独宿的夜晚,是如此的漫长,
你的闪光的形象,渐渐进入我的梦乡。
你呀,顾念旧日的恩爱,
亲自驾车把我迎回。
亲手递给我车索,引我坐入车帷。
还亲密地对我说:
"我愿永远看见你的笑靥,携手同车而归。"
梦境不过是短暂的时光,
很快你就消失于我的深闺。
我没有晨风鸟儿的翅膀,
怎能凌风而飞?
只能徘徊空闺,
翘首远望,心灵与你相会。
只能徘徊心碎,泪水沾湿了双扉。

评

此为思妇诗,写得虚虚实实、亦梦亦幻,故而缠绵悱恻、动人心曲。

起首写实,"暮""悲"二字透露心境。"游子寒无衣"见出对所思之关切。"锦衾"两句,写出女子由爱而妒,想象此时"同袍"共与别的女子同衾共枕。"独宿"以下为梦为幻,梦幻愈足愈好,梦醒愈为凄切也。故有结处之"徙倚怀感伤,垂涕沾双扉",诚非虚语也。

清人金圣叹"于实情中幻出虚景,又于虚景中写出实情,总是空中楼阁"(《唱经堂古诗解》)。

进一步来看,此诗原为《古诗十九首》之十六。实则这首通过十九首保存下来的诗作,应该是甄氏写给曹植的思恋之作。全诗三层:第一层是现实中的境界,诗人由深秋蟋蟀,想到即将岁暮,想到所思念者天寒之行装;第二层是睡梦中的境界,由昨夜梦见恋人起兴,说到恋人在梦中未能逗留,也不肯进入自己的宫闱;第三层回到无奈的现实,抒发现实中无力实现情爱人生理想的悲情。

起首六句为第一个层次,是说凉风惨厉,岁暮将至,想到游子寒而无衣,以游子无衣作为象征,总揽自己对游子的思念。此诗所说节气,应为黄初元年深秋十月左右,也就是曹丕登基之后。诗中说及"锦衾遗洛浦",则其人已经离开洛浦,行前匆匆,行李遗失于洛阳。说是游子将寒衣遗落洛浦,现在天气即将寒冷,又当如何?曹植于曹操死后之当年四月中旬,从洛阳到鄄城,未带冬装,情理之中。

其中第一层次的结句"同袍与我违",一语双关,画龙点睛,一方面以"同袍"接续"无衣",为字面意义的衔接。另一方面,古人说"与子同袍","同袍谓夫妇也。"[1] 引出"与我违"——双方矛盾纠结的现状。正由于双方争执难解,以下所说之"独宿累长夜"和"梦想见容辉"才弥足珍贵,才合情合理。接续"良人惟古欢,枉驾惠前绥","良人"之称,见出两者之间以往之关系已经是夫妇,"惟古欢"

---

[1]《古诗十九首集释》卷二笺注引吕延济,杨家骆主编:《古诗集释等四种》,世界书局1969年印行版,第24页。

正显示两者之间近来之情感分离。

　　同此，梦境中之我之"愿得常巧笑，携手同车归"的愿望才显出真实而不矫情——如是两汉夫妇人伦关系，不必有如此基本而又难以实现之愿望；同此，良人"既来不须臾，又不处重闱"，才更为合于情理。《尔雅》："宫中之门谓之闱。"《三国志·曹兖传》记载曹兖临终遗嘱其子："闺闱之内，奉令于太妃。"[1]马皇后"既正位宫闱，愈正谦肃"。可知此诗乃是宫中女性所写，"重"字下得重，显示出来诗人居住九重宫闱之内的压迫感、挤压感，甚至有羁押的极端不自由的痛苦感受。

　　结尾六句为第三层次。"晨风"，用《诗经·秦风·晨风》："鴥彼晨风，郁彼北林。未见君子，忧心钦钦。"此前曾说，晨风有过暗指曹操、暗指甄后自己多种说法，都不矛盾，在不同语境下，有不同的语码对应关系。此处以前者更为贴切：我没有父王的佑护，我怎能追随你凌风而飞呢？"飞""遥"两字，均见出两人分离之地甚远；"双扉"，呼应"重闱"，同为宫廷器物。

---

[1] [晋]陈寿撰　[宋]裴松之注：《三国志·魏书·曹兖传》，中华书局1982年版，第584页。

曹操

曹操（155—220年），字孟德，沛国谯（今安徽亳州）人。汉献帝时任大将军、丞相，并封魏王。他死后，儿子曹丕代汉即帝位，追尊他为魏武帝。曹操诗今存22首，都是乐府歌辞。风格苍劲雄浑，四言诗成就尤其突出。有《曹操集》。

步出夏门行①

其一

东临碣石②，以观沧海。
水何澹澹③，山岛竦峙。
树木丛生，百草丰茂。
秋风萧瑟，洪波涌起。
日月之行，若出其中；

星汉灿烂④,若出其里。
辛甚至哉,歌以咏志。

释

①"步出夏门行",又名《陇西行》,乐府《相和歌·瑟调曲》名。曹操此诗共有前奏曲《艳》一章,歌四章《观沧海》《冬十月》《土不同》《龟虽寿》,是建安十二年(公元207年)北征乌桓时所作。

②碣石:古时海畔山名,东汉后陷于海中。

③澹(dàn)澹:形容水的波动。

④汉:指银河。

译

登临高高的碣石山,
将苍莽的大海远眺俯瞰。

水波在缓缓地流淌,
山岛在波涛里耸立绵延。
岛屿上有丛生的树木,
丰茂的水草郁郁芊芊。

忽有凄厉的秋风萧瑟地吹起,
大海涌起了洪波巨澜。
那太阳和月亮呵,
在无边的海涛中运行;

那灿烂的星辰呵,
运行在无垠的银河!

呵呵!伟哉!壮哉!
谨以此歌,抒我胸怀。

评

> 日月之行,若出其中;
> 星汉灿烂,若出其里。

这是曹操在《观沧海》诗中写下的著名诗句。它是诗人胸襟气概的表露,也是时代之艺术写照。确如宋人敖陶孙所评:"魏武帝如幽燕老将,气韵沉雄。"

此诗为我国第一首独立的山水诗作。此前诗骚中亦多有景物描写,但多为幕景作用,山水尚未具有独立的审美意义,而此诗以山川大海为对象,开吟诵自然风光景物诗作之先河。

短歌行[①]

其一

对酒当歌[②],人生几何?
譬如朝露,去日苦多[③]。
慨当以慷[④],忧思难忘[⑤]。

何以解忧?唯有杜康⑥。
青青子衿,悠悠我心⑦。
但为君故,沉吟至今⑧。
呦呦鹿鸣,食野之苹⑨。
我有嘉宾,鼓瑟吹笙。
明明如月⑩,何时可掇⑪?
忧从中来,不可断绝。
越陌度阡⑫,枉用相存⑬。
契阔谈䜩⑭,心念旧恩。
月明星稀,乌鹊南飞,
绕树三匝⑮,何枝可依?
山不厌高,海不厌深⑯,
周公吐哺,天下归心⑰。

释

①《短歌行》,乐府《相和歌·平调曲》名。本篇是本诗的第一首,第二首中歌咏了周文王、齐桓公、晋文王等的政治成就。本篇则通过宴会的歌唱表达自己的雄心壮志与渴望贤才。

②对酒:对着酒。作者写有《对酒篇》,是倾诉政治理想的作品。当,也是对着的意思。

③去日苦多:说过去的日子苦于太多了。

④慨当以慷:就是慷慨的意思。

⑤忧思难忘:作者《秋胡行》中说:"不戚年往,忧世不治。"意思与此相似。忧,一作幽。

⑥杜康：相传开始造酒的人，这里是酒的代称。

⑦"青青"二句：用《诗经·郑风·子衿》的成句，表示对贤才的思慕。青衿：青色的衣领，周代学子的服装。悠悠：长远地。

⑧沉吟：低吟。《诗经·郑风·子衿》在"青青子衿"二句下有："纵我不往，子宁不嗣音（你就不再捎个信）。"就是"沉吟"的具体内容。

⑨呦呦：鹿鸣声。苹：艾蒿。

⑩明明：指满月光辉，也指明德。《诗经·大雅·大明》："明明在下，赫赫在上。"这里则言其著见于明月。

⑪掇（duō）：取得；一作"辍"。

⑫越陌度阡：东汉应劭《风俗通》引古谚："越陌度阡，更为客主。"这里用来表示贤才远道而来。

⑬枉：枉驾。用：以。存：问候。

⑭契阔：聚散。这里是久别重逢的意思。讌（yàn）：通"宴"。

⑮匝：周。

⑯"山不"二句：《管子·形势解》："海不辞水，故能成其大；山不辞土，故能成其高；明主不厌人，故能成其众。"这里用来表示渴望贤才。

⑰"周公"二句：《韩诗外传》卷三，周公说："吾文王之子，武王之弟，成王之叔父也。又相天下。吾于天下亦不轻矣，然吾一沐三握发，一饭三吐哺，犹恐失天下之士。"这里是以周公自喻。哺，咀嚼着的食物。

译

面对美酒，自当高歌，
人生短暂，能有几多？

正像是那早晨的露水，
转瞬间就要干涸。
思绪如奔潮涌浪，
使我备觉慷慨悲凉；
更有那无端的思虑，
时时徘徊萦绕在心上。
怎样解脱我心头
那千丝万缕的烦忧？
只有那酿造美酒的杜康，
只有醉饮那杜康的美酒。
那个身着绿色衣襟的人，
时时牵挂着我的心。
为了你们的缘故，
我至今仍在深情地沉吟。
吃着沃野上的艾蒿呵，
鹿儿呦呦地欢叫。
吹起来吧，欢乐的芦笙，
奏起来吧，迎宾的曲调。
欢迎嘉宾的到来。

那满月的清辉呵
何时可以属于你？
忧思愁绪呵，
无端而起，如烟如雨。

曹操

忽有贤才，成百上千，
越过山川，跨过平原，
来到我们面前。
呵，是久别重逢的故友，
满怀着旧日的思恋，
举杯畅饮，
握手言欢。
一轮满月，
将它的光辉洒遍了环宇，
满天星斗，
顿时显得落落稀稀。
乌鹊似乎被明亮的月光惊起，
惊叫着离枝向南飞去。
绕着大树一圈圈地寻找，
寻找着自己终生的归依。

像高山不拒绝
每一粒细小的沙石
像大海不拒绝
每一颗水珠的微细。
我像当年周公一样，
犹恐失去任何一个
得到贤士的良机，
何愁天下不能统一！

评

曹操多以旧调旧题来表现新内容，此诗题也是"汉旧歌"，属相和歌辞。全篇抒写了年华易逝的感慨，表现出求贤若渴的心情和建功立业的雄心壮志。他对人生短暂的哀伤与对事业的追求，构成了全篇对立统一的两个主题、两个基本旋律。

《短歌行》按音乐来分，原有"六解"（六个乐段），按诗意则可分为四节，正好八句一节。

"对酒当歌"是产生"人生几何"这一具有普遍意义的人生命题之典型环境，而"人生几何"则是"对酒当歌"最易流露的心情，二者之间构成境与情的有机统一，遂成千古绝唱。"譬如朝露"的比喻，充满了对人生命的礼赞、留恋和叹惋。以后，无数哲人墨客为之深思，如苏轼的"人生如梦"等皆是。"慨当以慷"四句，再次归结到"酒"，与首句作一小呼应，完成了第一乐章。

前八句重在说愁，继之八句则表现思贤若渴的心情，展示第二主题。"青青"二句，用《诗经·子衿》原诗，曹操引用，并说自己一直吟诵，用意深曲，意为：就算我没有去找你们，你为什么不可以主动来投奔我呢？"呦呦"四句，仍旧用典，引《鹿鸣》四句，描写宾主欢宴的情景。以上八句两个层次，都是引古说今，以诗言志。

第三部分是前两个旋律的合一、复现，或说变奏，"明明如月"四句，是讲"忧"，后四句贤才到来，呼应"我有嘉宾"的壮志。"明明如月，何时可掇"，省略了主语或说是本体，使评论家多费猜测。它既可是对生命时光的感慨（即：人生几何），又可是求贤若渴，建功立业的胸怀（即后文之"天下归心"）；"枉用相存"，意为"枉劳存问"。贤人志士穿田越野，枉驾来归，久别重逢，谈心宴饮，畅叙情谊，欢快奚似！

第四部分承第三部分而来，"月明星稀"八句，承"明明如月"和"越陌度阡"的境界而来，从对方的角度来写。清人沈德潜《古诗源》："月明星稀四句，喻客子无所依托"，句意为古语"良禽择木而栖，贤士择主而仕"。"山不厌高"四句，则从自己的角度作出回答，所谓"泰山不让细壤，故能成其高；江河不让细流，故能成其深"是也。诗人以周公自比，结束全诗。

全诗之特色，首先是言志与抒情相结合，言志是基调，使之厚重、深沉，抒情使之具有艺术感染力。所谓"以情纬文，以文被质"（《宋书·谢灵运传论》）；其次是悲、喜两个基调相辅相成，"人生如梦"与"天下归心"两个主题交错展现，就主体而言，前者为后者服务；再次是引用的使用，借他人之酒杯，抒自己慷慨之气。

曹操本人为大政治家，故其诗毫无小家子作态，而有包举宇宙之气概。

曹丕

曹丕（187—226年），字子桓，曹操之子，是建安文坛的领袖人物。建安二十二年（217年）立为魏世子。二十五年（220年）代汉即帝位，就是魏文帝。其诗现存约40首，其中《燕歌行》是现存最早而且是艺术上很完整的七言诗。其《典论·论文》是我国文学批评史上论文专著的开始。有辑本《魏文帝集》，诗注有黄节的《魏文帝诗注》。

燕歌行①

其一

秋风萧瑟天气凉，
草木摇落露为霜。
群燕辞归鹄南翔，

曹丕

念君客游思断肠。
慊慊思归恋故乡,
君何淹留寄他方②?
贱妾茕茕守空房③,
忧来思君不敢忘,
不觉泪下沾衣裳。
援琴鸣弦发清商④,
短歌微吟不能长。
明月皎皎照我床,
星汉西流夜未央。
牵牛织女遥相望,
尔独何辜限河梁⑤?

释

①燕歌行,乐府《相和歌·平调曲》名。燕:地名,三国时即今北京,是古代北方边城。这个曲题大多用来写征人或游子思妇的离别之情。
②淹留:久留。
③茕(qióng)茕:孤独忧伤的样子。
④援:取。
⑤何辜:何故。

译

在萧瑟的秋风里,
天气渐渐转凉。

昨日那碧绿的草木，

转眼间已凋萎枯黄。

清晨时凝结在叶儿上的晶莹露珠，

也已化成了一层雪白的秋霜。

一群群的燕儿飞回去了，

一队队的白鹄向南飞翔，飞翔……

我想——

我那浪迹天涯的夫君呵！

此时此刻，定是千缕柔思、百曲柔肠！

此情此景，定然缱绻思归、翘首望乡！

既然如此，夫君呵，你又何苦

天涯做客、羁旅他乡？

爱着你、念着你的我呵，

茕茕独立，形影相对，孤守空房。

每当忧愁，如翻滚的浪潮，袭上我的心房，

我不能更不敢将对你的思念遗忘。

不觉之间，已是泪水晶莹，打湿衣裳。

拿下琴，将弦儿拨动，琴儿发出清越的声响，

而我的歌儿呵，却婉转低沉，绵绵难长。

明月呵，你那皎皎的光辉，

何时已照在我的玉床？

星河呵，你那滚动的波涛，正向西流去，

此时夜未尽,夜正长。
究竟是为了什么?
那织女与牛郎遥遥相望,
彼此相爱,却隔着浩渺难越的银河?

评

诗人以细腻委婉的笔触和明媚清丽的语言,叙写了一位女子的深沉思念。

首句用宋玉语意:"悲哉秋之为气也!萧瑟兮,草木摇落而变衰。"全篇亦多用《九辩》意:"燕翩翩其辞归兮,蝉寂寞而无声","悲忧穷戚兮独处廓,有美一人兮心不绎","专思君兮不可化,君不知兮可奈何"等,可看出《九辩》对此诗意境、立意的影响。

首三句以咏物起兴,以鲜明的时节特征,渲染肃杀悲凉的气氛,透露主人公的内在感受,唤起一种岁月飞逝、美人迟暮的生命意识。接下三句承此意脉感发而出。"念君"二字,引领出夫君怀念故乡的情景,女主人公明明是自己思念对方,却写对方思念自己,这样写首先折射出主人公的依赖感。唯其如此,她才会如此思念,至于丈夫是否真的如此,也未必知道,但也只有如此,她才会有精神的支柱。其次,这种写法曲折委婉,唐人李商隐:"何当共剪西窗烛,却话巴山夜雨时",当本于此。"君何淹留"的反问,角度转向自我,透露了主人公内心深处的情感。此句既是对上数句的反诘,又引领出自己的景况。

"贱妾"以下五句,接写自己境况。"敢"字尤为精彩,不写不"能"忘,而写不"敢"忘,正道出她以"忧来思君"为精神支柱的婉曲心态。"援琴鸣弦"是一种排遣式的克制。此二句说由于心中哀伤，弹琴唱歌，不觉发出短促激越的声音，很难弹唱舒缓平和的乐曲，一如邓世昌之弹奏"十面埋伏"，岳飞之"弦断有谁听"。

"明月皎皎"四句，写出了时间的变化，暗示主人公思念之久，所谓"不眠知夕永"是也。同时，景物之变幻，也引发主人公新的喟叹。"明月"句，从古诗"明月何皎皎，照我罗床帷"中化出。此句说，满天星斗与天河在流转，时光飞逝，时不我与。与前文之秋景的描述共同揭示了时光、生命、爱情的主题。即屈原所说："汩余若将不及兮，恐年岁之不吾与……日月忽其不淹兮，春与秋其代序。"结句以"牵牛织女"的故事反诘，既合于眼前之景，又合于心中之情，说牛女有什么罪过，为什么被阻隔在银河两边，不能相会？将一腔绵绵思情，化入无垠宇宙。以此结篇，情入杳渺，境入空蒙，其余味可谓无穷。

沈德潜评曰："子桓诗有文士气，一变乃父悲壮之习矣。要其便娟婉约，能移人情"（《古诗源》），极是。

以上是笔者二十余年之前的解读，兹抄录拙作《曹植甄后传》的相关研究，以飨读者。

此诗千百年来一直作为曹丕的代表作而流传于世，此前，笔者以学术的视角从很多方面加以考辨，现在来看，已经不必。相信从前面阅读下来的读者，已经可以自我辨析，此诗必不是曹丕的作品。

有学者曾经争辩过，曹丕、曹植兄弟谁的诗作写得更好？有不少学者认为，曹丕诗"便娟婉约，能移人情"，高于曹植。一个"矫情自饰"的皇帝，其诗作能感动千万后人，而他又不是李后主"以血书者"，终日以泪洗面的遭际，怎能写出"贱妾茕茕守空房，忧来思君不敢忘"这样的悲情?一个写作有"行为臣当尽忠,愿令皇帝陛下三千岁,宜居此宫"的人,又怎能写出"明月皎皎照我床,星汉西流夜未央"这样圆润深情的诗句?面对一条阻挡恋人相会、阻挡牛郎织女相会的天河,怎么会从心底发出"牵牛织女遥相望,尔独何辜限河梁"这样的悲情呼喊?《燕歌行》,为甄后之作无疑,后来魏明帝重新整理曹植文集之际,给了其夫曹丕,以后世世代代相传于后,遂为曹丕之作。

尝试比较以上三首七夕织女诗作,显然是有内在联系的一组诗作。其写作次序,首先是十九首中的《迢迢牵牛星》,写作时间最早,应该就在七夕稍后的初秋,甄后首次接到来自曹植的绝情书《君子行》:"君子防未然,不处嫌疑间。瓜田不纳履,李下不整冠。嫂叔不亲授……"刚刚写作了痛斥冯子都,骂走了曹丕,拒绝了三至三让的皇后诏书,读到了这样绝情的书信,情何以堪?所以,此一首诗作,只写了一个字:痛!她不停地织布,希望能通过织布来麻醉她痛苦的心灵:

> 迢迢牵牛星,皎皎河汉女。纤纤擢素手,札札弄机杼。
> 终日不成章,泣涕零如雨。河汉清且浅,相去复几许?
> 盈盈一水间,脉脉不得语。

结果却是"终日不成章,泣涕零如雨",在这终日的织布劳作之中,她幻觉自己已经是那传说中的织女,两人之间,不过是相隔黄河而已,并不难相见,为何就是不能相见呢?两人之间,不过是盈盈一水之间,为何就是不能沟通呢?

所以，这一首在在显示了一种遭到突如其来打击的惨痛，由惨痛而织布，由织布终日不能成章，终日泣涕如雨，从而联想到古人记载的织女的故事，自己不就是那个织女吗？可以说，这就是织女故事由天上而人间的最早创造。再看第二首：

> 明月皎夜光，促织鸣东壁。玉衡指孟冬，众星何历历。
> 白露沾野草，时节忽复易。秋蝉鸣树间，玄鸟逝安适。
> 昔我同门友，高举振六翮。不念携手好，弃我如遗迹。
> 南箕北有斗，牵牛不负轭。良无盘石固，虚名复何益？

这一首，显然沉静了或说冷静了很多，时间也显然比七夕为晚，诗人已经由突遭打击的痛哭之中平静下来，开始冷静地诉说，痛斥对方的"昔我同门友，高举振六翮。不念携手好，弃我如遗迹。南箕北有斗，牵牛不负轭。良无盘石固，虚名复何益？"同时，也哀哀诉说自己的无助："秋蝉鸣树间，玄鸟逝安适。"我已经拒绝了皇后的诏书，你让我这个空有皇后名义的玄鸟，到何处去度过我的余生呢？更以"白露沾野草，时节忽复易"来暗示对方的绝情和变易。再到第三首：

> 秋风萧瑟天气凉，草木摇落露为霜。群燕辞归鹄南翔，念君客游思断肠。
>
> 慊慊思归恋故乡，君何淹留寄他方？贱妾茕茕守空房，忧来思君不敢忘。
>
> 不觉泪下沾衣裳，援瑟鸣弦发清商，短歌微吟不能长。

> 明月皎皎照我床，星汉西流夜未央。牵牛织女遥相望，尔独何辜限河梁？

此一首更趋冷静，不复痛哭，不再指责，而是反复申明自己对恋人的思恋："念君客游思断肠"，诉说自己对恋人"君何淹留寄他方"的不能理解，申诉"忧来思君不敢忘"的衷心，不敢忘，含蓄多少情愫？结句几乎是在哀求："牵牛织女遥相望，尔独何辜限河梁？"即便我们是牵牛织女，至少一年一次有个相会吧？读至此，即便是铁石心肠也会痛哭流涕的，曹植是不能不答应这个几乎是以生命呼喊出来的要求的吧？

从篇中描写来看，此诗作者精通乐器、精通音乐，"不觉泪下沾衣裳，援瑟鸣弦发清商，短歌微吟不能长"，不仅仅是精通音乐，而且是一边弹奏曲调，一边沉吟唱出自己创制的歌词的。这样的女诗人，汉魏时期、曹魏时期，非甄后莫属。

此诗在制式上至少有两个方面在汉魏时期，是前无古人的创制。其一，是七言诗的体制，为此前所无；其二，在偶句的基本节奏中，突然出现三句一组的奇句。这说明什么？这说明这一首诗作的作者，同时也是这一曲调的创制者。为何要有这些突破？作者已经给出解释"短歌微吟不能长"，五言句式和此一组句的篇幅都不能满足自己感情表达的需要。这一种情况，唯有词曲作者同出一手方才可以灵活处置。而能够做到这一点的，汉魏时期、曹魏时期，唯有甄后而已。曹丕会弹棋，但未尝有他精通音乐的记载。

"牵牛织女遥相望，尔独何辜限河梁？"再细读这两句诗的含意，其中一个"尔"字，分明是使用第二人称方式，透露出诗作者是写给对方的，再细读，又分明能辨析出来，是写给人间的牵牛的。原意的解读应该是：即便是天上的牵牛星和织女星，虽然遥遥相望，但每年七夕，还可以金风玉露一相逢，胜却人间无数，而你呢？为何无辜地自画牢笼，局限在天河的彼岸？

此诗情感极为深邃，而用语却极其平易，"秋风萧瑟天气凉，草木摇落露为霜"，字字句句，不啻口出。此类作品，乃从丰富的情思中酿造提炼出来的，绝非模拟女性者之所作也。

由以上诸多方面的分析，此诗应为甄后之作，时间应该是在《迢迢牵牛星》两个月之后的时光。诗中说"贱妾茕茕守空房，忧来思君不敢忘"，如此之深的恋情，是忘不掉的，而且，愈是压抑，愈是难以忘怀。压抑有多深，思恋就有多浓。双方其实都一样，痛苦地意识到，没有了这份情，肉体的存在，就成了行尸走肉。所以才会有"不敢忘"的说法，忘记，即意味着生命成了一片废墟。

曹植

曹植(192—232年),字子建,曹操之子,建安时代最杰出的诗人。从小跟着其父在军旅中长大,天资聪敏,很受宠爱,几乎被立为世子。曹丕即位后,他受到严酷的压迫,一再贬爵徙封。四十一岁因病去世。曹植的诗歌现存90多首,绝大部分是五言诗。风格清新壮健,语言自然流丽,内容主要表现执着地追求政治理想和个人抱负的实现,后期则更多表现其反抗迫害和愤慨不平的思想感情。清人丁晏编有《曹集诠评》。

七哀①

明月照高楼,流光正徘徊。
上有愁思妇,悲叹有余哀②。
借问叹者谁?言是宕子妻③。
君行逾十年,孤妾常独栖。

君若清路尘,妾若浊水泥。
浮沉各异势,会合何时谐④?
愿为西南风,长逝入君怀。
君怀良不开,贱妾当何依?

释

①七哀:《文选》列于哀伤诗类,不入乐府。用本题名篇的作品,内容不尽相同。本篇《宋书·乐志》收入《楚调·怨诗》,《乐府诗集》因而题作《怨歌行》,诗中写闺怨,可能有所寄托。

②余哀:不尽的悲哀。

③宕子:游子。

④谐:顺心如愿。

译

月华如水照在高高的楼台,
如水的流光正在游移徘徊。
楼台上有一位多愁的思妇,
那一声深深的叹息里,
有着多少难言的悲哀。

借问一声,那叹息的妇人是谁?
据说她是游子之妻。
夫君呵,你浪迹天涯已过十载,
孤独的我,夜夜独卧独栖。

曹植

夫君呵，你就像是那飘浮不定的尘土，
我就是那混于浊水的尘泥。
那飘浮的尘土与浊泥本不相同，
二者怎能走到一起？

我就做那西南风吧！
西南风还可消逝在您的怀抱。
可是，如果您的胸怀
不对我这风儿敞开，
何处呵，才是我的归依。

评

　　宋人刘克庄曾评曹植的《赠白马王彪》"忧伤慷慨，有不可胜言之悲"（《后村先生大全集》），实际上，子建后期的诗作，大多具有这种特点，只不过由于环境的不断恶化，他不得不时时收敛笔锋，化慷慨为委曲，变直言作象征，从而形成曹植诗歌具有独特风格的象征艺术，譬如诗人在《美女篇》中以"盛年处房室，中夜起长叹"的美女形象象征自己有志不获骋的郁闷心情；在《杂诗》中借南国佳人"俯仰岁将暮，荣耀难久恃"的哀叹发泄诗人的愤懑不平之气，都属此类，而《七哀》诗更是子建象征艺术的力作。

　　《七哀》一诗写的是一个思妇形象，然而，这一形象又是诗人自我的象征。诗人将这两个似乎毫无关联的事物融为一体，既写实，又象征，结合得自然具体，天衣无缝；而读者读此诗时，一方面会感受到一位感人至深的"思妇"形象，也只有体味那思妇形象的象征内涵,才会感到和体味出那无言痛苦的深沉。

此诗全篇象征托喻,尤以起首句、结尾句最为精彩。

起首句"明月照高楼,流光正徘徊",用西汉李陵诗"明月照高楼,想见余光辉"的句式,但两相比较,曹子建此二句显然超越前人甚远,李诗质直而少味,而曹诗却可说是"物外传心,空中造色"(王夫之语)。诗人用"徘徊"二字,使无情无感的明月流光,也染上了几多愁思,从而为全诗,特别是为主人公"思妇"的出场渲染出了浓郁的惆怅气氛。

美好、皎洁的月光在诗人笔下为什么是"徘徊"惆怅的呢?原来,这月光是"愁思妇"眼中的月光,高楼上的这位"思妇"一定是在此徘徊很久了,明月的圆缺,更勾起了这位妇女对亲人的思念,而月光的徜徉徘徊,也正是思妇彻夜不眠、内心哀思的见证。从诗人的行文看,文气十分顺畅。由"徘徊"的月光托出高楼上的"愁思妇",然后用一"借问"引出思妇的身份:"言是宕子妻。"由"游子"很自然引出"君行逾十年,孤妾常独栖"的哀叹等。

全诗自"言"字之后,都是思妇之语,也是诗人对思妇痛苦内心世界的深刻揭示。诗人没有作简单平板的叙述,而是接连用喻、妙笔生花;君如路之清尘,而自己如同是水中之浊泥,清尘飞扬而浊泥下沉,会面的愿望何时能够得以实现呢?这无疑是痛苦的呼喊,无望的哀叹。然而,思妇之心(也是诗人之心)不肯承认这现实,她(他)要奋羽高翔,追求理想的实现——"愿为西南风,长逝入君怀",思妇没有幻想自己化为一只飞鸟是因为鸟儿是有形的,难以从"猎人"的箭下逃脱吧!她幻想自己化为无影无形的"西南风",飘飘然消逝在夫君那温暖的怀抱。子建如在此处止笔,全诗就是一个喜剧般的结局了——虽然是幻想的幸福。然而,曹子建的生活使他不可能相信这幻想,诗人宕下一笔,发出了最绝望的哀鸣:"君怀良不开,贱妾当何依?"读之,真使人潸然泪下。这其中的滋味,也真让读者回味不已,如宋人吕本中所评:"思深远而有余意,言有尽而意无穷也。"(《童蒙诗训》)这也正是象征艺术的妙处所在吧!

阮籍

阮籍（210—263年），字嗣宗，陈留尉氏（今河南开封）人，"建安七子"之一阮瑀的儿子，与嵇康等并称"竹林七贤"。他本有济世壮志，但迫于司马氏黑暗统治，只能谈玄纵酒，故作狂放，以反抗当时的政治和虚伪的礼教。他的主要作品是82首五言《咏怀》诗，这组诗用比较隐蔽曲折的比兴手法，表达了自己的抱负与苦闷，暴露和抨击了当时社会的黑暗，但是也流露了不少远避保身的消极思想。散文以《大人先生传》最有战斗性。有辑本《阮步兵集》。

咏怀

其一[①]

夜中不能寐，起坐弹鸣琴。
薄帷鉴明月[②]，清风吹我襟。

阮籍 ·295

孤鸿号外野,翔鸟鸣北林③。
徘徊将何见?忧思独伤心。

释

①旧说本篇有序诗的用意。

②帷:帐幔。鉴:照见。

③北林:北面的树林。《诗经·秦风·晨风》:"鴥彼晨风,郁彼北林。未见君子,忧心钦钦。""北林"因此又暗含着思念与忧心的意思。

译

夜已深,而我却依然难以入睡,

披衣起坐,

弹响我心爱的弦琴。

薄薄的床帷,

透过了皎洁的月光,

如明镜般澄清。

清爽的夜风,

徐徐吹来

拂动着我的衣襟。

夜空里,

有孤独的鸿鹄,

悲鸣着飞过;

有孤独的飞鸟,

悲鸣着翔过北林。
待我步出门，
却又杳然而去，踪迹难寻。
只剩下孤独的我，
冷冷的，
在月光下徘徊，
种种的忧愁思绪，
令我伤心。

评

《咏怀》诗现存82首，是阮籍平生诗作的总题。由于生活在政治黑暗的魏末晋初时代，阮籍之诗大多隐晦曲折。刘宋时期的颜延之说："阮籍在晋文代常虑祸患，故发此咏。"（《文选李善注引》）李善也说："（阮籍）虽志在刺讥，而文多隐避，百代之下，难以猜测。"（《文选·咏怀诗注》）

本诗是《咏怀》的第一首，它典型地体现了上述诸特点，用现代的批评术语来说，它近乎一首朦胧诗，写了"明月""清风""孤鸿""翔鸟"，也写了自己不寐而弹琴，写了自己的"徘徊""忧思"，但却没有指明或暗示其具体内容。清代一些学者往往征引史实来考证其所指，结果往往是反失其旨趣。其中方东树之见"此是八十一首发端，不过总言所以咏怀不能已于言之故"（《昭昧詹言》），较为贴近。

其实，如果能透彻地了解阮籍其人，此诗也并不难解。阮籍"本有济世志，属魏、晋之际，天下多故，名士少有全者，籍由是不与世事,遂酣饮为常"(《晋书·阮籍传》)。正如他"醉六十日",以使文帝之"为武帝求婚于籍",终于"不得言而止"一样,"酣饮"不过是他用以逃避现实的手段,内心的痛苦却是无法排遣的。史书中"时率意独驾,不由径路,车迹所穷,辄恸哭而反"的描写,就是他痛苦内心的深刻表现。所以这首诗,只要看他"孤""独"二字,就不难"曲径通幽"了。

此诗起首,诗人就把读者引入了一个孤冷凄清的夜境:"夜中不能寐,起坐弹鸣琴。""酣饮为常"的诗人在此众生入梦之时,却难以入睡,他披衣起坐,弹响了抒发心曲的琴弦。这是从实景来理解。然而,也不妨把这"夜"看成是时代之夜,在此漫长的黑夜里,"众人皆醉我独醒",这伟大的孤独者,弹唱起了具有里程碑意义的诗章。"英风截云霓,超世发奇声"(《其六十一》)呵!

在三四句中,诗人进一步描写这个不眠之夜。清人吴淇说:"'鉴'字从'薄'字生出堂上止有薄帷。堂上帷既薄,则自能漏月光若鉴然。风反因之而透入,吹我衿矣。"(《六朝诗选定论》)进一步,我们还可以从这幅画面的表层意义上,感受到诗人的旨趣。诗人写月之明、风之清,正衬托了自己的高洁不群;写"薄帷"、写"吹我襟",真让人感觉冷意透背。这虽非屈子那种"登昆仑兮食玉英"的浪漫境界,但那种独立危行、不被世俗所理解的精神却是一致的。

第三第四句,诗人着重从视觉、感觉的角度描写,第五第六句不但进一步增加了"孤鸿""翔鸟"的意象,而且在画面上还增添了"号""鸣"的声响。这悲号长鸣的"孤鸿""翔鸟"既是诗人的眼中之物、眼前之景,又是诗人自我的象征,它孤独地飞翔在漫漫的长夜里,唱着一曲哀伤的歌。"北林"与"外野"一起进一步构成了凄清幽冷之境界。

结尾二句，诗人的笔触从客体的自然回到主观的自我，有如庄周梦为蝴蝶后"蘧蘧然而觉"，心里有无限感慨，却又无处诉说。他也许想到许多许多："壮士何慷慨，志欲威八荒"（《其三十九》），却"终身履薄冰，谁知我心焦"（《其三十三》），"独坐空堂上，谁可与欢者"（《其十七》）。诗人永远得不到慰藉，只能是无限地忧思，孤独地徘徊。

纵观全诗，似是"反复零乱，兴寄无端"（沈德潜语），"如晴云出岫，舒卷无定质"（王夫之语），但如果把握了诗人"悲在衷心"的旨趣，就自可理解这首"旷代绝作"。"言在耳目之内，情寄八荒之表"，钟嵘在《诗品》中对阮籍诗的评价，当是不易之论吧！

咏怀

其十七

独坐空堂上，谁可与欢者？
出门临永路，不见行车马。
登高望九州，悠悠分旷野。
孤鸟西北飞，离兽东南下。
日暮思亲友，晤言用自写。

译

独坐在空堂之上，
谁人是我的知音？

家门对着四面通达的大路,
却不见有车马光临。
登高眺望大地,
茫茫旷野为九州所分。
孤鸟向西北飞去,
东南方有一只兽儿离群。
日色将暮,我更加思念亲人。
渴望促膝相谈呵,
宣泄一下,这颗孤寂的心!

咏怀

其十九[①]

西方有佳人,皎若白日光。
被服纤罗衣[②],左右佩双璜[③]。
修容耀姿美,顺风振微芳。
登高眺所思,举袂当朝阳。
寄颜云霄间[④],挥袖凌虚翔。
飘飖恍惚中[⑤],流眄顾我傍[⑥]。
悦怿未交接,晤言用感伤[⑦]。

释

①本篇歌咏一位女神容貌举止的优美,末尾感伤自己不能和她交往。是托言伤志之作。

②被服:穿着。纤:精细。

③璜:一种佩玉。把中间有孔的"璧"一分为二,便是"双璜"。

④寄颜:托迹。

⑤飖(yáo):随风摇动。

⑥盻:斜着眼睛看。

⑦晤言:通"寤言",觉醒以后。

译

西方有一位漂亮的女子,

就像是皎洁明亮的白月之光。

身着制工精细的罗衣,

佩着垂拂左右、凹面朝上的璧玉一双。

美丽的容颜呀,与窈窕的身材辉映,

微风轻拂,送来缕缕醉人的幽香。

登高远望,似是思念心中之所想,

举起长袖,似是遮挡耀眼的朝阳。

倩影浮游在云霄之间,

衣袖挥舞似翱翔的翅膀。

飘飘摇摇,迷离恍惚,

似乎对我流盼着多情的目光。

我心满是爱的喜悦,却也满是爱而不得的感伤,

大梦醒来,我心中满是感伤。

咏怀

其三十一①

驾言发魏都,南向望吹台②。
箫管有遗音③,梁王安在哉?
战士食糟糠,贤者处蒿莱④。
歌舞曲未终,秦兵已复来。
夹林非吾有⑤,朱宫生尘埃。
军败华阳下⑥,身竟为土灰。

释

①本篇凭吊战国时魏国的古迹吹台,有慨讽时政的寄托。

②吹台:魏王宴乐的地方,遗迹在今开封市东南。

③遗音:指战国时遗留下的音乐。

④蒿莱:草野。

⑤夹林:吹台中的林苑。吾:代魏王自称。

⑥华阳:今河南省新郑县东。公元前273年,秦兵围大梁,破魏军于华阳,魏割地求和。

译

车驾向着当年魏国的都城滚滚而来,

我向南瞩望,

当年魏王宴乐的吹台。

耳边似乎有战国时代箫管的余音,

而当年为之演奏的魏王如今安在？
让勇战之士吃猪狗食一般的糟糠，
使圣贤之人默默无闻潦倒在野外。
你那美妙的轻歌曼舞一曲未终，
虎狼般的秦兵已越过边境的险隘。
"呀！我的夹林呀，再不属我所有"，
朱色的宫殿，早已被尘土掩埋。
魏军在华阳城下全军溃败，
魏王那高贵的身躯，
也早已化为尘埃。

评

以上三首，亦为《咏怀》中之佼佼者。三首的写法不同，第一首以诗人之自我的视角，写出了独自面对世界的孤独与悲哀，"独坐空堂上，谁可与欢者？出门临永路，不见行车马。"喧嚣的世界，原本并不乏车马行人，诗人眼空无物，特立独行，无人可语，才会有"不见行车马"的悲哀。此诗以独抒胸臆为主要特色，其中也有"孤鸟西北飞，离兽东南下"的意象，"孤鸟""离兽"者，均为诗人自我之象征也。

第二首则相反，以比兴手法为其主要特色，诗中的"西方""佳人"，既可视作诗人之自我，也可视作诗人理想中的客体、理想中的境界。

第三首则以古说今，感慨不已。"箫管有遗音，梁王安在哉"，将浩茫之历史，微缩为短短的一瞬，而"战士食糟糠，贤者处蒿莱"更是千古名句，具有令人叹服的概括力。

此三首的胸襟气度皆可称为阔大雄奇，视角恢宏，诚为佳作。

张华

张华(232—300年),字茂先,范阳方城(今河北固安)人,早年生活贫苦,因得到阮籍的赏识,渐为时人所重。他博闻强识,有政治才能,晋统一后,声望很高,曾任中书监令,因伐吴有功封侯。后因拒绝参与司马伦和孙秀的篡夺阴谋,被害。著有《博物志》等。现存诗歌30首,情调舒缓,工于写情状物。有辑本《张司空集》。

情诗

其五

游目四野外,逍遥独延伫①。
兰蕙缘清渠,繁华荫绿渚②。
佳人不在兹,取此欲谁与?
巢居知风寒,穴处识阴雨。

不曾远别离,安知慕俦侣?

释

①延伫:久立。

②缘清渠:沿着清渠生长。繁华:指兰蕙。华:即花。荫:覆。

译

独自去那原野里游春采秀,

逍遥自在地在美丽的景色前逗留。

兰花、蕙草沿着清水渠岸散发着清馨,

像星星般眨眼,覆盖了碧绿的小洲。

心中的爱人呵,不在眼前,

我采摘这花束又能送给谁?

住在巢窝中的鸟儿呵,

才知道疾风的严寒,

宿在洞穴里的虫蚁呵,

才知道阴雨的苦难。

不曾远别的情侣呵,

未曾体会过情侣远别的滋味,

怎能懂得羡慕热恋中的如胶似漆?

评

《情诗》共5首,都是游子思妇的主题,后人评张华的诗"儿女情多,风云气少",观其《情诗》,信也!今日所用之"情诗"一词,盖缘于止乎?

　　此诗是由"游目四野外,逍遥独延伫"所引发,"逍遥"为"游目四野"的审美观照的心态,"延伫"则是孤独无侣的忧郁心态,"独"字透露了其中的消息。"兰蕙缘清渠,繁华荫绿渚",承接"游目四野"而来,却又包涵了"独延伫"的心态,自然界的生机勃勃,正是人类情爱的暗喻。以下的坦露可证:"佳人不在兹,取此欲谁与?巢居知风寒,穴处识阴雨。不曾远别离,安知慕俦侣?"结句为名句,其意义已经超出人类的爱情体验,而引申到对于一切实践体验的认知。

左思

左思(250—约305年),字太冲,临淄(今山东淄博)人。因妹左棻入宫为妃,移居京师,曾以十年时间写成《三都赋》,一时洛阳为之纸贵。其诗存14首,表达自己建功立业的抱负,揭露和讽刺门阀统治的不合理,显示出蔑视士族权贵的英雄气概。风格高亢雄迈,语言精切,形象鲜明。作品主要见于《文选》和《玉台新咏》。

咏史

其二

郁郁涧底松,离离山上苗①,
以彼径寸茎②,荫此百尺条③。
世胄蹑高位④,英俊沉下僚。
地势使之然,由来非一朝。

左思

金张藉旧业,七叶珥汉貂⑤。
冯公岂不伟,白首不见招⑥。

释

①离离:分散成行的样子。苗:小草。

②径寸茎:直立一寸的茎。

③百尺条:指松。

④世胄:世族子弟。

⑤"金张"二句:汉代的金日䃅(dī滴)从汉武帝时起,历七个朝代,世代是宫廷中的宠臣。《汉书·张汤传》说:"功臣之世,唯有金氏、张氏,亲近贵宠,比于外戚。"七叶:七世。珥(ěr):插。貂:指貂尾。汉代侍中、中常侍等官帽上插貂尾。

⑥"冯公"二句:汉朝冯唐,文帝时年已七十左右,仍是小官,作中郎署长。伟:人才出众。招:指被皇帝召见重用。

译

君不见

那青翠繁茂的松树,

却被压抑在

山谷下面;

那枯黄萎落的小草,

却生长在

山峰之巅。

那渺小的小草,

遮盖了松树的伟岸。
君不见
那些无才的高门子弟，
占据着高位，
把握着权要；
而那些出身寒门的俊杰，
却寄人篱下，
穷困潦倒。
这正如那谷底的青松
与山巅的小草，
是地势不同所致，
这种状况由来已早。
君不见
那汉代的金、张两家，
子孙世代都做官在朝，
而那才华盖世的冯唐，
头发已白，却还在
等待朝廷下诏。

评

此篇愤慨于当时"上品无寒门，下品无世族"之九品中正制。清人何焯评此首创作动机："'郁郁'起首，良图莫骋，职由困于资地。托前代以自鸣所不平。"

手法上，首先是托寄于松、草，以具象出之。"涧底"与"山上"

暗藏对比，"松"与"苗"的对比，为下句埋下伏笔。"径寸"与"百尺"为明对，鲜明揭示自然界之不合理现象，以暗示人类社会之不平等现象。

"世胄"两句，为本篇之主旨、之眼线、之精华，前面四句伏笔，都是为托出此句，具有高度的概括性与哲理性，是人类社会不平等现象的一个哲理性的概括。此前屈原有"黄钟毁弃，瓦釜雷鸣；谗人高张，贤士无名"的悲叹；阮籍《咏怀》中有："战士食糟糠，贤者处蒿莱"（《咏怀·其三十一》）的吟唱，左诗当有借鉴，但其艺术魅力又位于其上。左思在《咏史·其七》中有："何世无奇才，遗之在草泽。"

"地势"之句，挽合自然、社会两方面，并再一次引入社会，引入史事，点出所咏之史。"金张"以下四句用两组事。结处以"冯公岂不伟，白首不见招"点明主题。

陆机

陆机（261—303年），字士衡，吴郡华亭（今上海松江）人，西晋文学家。祖逊，父抗，都是东吴名将。吴灭后，家居读书十年，太康末与弟陆云入洛阳，文才倾动一时，世称"二陆"。曾任平原内史。后从成都王司马颖讨伐长沙王，兵败被诬遇害。其诗留存共104首，最能代表太康诗风，有《陆士衡集》。

赴洛道中作[①]

其二

远游越山川，山川修且广。
振策陟崇丘，案辔遵平莽[②]。
夕息抱影寐，朝徂衔思往[③]。
顿辔倚嵩岩，侧听悲风响。

陆机

清露坠素辉④,明月一何朗。
抚枕不能寐,振衣独长想⑤。

释

①太康十年(289年),陆机离开故乡前往洛阳,途中写了这两首诗。

②陟(zhì):登上。崇丘:高岗。案:通"按"。辔(pèi):马缰绳。遵:沿着。

③徂(cú):往,这里指启程。

④素辉:月光,或月光中的露珠。

⑤振衣:指不寐而起。

译

告别故乡,
远游洛阳,
越过多少河流山梁——
山峻高呵水流长。
挥动马鞭,
登上那高高的山岗。
按住马缰,
在平坦的原野徜徉。
天边沉沦了一抹
残阳,
我拥着影儿进入

梦乡；

清晨时启程，

伴着淡淡的哀伤。

勒住我那急驰的骏马呵，

倚靠着险峻的山崖，倾听

悲风鸣响。

清清的露水里，折射着

晶莹的月光——

明月呵，是何等的澄澈明亮！

我再也难以入睡，

披衣而起，默默地

凝想。

评

　　陆机是东吴著名将领陆逊家族的子弟，吴亡后，陆机兄弟于太康十年奔赴晋都洛阳，名动京师。但以亡国者的身份奔赴征服者之都，其心境毕竟是复杂的，是忐忑不安的。这首《赴洛道中作》正是诗人当时复杂心境的表现。但是，诗人并没有作直接的抒发，而是将这种复杂的心境融入沿途的景物之中，以景写情，从而在中国古典诗歌的意象形成史上，拥有了一席之地。如"夕息抱影寐，朝徂衔思往。顿辔倚嵩岩，侧听悲风响"的孤独与悲哀，"清露坠素辉，明月一何朗"的解脱，与"抚枕不能寐，振衣独长想"的又一次沉沦，都是这种复杂心绪的表现。

陶渊明

陶渊明（365—427年），字元亮，一说名潜字渊明，寻阳柴桑（今江西九江）人。出身于没落士族，曾祖陶侃是东晋重臣，祖父做过太守，父早死，母为东晋名士孟嘉的女儿。陶渊明早年原抱有济苍生的壮志进入仕途，曾应征任江州祭酒，但不久就难于忍受仕途的污浊，辞官归去，后又迫于生计，出任镇军参军、建威参军、彭泽令等职，任彭泽令只八十余日便弃官归去，从此躬耕隐居。死后世人尊称为"靖节先生"。

陶渊明是中国古代伟大的诗人之一，其人生道路和诗歌创作都对后世产生了深远的影响。其诗现存125首，其中一类为继承汉魏以来抒情言志传统而加以发展的咏怀诗，一类是几乎很少先例的田园诗，可说是开拓了田园诗派。他平淡自然的审美特质，对中华民族文化传统的影响更可说是深入骨髓的。有萧统编定的《陶渊明集》、清人陶澍编注的《靖节先生集》等。

归园田居

其一

少无适俗韵,性本爱丘山。
误落尘网中,一去十三年。
羁鸟恋旧林,池鱼思故渊。
开荒南野际,守拙归园田。
方宅十余亩,草屋八九间。
榆柳荫后檐,桃李罗堂前。
暧暧远人村,依依墟里烟。
狗吠深巷中,鸡鸣桑树颠。
户庭无尘杂,虚室有余闲。
久在樊笼中,复得返自然。

译

少年时,我的志向
就非同一般。
生性所爱只在山水自然。
不幸误落入世人的尘网,
就像只可怜的鸟儿
落难,
这一次出仕,
竟然去了十三年。
我像是笼中的鸟儿,

陶渊明

忆恋着当年曾自由自在地
嬉耍过的花草林间；
我像是池中的鱼儿，
思念着当年曾自由自在地
遨游过的江海波澜。
呵！我的乐园，
在南边的野外，
开荒种田，
从此呵，我就伴着我那不合时宜的理想，
伴着我那亲自开垦的田园。
那田园有十几亩方圆，
那草屋也不过十几间。
榆树呀，柳树呀，
在房后已经
碧绿有荫；
桃树呀，李树呀，
已经开花一排排在堂前。
远远的村落，
在暮霭里朦胧依稀；
时时飘着袅袅的炊烟。
远处，时有几声狗叫传来，
高处，有鸡儿欢唱在桑树之巅。
明窗净几，
一尘不染。

闲静的家中,
是如此的静谧、安适。
呵!
那只笼中的鸟儿呵,
终于飞向了蓝天,返回了自然。

评

  这组诗约作于陶渊明从彭泽弃官归隐的次年,时年四十二。对此诗中年龄,有版本说他"一去三十年",当是"十三年"之误,陶潜自太元十八年(393年)为江州祭酒,至彭泽弃官,共十二年。次年作这诗。正好十三年。

  此诗集中地表达了他厌恶官场、喜爱自然的情怀。说自己"少无适俗韵,性本爱丘山",把出外做官说成是"误落尘网中,一去十三年"。而自己的心情犹如"羁鸟恋旧林,池鱼思故渊"。现在,自己回到家乡,"开荒南野际,守拙归田园。方宅十余亩,草屋八九间。榆柳荫后檐,桃李罗堂前。暧暧远人村,依依墟里烟。狗吠深巷中,鸡鸣桑树颠。户庭无尘杂,虚室有余闲。"感觉正如"久在樊笼中,复得返自然"的飞鸟一样。全诗无一修饰,怡然自得的情绪和美丽的乡村景物却都历历在目。

归园田居

其三

种豆南山下,草盛豆苗稀,

陶渊明

晨兴理荒秽①,带月荷锄归②。
道狭草木长,夕露沾我衣。
衣沾不足惜,但使愿无违③。

释

①晨兴:早起。荒秽:荒芜。
②荷:以肩扛。
③愿:指"归园田居"的志愿。

译

种豆在南山之下,
杂草丛生,豆苗儿稀稀拉拉。
每日我黎明即起,
去豆园锄草耪地。
入夜了,才扛着锄儿回,
伴着一轮明月的清辉。
田间的小道狭狭窄窄,
繁茂的草木将小路遮盖。
露水滚动在草叶上,
不觉间已打湿了我的衣裳。
衣服湿了没有什么遗憾,
只要我理想的田园生活不变。

评

此诗是描写陶渊明劳动生活的代表作。虽写劳动,其主旨却并非写劳作之艰辛,而是表现一种审美情趣。"晨兴理荒秽,带月荷锄归",这是一幅何等美妙的荷锄夜归图。艰辛自是艰辛,诗人也说"道狭草木长,夕露沾我衣",但是,"衣沾不足惜,但使愿无违"呀!后两句正可以看作是此诗的眼线,是透露诗人心绪之所在。后来,曹雪芹笔下的黛玉葬花、荷锄吟诗,正源于此。只不过黛玉的荷锄葬花,脱离了劳作本身,成为纯粹的一种审美境界。

饮酒①

其五

结庐在人境②,而无车马喧。
问君何能尔?心远地自偏。
采菊东篱下,悠然见南山。
山气日夕佳③,飞鸟相与还④。
此中有真意⑤,欲辨已忘言。

释

①这一组诗的原序说:"余闲居寡欢,兼比夜已长,偶有名酒,无夕不饮。顾影独饮,忽焉复醉。既醉之后,辄题数句自娱。纸墨遂多,辞无铨次。聊命故人书之,以为欢笑尔。"旧说多以为是晋安帝义熙十二、十三年(416、417年)之作,但据诗中"行行向不惑"和"是时向立年""拂衣归田里。冉冉星气流,亭亭复一纪"等看来,似当是四十一二

岁时，义熙元、二年（405、406 年）之作。

②结庐：寄居。

③日夕：傍晚。

④相与：结伴。

⑤此：指眼前的情景。真意：真实淳朴的体会。

译

生活在人间，

却没有车马的嚣喧。

你问我为何能如此，心灵清远，地自静偏。

采摘菊花在东篱之下，悠然间，

那远处的南山映入眼帘。

山气氤氲，夕阳西落，傍晚的景色真好，

更兼有飞鸟，结着伴儿归还。

这其中有多少滋味要表达，欲要说明，

却又忘记了语言。

评

《饮酒》诗共 20 首，非一时之作，多为多次饮酒之后所作，内容多寓感慨，与"饮酒"之事无关。本篇为陶诗之代表作。

在陶渊明之前，封建时代知识分子在人生认识上，似乎还是屈原所树立的那种忠君爱民、以死报国的理念占据着统治地位，而陶渊明却把出仕从政看作是为了生存或某种虚幻的名利而使自己的心神（精神）为形体所役使："既自以心为形役，奚惆怅而独悲？"发出了

"寓形宇内复几时！曷不委心任去留，胡为乎遑遑欲何之"的断喝，并且身体力行地归耕于田园。这样，陶渊明就为屈原之后的中国古代知识分子另辟新径，提供了一种新的人生追求、一条新的人生道路。屈、陶一进一退，一仕一隐，可说是奠定了中国知识分子人生观的两种基本模式。以后，无论是王维、白居易式的亦官亦隐，还是苏东坡那种仕隐矛盾，进退合一的双重心理，都是从屈、陶的两种基本模式中变化而来的，这一点，贯穿于整个封建时代。陶诗的意义则与这种思想密切相关。首先，田园生活为他提供了新的审美客体——"怀良辰以孤往，或植杖而耘耔。登东皋以舒啸，临清流而赋诗"（以上均引自《归去来兮辞》），从而开创了田园诗派；其次，与田园题材及其人生追求相契合，平淡自然成了他的美学追求，这一点，使他在"俪采于百句之偶，争价于一字之奇"的"采俪竞繁"的六朝时代，卓然独立，开启了唐宋"清水出芙蓉，天然去雕饰"之先河，成为下一个时代的先驱者。

此诗典型地反映了上述诸特点。

试看起首四句"结庐在人境，而无车马喧，问君何能尔，心远地自偏"，何等平淡，何等自然，似乎是诗人不经意地在与你谈话，然而，那内涵、那滋味却又是相当丰富的。首先，它蕴含着诗人对田园生活深深的喜爱。"结庐在人境"，而又能不受车马之喧的侵扰，这里满含着诗人对人境之喧闹、官场仕途的厌恶和对安静田园之赞美。其次，诗人对"结庐在人境，而无车马喧"这一矛盾状况所作的解答，是"心远地自偏"，这里面包含着两层意思，一是只要"心远"，就自会去寻求偏远之地，从而达到无车马之喧的境界；再是只要"心远"，无论地之实际上偏远与否，都会达到心灵的宁静，这与佛道思想特别是禅宗境界已很相似。

"采菊东篱下,悠然见南山",是对上文"而无车马喧"和"心远地自偏"的坐实。它不是抽象地论证,而是由虚入实,信手拈出诗人田园生活的一个最典型、最形象、最具有审美意义的场景,给予了最完美、最艺术而又最自然的表现。诗意深醇,却又元气浑成,融和冲淡,又能天然入妙,遂成千古绝唱!苏东坡对此曾有一段精彩评论:"渊明意不在诗,诗以寄其意耳。'采菊东篱下,悠然见南山',则本自采菊,无意望山。适举首而见之,故悠然忘情,趣闲而累远。此未可于文字、语句间求之。今皆作'望南山'觉一篇神气索然。"(《竹庄诗话》)在宋代,陶诗此句,诸版本皆作"望南山","望"与"见"虽字义相同,却有"有意"与"无意"的细微区别,大概自苏东坡有了这段精彩的分析之后,"望"字遂罢。此二句,除"采""见"两个动词,悠然天成,趣闲累远,其余名词"菊""东篱""南山"等,亦无不佳,以至于这些物象以后成为田园、归隐与情趣高雅、不同凡俗的象征物,成为中华文化的重要构成。它们初看上去,如此随意散缓,但如细品,则滋味无穷。这种感觉亦如东坡所评:"(渊明诗)初看若散缓,熟读有奇趣",而要想品出个中滋味,则又"非至闲至静之中则不能到","此景物虽在目前"而"此味不可及也"。(宋人张戒《岁寒堂诗话》)。

诗人采菊东篱,有如倾听着大自然美妙的音响,观赏着大自然美妙的画图,那里一定有着清清的泉水,奏着庄严的天籁,那菊花一定散发着醉人的芳香,使诗人陶然欲醉,意与境会,妙不可言。悠然之间,诗人举首展望,远远的庐山映入了眼帘,这时,诗人才发现,天色已是傍晚,一层淡淡的雾霭笼罩着远处的山景,使它更具绰约朦胧之美，在这绝美的日夕山色之中，飞鸟们结伴而归了："山气日夕佳，飞鸟相与还。""佳"字好，它恰如其分地透露出了诗人对"山气日夕"的感觉和体会，引人联想那傍晚的山色；"飞鸟"二字，既是眼前之实景，为这平淡的画面增添了一点动感，同时，它又使人感到具有某种象征意味，或许，它是"云无心而出岫，鸟倦飞而知还"的那只倦于车马之喧而皈依山林的飞鸟吧！

结句"此中有真意，欲辨已忘言"，由实化虚，以虚涵实，极妙！就其思想来说，当源于庄子"辩也者，有不辩也，大辩不言"（《庄子·齐物论》），"言者所以在意也，得意而忘言"（《庄子·外物》）。诗人说自己从大自然里得到了许多启示，领会到人生之真谛，但又感到无法用言语表达，当然，也无须用言语表达。诗人由"欲辨"而达"忘言"，这也是一种新的人生境界吧！就艺术而言，它涵盖了更多、更丰富、无法用语言表达的内容，个中滋味，就留给读者自己品味了。

杂诗

其二

白日沦西阿，素月出东岭。
遥遥万里辉，荡荡空中景。
风来入房户，夜中枕席冷。
气变悟时易，不眠知夕永。
欲言无予和，挥杯劝孤影。
日月掷人去，有志不获骋。
念此怀悲凄，终晓不能静。

译

夕阳渐渐地落入西山,
明月悄然地升出东岭。
碧空万里,洒满了银色的光辉,
万里碧空,浮幻着缥缈的夜景。

一阵风儿吹来,吹进了我的门窗,
炎热的夏末,夜中也感到了寒冷。
气候的变化,使我感受到了节气的替换,
不眠之夜,使我感受到了长夜的永恒。

披衣起坐,想和人谈谈,却又无人可谈;
举杯对饮,却无人可对,奉与那孤独的身影。
时光流逝,抛弃我而去,
胸怀大志,却无处施展我的才能。

想到这些,不禁悲从中来,
直到雄鸡破晓,心中仍不能平静。

评

《杂诗》是在晋义熙十年(414年)前后,陶渊明五十岁时所写,共12首,此为其中之二。这时离他辞彭泽令归耕园田已十年之久了。在"晨兴理荒秽,带月荷锄归"的生活中,他获得了自由,心情舒畅,写下了像"采菊东篱下,悠然见南山"等诸多诗句。然而他终非

"浑身静穆",这首诗正透露出个中信息。

此诗起首处气势恢宏:"白日沦西阿,素月出东岭。遥遥万里辉,荡荡空中景。"万里河山一片宁静肃然,笼罩在月光之下。望着这浩荡空阔的景象,诗人的心被感动了。正是"登山则情满于山,观海则意溢于海"(刘勰《文心雕龙》),浩渺长空,斗转星移,又一次鼓动起诗人潜在的激情。接下来四句,"风来入房户,夜中枕席冷,气变悟时易,不眠知夕永。"冷风入户,使诗人感悟到季节的交替、时光的流逝,思绪万千,彻夜难眠。这四句诗承上启下,由此转入伤感悲凄的格调。诗人本怀有远大抱负,少年时即有大济苍生之志,"猛志逸四海,骞翮思远翥"(《杂诗·其五》)。但是频繁的战乱、黑暗的官场,使这位志高行洁的诗人理想破灭了,只能归耕园田,独善其身。"结庐在人境,而无车马喧,问君何能尔?心远地自偏"(《饮酒·其五》),他的心终于得到了宁静。可是济世之志未泯,它像一股暗流在诗人心底涌动着、撞击着。在这样一个晚上,无边的月色、高远的长空,又把它从诗人心底牵引出来。想起少年时的远大志向、中年的官场磨难,直到行将老矣的现在,怎不让诗人感慨万端呢!然而"欲言无予和,挥杯劝孤影",漫漫长夜里,只听到诗人独自叹息的声音。这种痛苦的孤独感,并不仅为夜深无人语而来,我们从屈原的"举世皆浊我独清,众人皆醉我独醒",从阮籍的"夜中不能寐,起坐弹鸣琴",以及后来李白的"花间一壶酒,独酌无相亲"等诗句中,都不难找到共鸣。他们都比世俗之人有更高远的志向,不愿随波逐流,因而都难容于世,也更深地体会到"日月掷人去,有志不获骋"的痛苦,这是不可解脱的、刻骨铭心的痛苦。

了解诗人的内心世界之后,我们对此诗后面出现的变徵之音,当有更深的理解了。他可以"采菊东篱下,悠然见南山",从生活的漩涡中逃避开来,停泊在宁静的港湾,但却无法回避自己内心不时而来的风风雨雨。这可说是此诗的内蕴所在。

读山海经

其一

孟夏草木长,绕屋树扶疏①。
众鸟欣有托②,吾亦爱吾庐。
既耕亦已种,时还读我书。
穷巷隔深辙③,颇回故人车。
欢然酌春酒④,摘我园中蔬。
微雨从东来,好风与之俱。
泛览周王传,流观山海图。
俯仰终宇宙⑤,不乐复何如。

释

①扶疏:枝叶繁密四布。

②欣有托:指巢居树上。

③深辙:指车马来往很多的要道。

④春酒:冬酿春成的酒。

⑤俯仰:顷刻之间。终宇宙:游遍天地的意思。

译

初夏时早已消失了
严冬的荒芜,
绿草如茵,树影扶疏,
环抱着我的书屋。
像是飞鸟眷恋自己的巢窝,
我也深深地爱着自己的草庐。

既已完成了春天的耕种,
正可以回到家中读书。
居住在隐僻的里巷,
很少有客前来造访。
饮几杯美酒,心中充满了欢乐,
自己园中新鲜的青菜,正可采摘。
窗外细雨如丝,有东风结伴而来。
那记载周穆王西游故事的《穆天子传》,
其中多有传说神怪;
那记载山川地产的《山海经》,
也使我感到扑朔迷离,奇奇怪怪。

在一瞬间里,能穷尽
宇宙的奥妙,观照
"五方之山""八方之海",
美哉!妙哉!

还有什么样的事,

能使我像这样陶醉流连,

笑颜常在?

评

  这组诗有起有结,末首明显涉及晋、宋易代之事,当是入宋后的作品。《山海经》共18卷,多述古代海内外山川异物和神物传说。刘秀《上＜山海经＞表》说:《山海经》"内别五方之山,外分八方之海,纪其珍宝奇物,异方之所生,水土草木禽兽昆虫麟凤之所止,祯祥之所隐,及四海之外,绝域之国,殊类之人。"

  全诗不见任何修饰,从"孟夏草木长,绕屋树扶疏"的自然环境写起,以"众鸟欣有托"起兴,感发出"吾亦爱吾庐"的情怀,再引发出"既耕亦已种,时还读我书。穷巷隔深辙,颇回故人车。欢然酌春酒,摘我园中蔬"的自得的读书生活。顺笔转向"微雨从东来,好风与之俱"的室外场景描写,收束回到"泛览周王传,流观山海图"的读书主题。最后以"俯仰终宇宙,不乐复何如"作结。一气呵成,令人击节神往。

谢灵运

谢灵运（385—433年），祖籍陈郡阳夏（今河南太康），出生于会稽始宁（今浙江上虞），东晋名将谢玄之孙，袭封康乐公。他以大量的山水诗打破了东晋以来玄言诗的局面，扩大了诗歌的表现领域，在中国山水诗的形成上具有重要的地位。有辑本《谢康乐集》。

石壁精舍还湖中作

昏旦变气候，山水含清晖。
清晖能娱人，游子憺忘归①。
出谷日尚早，入舟阳已微②。
林壑敛暝色，云霞收夕霏③。
芰荷迭映蔚④，蒲稗相因依⑤。
披拂趋南径⑥，愉悦偃东扉⑦。
虑澹物自轻⑧，意惬理无违⑨，

寄言摄生客⑩,试用此道推。

释

①憺(dàn):安适。

②阳:日光。微:昏暗。

③霏:云飞貌。

④映蔚:言光色相映照。

⑤稊:植物名,草之似谷者。因依:言相依倚。

⑥披拂:犹扇动,言趋行时扇动空气,有凉凉的快感。

⑦偃:息也。

⑧此句言如果思想淡泊就觉得外物无足轻重。

⑨惬:满足。本句言精神愉悦就会不违于理。

⑩摄生客:注意保养生命的人。

译

生生不息的大自然
朝夕旦暮,一早一晚,
气候就有千变万化。
眼前,
空气透彻纯净,
使清秀葱茏的山水,
披上一层清丽的光辉。
这清晖呵,
如美声,

如美色,
使人息心凝神
陶然忘归。
清晨出谷口时,
太阳还徘徊在东边的角落,
傍晚回舟时,
夕阳已经落山,
只留下余光一抹。
只见郁郁葱葱的林壑,
收敛着昏暗的暮色,
金红色的晚霞,
凝聚着天边的云朵。

湖面上荡漾着碧波,
荷叶蔚郁,蒲稗杂生,彼此依托。
拨开路边的杂草,
嗅着馨香的气息,
品着绝美的景色,
关上精舍的门扉,
回味这一天游览的快乐。
呵!那妩媚明丽的山光水色,
足可使人释怀息机,思虑淡泊。
我想告诉那些养生之人,
不妨用我说的道理顿悟禅佛。

评

本篇为谢灵运山水诗名篇之一,前幅写石壁游观的乐趣,中幅写湖中所见晚景,后幅写从一天游览中体会到的理趣。诗中所写的景物在会稽。

其中"出谷日尚早,入舟阳已微。林壑敛暝色,云霞收夕霏"写出了自晨至夕的时间变化,后两句更为名句,"敛"字、"收"字,皆有功力,已有唐人风味。

全篇结构自晨至昏,写出了气候之变、景物之变、角度之变;写出了诗人在山水游赏中的愉悦。结以禅理,有蛇足之瑕。

登池上楼

潜虬媚幽姿①,飞鸿响远音。
薄霄愧云浮,栖川怍渊沉②。
进德智所拙,退耕力不任③。
徇禄及穷海,卧疴对空林④。
衾枕昧节候,褰开暂窥临⑤。
倾耳聆波澜⑥,举目眺岖嵚⑦。
初景革绪风,新阳改故阴⑧。
池塘生春草,园柳变鸣禽⑨。
祁祁伤豳歌,萋萋感楚吟⑩。
索居易永久,离群难处心⑪。
持操岂独古,无闷征在今⑫。

释

①潜虬(qiú):藏在水底的龙。虬,有角的小龙。《易·乾》:"潜龙勿用。"

②薄霄:凌云。薄,通"迫",逼近,靠近。怍(zuò):惭愧。渊沉:潜藏在深渊。

③进德:进德修业,提高道德修养,指做官。智所拙:智能拙劣。退耕:归乡耕田。力不任:体力不能胜任。

④徇禄:追求俸禄,做官。穷海:边远的海滨,指永嘉。卧疴:卧病。空林:冬天树叶脱落的树林。

⑤昧:不明。褰(qiān)开:揭起帘幔,打开窗户。窥临:从高处往下看。

⑥倾耳:侧耳,侧耳倾听。

⑦崟(yín):形容山高。

⑧初景:初春的阳光。绪风:余风,秋冬的余风。新阳:新春。故阴:旧冬。

⑨变鸣禽:变换了鸣禽的种类。

⑩祁祁:众多的样子。萋萋:茂盛的样子。

⑪索居:独居。处心:心神安定。

⑫持操:坚持高尚的操守,指归隐。无闷:没有忧闷。

译

潜藏在大海里的虬龙,

时而也会展露出自己的身姿,

翱飞在高高的碧空中的鸿雁,

传送着自己鸣叫的声音。

我自愧不能像鸿雁那样,

逍遥地将云霄迫近,

我自愧不能像虬龙那样,

栖息在无边的大海深处。

若想出仕从政,恐怕我德才不备,

如果归耕田亩,又恐怕力难胜任。

为了追求这区区的俸禄,

来到这边远的海滨,

连日来,卧病在床,

面对这一片萧疏的秋林。

我似乎早已忘记了季节的变化,

打开窗户,姑且将窗外的风光眺临。

大海的涛声立刻送入耳鼓,

举目一望,高高的山岭如此险峻。

初春的阳光如此和煦,

清除着残冬的余绪,

一扫冬天的重阴。

池塘里,一下子生出了青青春草,

园中的枯柳上,突然传来禽鸟的歌吟。

春草的茂盛,

使我想起《诗经》中的诗句,

春草的碧绿,

使我想起楚辞中"王孙游兮不归"的歌吟。

独居易于感到时间的漫长,
离开朋友,也很难平静这颗烦乱的心。
难道只有古人能坚持崇高的操守?
只要诚心地避世就可以解除忧闷,
我要将此,证明在今。

评

"池上楼",在永嘉郡,即今浙江省温州市,此池后来名为谢公池。谢灵运在永嘉任职约在永初三年(422年)至景平元年(423年)。本篇当作于景平元年春,写仕途失意,与久病之后初春季节带来的新鲜之感。

"池塘生春草,园柳变鸣禽"为千古传唱的名句,其奥妙就在于自然,在于诗人将扑面而来的春天如实写出,遂成绝唱。所谓"一语天然万古新"是也!

登江中孤屿

江南倦历览,江北旷周旋①。
怀新道转迥,寻异景不延②。
乱流趋正绝,孤屿媚中川③。
云日相辉映,空水共澄鲜④。
表灵物莫赏,蕴真谁为传⑤。
想象昆山姿,缅邈区中缘⑥。
始信安期术⑦,得尽养生年。

释

①历览：游览遍了。旷周旋：久不游览。

②怀新：怀着探寻新境之心。景不延：时间短促。景：日光。延：长。

③乱流：即正绝，正面横渡。《尔雅·释水》："正绝流曰乱。"趋：疾行。媚：优美悦人。

④澄鲜：澄清鲜明。

⑤表：显现。灵：灵秀，神异。物：世人，众人。真：真人，仙人。

⑥昆山姿：昆仑山上仙人的容姿。传说西王母居住于昆仑山。缅邈（miǎo）：悠远。区中缘：人间的尘缘。

⑦安期：安期生。传说中的仙人，有长生之术。

译

已经看得怠倦了，美丽的江南，

倒是江北的风景，我还很少观览。

怀着颗寻新境的心，

将船头回转，

奇异的景观不断出现，

可惜时光却不为我续延。

纷乱的溪流看似正要断绝，

一座孤独的岛屿却跃然呈现，

在水击中流的急湍，

显得妩媚绝艳。

夕阳与云朵交相辉映，

碧空与江水相映如鉴。
这座孤屿的灵异如此易见,
却未被世人赏鉴,
即使其中蕴藏仙真,
又有谁人传述?
我想起昆仑山的绰约神仙,
人世的尘缘,
竟是如此的遥远。
我才相信安期生的道术,
可以使人养生永年。

评

诗题中的"江"指永嘉江,"孤屿"在温州南四十里,永嘉江中渚,"长三百丈,阔七十步,屿有二峰"(《环宇记》)。"云日相辉映,空水共澄鲜"为本篇醒目之处,写出了诗人的心理感受。

岁暮

殷忧不能寐,苦此夜难颓①。
明月照积雪,朔风劲且哀②。
运往无淹物③,年逝觉已催。

释

①殷忧:深忧。颓:尽。
②朔风:北风。

③运往:指时间流逝。

译

怀着深深的忧愁,
我难于入睡。
夜中无寐呵,
只觉暗夜太久。
明月辉映着积雪,
北风强劲而又哀忧。
时光飞逝呵,
何物可以久留?
一年年过去,
催人白头。

评

"明月照积雪,朔风劲且哀"为本诗名句,其成功之处,与"池塘生春草"相似,都是以自然取胜,写景如在目前,写情则豁人耳目,产生"不隔"的审美效果。

东阳溪中赠答二首

其一

可怜谁家妇,缘流洗素足。
明月在云间,迢迢不可得。

译

多可爱呵!那是谁家的少妇?
顺着清清的溪流,洗着白皙的双足。
好似云间的明月,美丽、遥远,
却不能接触。

评

谢灵运以山水诗著称,此诗却以人物为景,写一"缘流洗素足"的少妇。诗人巧妙地使用了一个意象"明月在云间,迢迢不可得",含蓄委婉地透露了自己那种可远观而不能近赏的遗憾。这一写法,显示了山水诗与意象写法的关联。

鲍照

鲍照(约412—466年),南朝宋诗人。字明远,东海(今山东苍山南)人。家世贫贱,后为临川王刘义庆所赏识,征为临川国侍郎。此后做过秣陵令及中书舍人。临海王刘子顼镇荆州,以为前军参军。后为乱兵杀害。鲍照诗多表达对社会的愤懑和书写自己的理想抱负,形式以乐府诗著名,风格挺峭跌宕、粗犷豪放,语言通俗自然,七言诗最富独创性,对唐人七古有显著的积极影响。有《鲍参军集》。

拟行路难

其四

泻水置平地,各自东西南北流。
人生亦有命,安能行叹复坐愁!

酌酒以自宽，举杯断绝歌路难。
心非木石岂无感？吞声踯躅不敢言！

译

倒水在平地，
它会东西南北
顺势漫流。
人的一生，
也似是
命运之神的漫游，
怎能为
遭际坎坷哀愁？
还是举杯酌酒，
酒可解忧。
而那深深的思绪呵，
伴着一曲《行路难》的节奏。
唉！人心不是
无知无感的石头，
怎能对痛苦
没有感受？
只是没有勇气
发一声吼！

评

　　《行路难》，乐府《杂歌谣》曲名。鲍照《拟行路难》共18首。本篇写不敢明言的一种激愤与痛苦。"心非木石岂无感？吞声踯躅不敢言"为其中的名句，写出了底层士人及千千万万不得志者的内心痛苦与复杂的心态。

张融

张融(444—497年),字思光,吴郡(今江苏苏州)人。初任南朝宋新安王参军,出为封溪令,改为仪曹郎。齐高帝即位,累迁司徒兼右长史。建武四年卒,年五十四。有《玉海集》《大泽集》《金波集》。

别诗
白云山上尽,清风松下歇。
欲识离人悲,孤台见明月。

译
飘浮的白云哟,
请你快快退入山野,
流荡的清风哟,

张融

请你在松林暂歇。
你们若想理解
什么是离别，
孤零零的高台上，
夜空中
正高悬着一轮明月。

评

中国的诗歌经过六朝山水诗歌之后，渐次形成了意象的艺术方式。当然，一种艺术方式的形成，不是一朝一夕所能完成的，是需要很多的链条衔接而成。张融的这首小诗，写的是离人之悲，却将目光转向莽莽宇宙、孤台明月，是典型的意象诗。

孔稚圭

孔稚圭（447—501年），南朝齐文学家。字德璋，会稽山阴（今浙江绍兴）人。官至太子詹事，加散骑常侍。博学能文。所作《北山移文》，对表面退隐山林，实际心怀官禄的所谓隐士加以揭露讽刺，文辞工丽诙奇。原有集，已散佚，明人辑有《孔詹事集》。

游太平山

石险天貌分，林交日容缺。
阴涧落春荣，寒岩留夏雪。

译

突兀的山峰
将浩渺的无垠的天空
横切，

孔稚圭

幽深的林木
使普照万物的阳光
残缺。
阴湿湿的山涧,
有春天的花朵
凋谢,
寒森森的岩石,
在炎炎的夏日,
也残留着积雪。

评

太平山在今浙江绍兴东南。此诗写太平山的险峻与一时之间而四时俱备的奇异风光,表现了对于崇高与奇异的客体的审美情趣。

首两句"石险天貌分,林交日容缺",是写太平山之高峻,似乎已将青天刺破,使太阳残缺;后两句"阴涧落春荣,寒岩留夏雪",则是捕捉其风光的奇异之处:阴涧中有春天的花朵凋谢,寒岩中留有夏日的积雪。一时之间而四时俱备,令人想起古人所独有的将不同时间的景物置于同一空间的画面。

王籍

王籍,生卒年不详,南朝齐、梁间诗人。字文海,琅琊临沂(今属山东)人,博览群书,有才气,曾受沈约等称赞。梁天监年间任安成王主簿、湘东王参军,还做过中散大夫。

入若耶溪

艅艎何泛泛①,空水共悠悠。
阴霞生远岫,阳景逐回流②。
蝉噪林逾静,鸟鸣山更幽③。
此地动归念,长年悲倦游。

释

①艅艎:舟名。泛泛:船行无阻之貌。

②阳景:日影。

③这两句是世代传诵的名句。《颜氏家训·文章篇》说:"王籍入若

耶溪诗云'蝉噪林逾静,鸟鸣山更幽',江南以为文外独绝,物无异议。《诗》云'萧萧马鸣,悠悠旆旌',《毛传》曰'言不喧哗也',吾每叹上解有情致,籍诗生于此耳。"

译

  华美的小舟,
  顺着溪水荡游,
  碧空与绿水
  相融在大地的尽头。
  远方山间的云霞,
  飘然出于林岫,
  时隐时现的云影,
  追逐着弯曲的溪流。
  蝉儿忽儿亮开了歌喉,
  林间显得更加寂静,
  鸟儿忽儿亮开了歌喉,
  山间显得更加深幽。
  如此美景使我爱恋,
  久居官场,我早已厌倦了宦游。

评

  这首诗写泛舟游览绍兴若耶溪时所见之景,突出了大自然的幽静,抒发了久居官场而思归隐之情。其中"蝉噪林逾静,鸟鸣山更幽"是写静景的名句,对于后人影响至为深远,如王维的"月出惊山鸟,时鸣深涧中",韩愈的《山石》等,皆可以溯源于此。

范云

范云(451—503年),字彦龙,南乡舞阴(故城在今河南省泌阳县西北)人。初仕齐,为尚书殿中郎、国子博士,入梁为吏部尚书,封霄城(故址在今湖北省境)县侯,与徐勉并称为梁之贤相。云在齐、梁时为著名诗人。齐武帝第二子竟陵王萧子良,性爱文学,招纳贤士。王融、谢朓、任昉、沈约、范云、萧琛、萧衍、陆倕等八人声誉并重,时称"竟陵八友"。当时宫体诗盛行,范云诗中有一些题材新颖作品。钟嵘《诗品》称其诗:"清便婉转,如流风迥雪。"卒谥文。有集30卷,已佚。《梁书》《南史》皆有传。

之零陵郡次新亭

江干远树浮,天末孤烟起。
江天自如合,烟树还相似。
沧流未可源,高帆去何已。

范云

译

远处的树木在江岸上飘浮,
一缕孤烟在天边升起。
江天混合,浑如一体,
烟树迷蒙,空幻迷离。
碧绿的江水呵,浩渺无际。
高扬的风帆呵,驶向哪里?

评

诗写奔赴零陵郡(在今湖南境内)途中,宿于新亭的感受。写出了迷离朦胧之美:远树在江岸沉浮,孤烟在天边冉冉浮起。浩渺的江水与长天如同合为一体,更有远处的烟树渲染着离愁,"高帆去何已",更点出诗人内心无所归依的惆怅。

谢朓

谢朓（464—499年），字玄晖，陈郡阳夏（今河南太康）人，南齐代表作家。与谢灵运前后齐名，世称"小谢"。曾任宣城太守、尚书吏部郎等职。后受诬陷，下狱死。他的诗现存200多首，风格清逸秀丽。山水诗方面的成就很高，完全摆脱了百年来玄言诗的影响，是李白最倾心的诗人。他对黑暗政治虽有不满，但只停留在一般游宦的感触上。他于民歌有所学习，和沈约等共同开创了"永明体"，讲求声律，对近体诗的建立也有贡献。有《谢宣城集》。近人郝立权有《谢宣城诗注》。

之宣城郡出新林浦向板桥

江路西南永，归流东北骛①。
天际识归舟②，云中辨江树。
旅思倦摇摇③，孤游昔已屡。

谢朓

既欢怀禄情,复协沧洲趣④。
嚣尘自兹隔⑤,赏心于此遇。
虽无玄豹姿,终隐南山雾。

释

①永:长。归流:归海的江水。骛(wù):奔驰。

②识:辨认。

③摇摇:心神不安的样子。

④怀禄情:贪图高官厚禄的欲望。协:符合。沧洲趣:隐居的逸趣。沧洲,滨水的地方,古时称隐士所居之处。

⑤嚣尘:充满喧闹和尘埃的处所,指人世。

译

逆水向西南而行,船儿徘徊踌躇,
江水滔滔滚滚,向东北方向奔驰。
归舟点点,在天边依稀仿佛,
江树渺渺,难以辨认在云海深处。
客游生涯,已使我心神恍惚,
屡次孤游,更使我备觉凄苦。
此次出守宣城一方面为了俸禄,
此外,也适合我幽隐的意趣。
从此,我可以远离喧扰的尘俗,
赏心乐事,当可在此际遇。
虽然我没有玄豹的资质,

但也可以栖隐在南山之雾。

评

　　此诗写景物之美与自己幽隐的人生志趣。"天际识归舟，云中辨江树"为写景名句，结句"虽无玄豹姿，终隐南山雾"，引用典故，玄豹：据《列女传》，陶答子治陶三年，名誉不兴，家富三倍，其妻抱儿而泣，曰："妾闻南山有玄豹，隐雾而七日不食者，何也？欲以泽其毛而成文章，故藏以远害。犬豕不择食以肥其身，坐而须死耳。"期年，答子之家果被盗诛。结尾句谓虽无玄豹的资质，深藏远祸，却愿乘出仕外郡之机隐遁起来。

王融

王融(467—493年),南朝齐文学家。字元长,琅琊临沂(今属山东)人。少时曾上书齐武帝求自试。官中书郎,竟陵王萧子良举为宁朔将军。后下狱赐死。其文颇多陈述政见之作,主张"上智利民,不述于礼,大贤强国,罔图惟旧"(《永明十一年策秀才文》)。要求以农、战为本,同时也反对一味强调严刑峻法。其诗讲究声律,与沈约等同为"永明体"的代表作家。原有集,现已散佚,明人辑有《王宁朔集》。

巫山高①

想像巫山高,薄暮阳台曲。
烟云乍舒卷,猿鸟时断续。
彼美如可期②,寤言纷在瞩。
怃然坐相望③,秋风下庭绿。

释

①巫山高：乐府《鼓吹曲·汉饶歌》名。本篇借巫山神女故事以寄兴。

②彼美：指神女，也指所思念的人。如：仿佛。

③怃然：怅然地。

译

是想象，

还是在梦幻里？

巫山高耸，

楚王神女；

一层薄薄的暮色，

飘漾着阳台神曲。

烟云乍舒乍卷，

变幻在顷刻须臾；

猿鸟忽静忽啼，

时断时续。

神女如在眼前，

眼光与我相遇。

即使从梦幻中醒来，

眼前仍站立着那飘然的形体。

唉！梦去也，

空让我惆怅

游丝如缕，

袅袅的秋风,
吹去庭院的绿意。

评

  此诗写得五彩纷呈,有"想像巫山高,薄暮阳台曲"的典故,有"烟霞乍舒卷"的物象,有"猿鸟时断续"的声响,有"彼美如可期"的感受和"秋风下庭绿"的色彩,表现了六朝华彩的审美情趣。

吴均

吴均（469—519年），南朝齐、梁间文人。字叔庠，吴兴故鄣（今浙江安吉）人。家世贫贱，好学善文，天监初，柳恽任吴兴太守，召补主簿。后曾为建安王萧伟记室，除奉朝请。因撰《齐春秋》获罪免职；又撰《通史》，未竟而卒。他的骈文清新爽洁，当时有"吴均体"之称。有辑本《吴朝请集》。

山中杂诗

山际见来烟，竹中窥落日。
鸟向檐上飞，云从窗里出。

译

映入眼帘的
是暮色里霭霭的山岚，

吴均

嵌入竹隙的
是落日缓缓的画卷。
空旷清幽,杳无人烟,
只有鸟儿悠闲地飞向屋檐;
从窗口缓缓飘出的
是一缕淡淡的云岚。

评

六朝山水诗在大谢、小谢手中时,大多还是繁缛之作,吴均此作只有短短四句,已经很有唐人五绝的风味。就境界而言,写出了王国维所说的"无我之境":"有我之境,以我观物,物皆著我之色彩。无我之境,以物观物,故不知何者为我,何者为物。"

何逊

何逊(?—518年),南朝齐、梁间诗人。字仲言,东海郯(今山东郯城)人。八岁能诗。二十岁举秀才。范云深为赏识,结忘年之交。曾任尚书水部郎、庐陵王记事。梁天监年间,与吴均同受武帝信任,后又被疏远,不再任用。诗虽少而精,工于写景抒情,巧于对仗,音韵圆美。有辑本《何记室集》。

慈姥矶

暮烟起遥岸,斜日照安流。
一同心赏夕,暂解去乡忧。
野岸平沙合,连山远雾浮。
客悲不自已,江上望归舟。

何逊

译

暮色里，
烟雾在远岸飘起，
一轮夕阳，
映照着安静的江流。
这壮观的江畔景色，
醉倒了我和前来送行的朋友，
一时间，都忘却了离乡的别愁。
远远的江岸，
与平平的沙滩握手，
起伏的山峦，
在迷蒙的暮霭中浮游。
我无法压抑内心的乡愁，
望着渐渐远逝的归舟。

评

这首诗精心描绘了江畔傍晚优美动人的景色，有力地烘托了不忍远行为他乡客的情怀和离乡背井的忧愁。"野岸平沙合，连山远雾浮"为写景佳句，已经开始注意到动词的修炼，"合"字、"浮"字都很有功力。

相送

客心已百念，孤游重千里。
江暗雨欲来，浪白风初起。

译

  游子之心呵,已是百感交集,
  更何况,孤游异乡千里!
  江面突然暗淡压抑,
  呵!原是风雨欲来,
  你看,
  江面掀起白色的波浪,
  风儿刚刚卷起。

评

  此诗捕捉"江暗雨欲来"的一刹那,不仅写出了"浪白风初起"的景物之变,而且写出了"客心已百念,孤游重千里"的心理背景。

日夕出富阳浦口和朗公诗

  客心愁日暮,徒倚空望归。
  山烟涵树色,江水映霞晖。
  独鹤凌空逝,双凫出浪飞。
  故乡千余里,兹夕寒无衣。

译

  日暮时分,
  浪迹天涯的游子
  心中别有滋味;
  眼望回乡之路,

何逊

却白白地望了一回回。
远山渐渐升起弥漫的烟雾,
白日葱郁的树色渐次消退;
银色的江水,
辉映着落日的霞晖。
一只孤独的仙鹤,
正展翅凌空,
飞向远方,飘然消逝;
一对野鸭从滚滚的江浪中,起飞。
游子呵!你的家乡千里万里,
在这寒秋之夜,
你还没有,
御寒之衣。

评

  这首诗描绘了一幅江上独鹤凌空、双凫出水晚照图,烘托了游子远离故里、思念家乡的忧愁情绪。全诗结构已具唐诗风范。首尾抒情,颈颔两联对仗工整,意象叠加。

阴铿

阴铿,生卒年不详,字子坚,武威(今甘肃武威)人。南朝梁时任湘东王法曹参军。陈朝任始兴王中录事参军,屡迁晋陵太守、员外散骑常侍。博览史传,尤长五言诗,与何逊并称。清人陈祚明称其诗善"琢句抽思""穷态极妍",对李白、杜甫有影响。

渡青草湖

洞庭春溜满,平湖锦帆张。
沅水桃花色,湘流杜若香①。
穴去茅山近,江连巫峡长②。
带天澄迥碧,映日动浮光。
行舟逗远树,度鸟息危樯③。
滔滔不可测,一苇讵能航④?

释

①杜若：香草名。《楚辞》中《湘君》和《湘夫人》篇有"采芳洲兮杜若""搴汀洲兮杜若"等句。

②茅山：即句曲山，在江苏省句容市东南。山上有华阳洞，相传汉代茅盈、茅固、茅衷兄弟三人在此得道成仙。这两句想象湖与茅山巫峡相连。巫峡也有巫山神女的传说。

③逗：停止。度鸟：渡湖的鸟。

④讵：犹岂。《诗经·河广》："谁谓河广，一苇杭之。""杭"就是"航"。末二句是说此湖不是小舟可渡。

译

洞庭、青草两湖在春时涨满，

连成一片，

琉璃般的水面，

张开了点点风帆。

沅水呵，

贯通湖面，

其色被桃花渲染；

湘水呵，

贯通湖面，

其味带着杜若的香甜。

洞庭水呵，

近处临着茅山，

远处与巫峡相连。

澄澈的湖水，
衔接着天空的碧蓝，
更有金黄色的霞光，
辉映着浮动的水面。
行舟与远树若近若远，
飞鸟歇息在湖中的船帆。
滔滔的洞庭水呵，
无际无边，
谁说一叶小舟，
就能驶过洞庭的浩瀚？

评

此诗写游赏洞庭湖的景物及愉悦的心情。洞庭、青草是湖南岳阳的两个大湖，也是我国古代著名的五湖中的两湖。这两湖湖面相通，水涨时便连为一体，所以前人将两湖总称为"洞庭湖"。沅水，即沅江，入洞庭湖，桃源县在它的左岸。诗中的"桃花色"三字可能由陶渊明《桃花源诗》联想。"带天澄迥碧，映日动浮光。行舟逗远树，度鸟息危樯"两联尤为精彩，置入唐人集中已然不可辨认了。

晚出新亭

大江一浩荡，离悲足几重？
潮落犹如盖，云昏不作峰。
远戍唯闻鼓，寒山但见松。
九十方称半，归途讵有踪。

阴铿

译

奔腾的长江呵，

江水是如此的汹涌；

离别的悲愁呵，

悲愁几多重？

奔立的潮头，

犹如支起的车篷；

昏暗的天空，

模糊了变幻的云峰。

只听见远处传来单调的报时鼓角一声声，

只能依稀看见寒气笼罩着远山松树亭亭。

人说：百里之路，

走到九十里，

才走了半程，

何况我刚刚离乡走到新亭，

行囊中装满了乡愁的沉重，踽踽独行。

评

　　这首诗描写诗人傍晚行经新亭所见的山川景物，抒发了一种浓重的怀乡之情。新亭在今南京市西南，靠近长江，三国时吴国所建，东晋时为朝士游宴之所。诗人大概是从当时的国都建康（今南京市）出发，傍晚时经过新亭，看到当地的景物，想起旧时的游宴和送别场面，引发许多感触，因而写下这首诗。

　　中间两联"潮落犹如盖，云昏不作峰。远戍唯闻鼓，寒山但见松"中的虚字相对,值得注意,"犹如"对"不作""唯闻"对"但见",都很熟练。

开善寺

　　鹫岭春光遍,王城野望通。
　　登临情不极,萧散趣无穷。
　　莺随入户树,花逐下山风。
　　栋里归白云,窗外落晖红。
　　古石何年卧,枯树几春空?
　　淹留惜未及,幽桂在芳丛。

译

春日的光辉洒遍了钟山的山岭,
站在高高的山顶,金陵王城尽在望中。
摆脱尘世的烦扰,心境豁然开朗,
你看那大自然的野趣味道无穷。
几枝野树伸进了人家的门户,
引来了几只美丽的黄莺;
飘荡的落花被风吹落下山,
却像是花儿在追逐下山的风。
白云悠悠,缭绕寺院的雕梁画栋,
红霞落辉,铺染了窗外的天空。
嶙峋的古石是何时开始在此静卧?
盘曲的枯树

阴铿

在这里经历了几多春夏秋冬？
可惜我不能在此久居长留，
你看那幽幽的桂树正挺立在群芳丛中。

评

  这首诗中写的"开善寺"，在南京城郊钟山上，梁武帝天监十四年（公元515年）建。赵宋以后改名太平兴国禅寺。开善寺周围美丽的景色使诗人赞叹不已，流连忘返。

  "莺随入户树，花逐下山风。栋里归白云，窗外落晖红"两联甚美，具有动感，但有"汉赋"的痕迹，就"入户""下山""栋里""窗外"铺排。

庾信

庾信（513—581年），北朝周诗人、辞赋家、骈文家。字子山，南阳新野（今河南新野）人。是齐梁著名宫体诗人庾肩吾之子。梁亡，北朝慕其文名，留于长安不肯放回，故于北朝。他用丰富的文学技巧，抒写了在北朝时的生活感受，同时他善于运用各种诗歌体裁，所以在诗歌艺术的发展上成就很高。有《庾子山集注》。

奉和山池

乐宫多暇豫，望苑暂回舆。
鸣笳陵绝浪，飞盖历通渠。
桂亭花未落，桐门叶半疏。
荷风惊浴鸟，桥影聚行鱼。
日落含山气，云归带雨余。

庾信

译
　　长乐宫中的生活悠游闲适,
　　驾着车儿,吟着诗。
　　我的车儿呵,突然停住脚步,
　　是因为看见了美丽的山池。
　　时而乘着木舟在飞浪中腾跃,
　　伴着胡笳奏乐的张弛。
　　时而驱动着快车,
　　在大道上奔驰。
　　桂亭枝头的花朵悄然盛开,
　　桐门摇曳着扶疏的叶枝。
　　晚风徐徐,吹动了荷花,
　　惊动了正在洗浴的水鸟,
　　夕阳在桥旁投下水影,
　　聚来了嬉戏的游鱼。
　　太阳要落了,山气氤氲,
　　一片片云儿飘过,
　　带来点点清凉的雨滴。

评
　　庾信"暮年诗赋动山关",但其早年的文风,却未能脱齐梁体的窠臼,并且是这一思潮的代表人物之一,他与其父庾肩吾以及徐摛、徐陵父子同为皇太子萧纲的抄撰学士,唱和往来,时称"徐庾体"。这首《奉和山池》即是奉和梁简文帝《山池》所作。

虽为奉和,其艺术水平却远远超过原作,特别是"荷风惊浴鸟,桥影聚行鱼",不仅对仗工整,而且清新自然、格调高雅、趣味盎然;"日落含山气,云归带雨余"一句,一般不易注意到其妙处,其实,此句与陶渊明的"山气日夕佳,飞鸟相与还"有异曲同工之妙,被后人称为"此等六朝人出色句,恐盛唐诸公亦不易仿佛也。"

拟咏怀

其十八

寻思万户侯①,中夜忽然愁。
琴声遍屋里,书卷满床头。
虽言梦蝴蝶,定自非庄周。
残月②如初月,新秋似旧秋。
露泣③连珠下,萤飘碎火流。
乐天乃知命,何时能不忧?

释

①万户侯:食邑一万家的爵位,这里指立大功勋。
②残月:阴历月末残缺如弓形的月亮。
③露泣:古人以为露水是从天上滴落的,所以用"泣"形容。

译

夜深时,突然想起自己壮志未酬,
不禁袭来阵阵烦忧。

我欲弹琴以抒志呵,琴声空悠悠,
我想读书以解忧呵,书卷满床头。
我无法像那梦见蝴蝶的庄周,
摆脱心中的忧愁。
窗外的残月倒像是一弯新钩,
今年的新秋也像是已过去的旧秋。
大自然哭泣的露水似是晶莹的珠玉,
漂泊的萤火虫似是破碎的火流。
唉!我还是不能"乐天知命"啊!
怎能不有烦忧?

评

杜甫评"庾信文章老更成,凌云健笔意纵横",指出了庾信晚年文学作品风格的改变。本首诗感伤羁留异国,功业无望,时光徒然消逝,从中可以略窥一二。就全诗给人的总体感受而言,它似乎失去了早年诗作的美丽,像是一位绝代佳人卸去华服盛装,洗去浓妆艳抹,纯以自身而拥有魅力。

"寻思万户侯,中夜忽然愁。琴声遍屋里,书卷满床头",以议论起句,如同后来之宋人笔法,接以"虽言梦蝴蝶,定自非庄周"用庄周梦蝶的典故,也是宋人笔法。"残月如初月,新秋似旧秋",清新警人,富于哲理,更是宋人之所擅长也。故可以大略推测,杜甫所推许的庾信晚年风格,是超越了唐人的宋诗风格的。

后 记

编辑田硕老师将基本编校完成的书稿发来，看着1999年旧版所写的文字，真有恍若隔世之感——倏忽之间，二十余年的时光驶过。由此，我联想到，我的人生经历也同样可分为两个方面——诗人的人生和学者的人生。

我自幼生活在一个理想主义的时代，一个英雄主义的时代。一个人不能庸庸碌碌苟活一世的教育，从小就深入骨髓和血液之中。人最宝贵的是生命，当一个人在生命结束的时候，要能够毫不愧疚自己的一生。这种保尔·柯察金式的人生格言，配合着《牛虻》式的坚忍不拔的毅力训练，以获得精神的高尚、理想的追求——锻造了我童年时代的心灵世界。诗歌写作成为我人生唯一不弃的伴侣，诗歌写作成为战胜苦难、消解痛苦并走向审美人生的桥梁，成为自我救赎的岛屿。

当我作为知青下乡成为农民的时候，我甚至是愉悦的，通过自我的心理机制将这种苦难视为自我磨砺的机床。以考入中国人民大学

后　记

读研究生为标志，我从此进入学者人生的阶段。此前诗歌人生的十余年砥砺，可谓后来学术人生的准备期，或说是雏形期。当少年时代的磨砺蜕变而为自我放逐，诗歌写作仍旧是我同行的火把，照耀着我生命的航船。

我的人生几乎常常是自我放逐，自我制造"苦难"。也许正是因为我在潜意识里期待着痛苦的磨砺，磨炼出更为远大、更为长久的快乐，所以我肯将肉体之躯放逐在渺无人烟的莽原浩野，放逐在戈壁荒滩的蓝色天穹，然后舔着身上痛苦的伤疤，对着那永远没有归期的放逐露出快乐的微笑。我知道，命运放逐我是在让我做一件事情。我应该坚忍地站在暗夜中，执着火把，照亮在暗夜中赶路的人。

十八岁早期的一首《生活小唱》，就写作在四壁冰霜的草屋茅舍中：

> 一面寂静的土墙
> 常挂满一层
> 雪白的冰霜
>
> 一盏柔和的灯下
> 常铺着几行
> 美丽的诗章
>
> 孤独的梦语
> 常伴着
> 冰凉的

土炕

生活的欢唱
却回荡在
火样的
心房

啊！我爱生活
爱它像鸟样的
飞翔
峥嵘的山涧
情深的海洋

啊！我爱生活
爱它像云样的
飘荡
乌黑的惊雷
蔚蓝的晴朗

生活啊
你把小船
推进湍急的
波浪
又送到光明的

后记

　　彼方

　　生活啊
　　你是火焰不熄的
　　炉膛
　　把身躯的废铁呀
　　熔冶在
　　苦难的磨床

　　生活啊
　　我盼望
　　我盼望出炉的
　　宝剑

　　放射
　　奇异的
　　光芒

　　写作这首小诗的时候，我并不知道自己想表达什么，只是面对着霜雪封盖的四壁，蜷缩在冰冷的炕上，一笔一笔写下自己的人生宣言。当下我再重读这首小诗，深深感慨于其中的这一句："生活啊 / 你是火焰不熄的 / 炉膛 / 把身躯的废铁呀 / 熔冶在 / 苦难的磨床。"后来我的学术道路正是延续着这个观念——我心目所聚焦的，是我这个人作为一台学术创造的磨床，是否在不断纠正偏航，不断校准大脑机器的程序,从而将自我的躯体作为一个类似学科基地来建设。换言之,人生不论遇到多大的苦难,都会将其视为苦难的磨床。在学术研究上,关注当下具体课题研究之成败,更关注个人在方法上是否不断有创新和提升。

知青同学基本都走光了,我成为一个孤独的人。下面的一首,实际上是我写给一位知青同学的书信,不过,是以诗歌的形式写成的。但却写出我对"走出不是诗人的生活"这一牢笼的渴望:

呵!朋友
你,一定有过
和我一样的
烦恼和
折磨

那么
让我们离开吧
离开这
不是诗人的
生活

去游遍
名山大川
览尽
幽寺古佛

后 记

不乘飞机
不坐火车
只靠双脚
跋涉

登泰山
游黄河
瞻大佛

让天姥青崖的白鹿
套开鲁乡间的小车
或纵纵孙行者的筋斗
或坐上太阳神的光波

到草堂门前拜谒
学贾谊投诗汨罗
与溆浦猿猱同居
与蜀道子规相和

走过
"水犹清冽"的
小石潭
与鱼儿
相乐

迷花曲径中
放怀高歌
吟诗赏月在
枫桥夜泊

衣服么
还是少带
南方赤日
应似火

不过
我们相会的地点
却永在睡神中的
天国

  在这个人生阶段,漫长岁月的苦难、对求学求知的渴望,如同一粒种子,久久埋藏在黑色的沃土深层,一旦有阳光、雨露,就会破土而出,任是什么艰难险阻,任是什么雨打风吹,都难以压抑这一求学求知的生命自由生长。

  在这本《古诗译评》出版问世之际,回忆我在成为学者之前的人生经历,其中一个动机是想告知读者,作为一名研究古代文学的学者,写作一本翻译《诗经》《楚辞》的文学作品,正是因为我不仅是学者,还曾经是诗人——至少曾经有过做诗人的梦想,在漫长的生命之旅中,一直悄悄地用诗句来记录憧憬的远方。

后　记

  近日，正上初三的女儿表示要看我翻译的一些作品，我给她选了三首诗歌。她读得很着迷，说虽然在一些教材上读到过《诗经》的翻译，但那些文字读起来干巴巴的，一点诗意都没有，问我的翻译为何能这样好读而有味道。

  这可能是很多读者的问题。翻译古诗需要两个方面的基本功：首先要有深刻理解古代文学的基础；其次还要有做诗人的人生经历，这样才能共情古诗的内容。我想，这正是这一篇"后记"的意义吧！

木斋　2023年12月8日修订于三亚